Old Soul

Nancy Guilbert

Old Soul

Nancy Guilbert

Éditions courtes et longues, Paris

À ma marraine de cœur, tendre et courageuse.
À mes enfants.

La résilience, c'est l'art de naviguer
dans les torrents.
Boris Cyrulnik

Hello darkness, my old friend
I've come to talk with you again
Because a vision softly creeping
Left its seeds while I was sleeping
And the vision that was planted in my brain
Still remains
Within the sound of silence[1].
Paul Simon

1. Extrait de *The Sound of Silence*, chanson de 1964 écrite et composée par Paul Simon, qu'il interpréta avec Art Garfunkel.

Brindille

Je suis assise dans l'embrasure de la fenêtre, un endroit que j'adore car, de là, bien cachée, je peux voir sans être vue, entendre sans être entendue.

À la bibliothèque, il y a une semaine, j'ai trouvé et dévoré *Jane Eyre* de Charlotte Brontë. Lorsque j'ai ouvert le livre et lu les premières pages, j'ai failli en tomber par terre d'effarement. Il me semblait que Jane Eyre, c'était moi ou que j'étais elle. J'ai d'ailleurs recopié cette phrase dans mon journal intime : « Je me plaçai dans l'embrasure de la fenêtre, ramenant mes pieds sous moi à la manière des Turcs, et, ayant tiré le rideau de damas rouge, je me trouvai enfermée dans une double retraite[2]. »

Depuis, chaque fois que je me terre ici, je n'ai plus l'impression d'être toute seule mais il me semble qu'une fille de mon âge est assise à côté de moi et ça me rassure un peu. Cette cachette, c'est la mienne depuis plus de quatre ans, depuis que maman, Tim et moi sommes venus habiter à Saint-Jean-des-Piles, un village blotti dans le parc de la Mauricie, au Québec. Nous avons quitté la maison de Vincennes tout juste un an après le décès de papa, cette maison que j'aimais tant, remplie de souvenirs et d'odeurs. Tout a été si rapide, comme un

---

2. Extrait de *Jane Eyre,* chapitre I. Ce roman de Charlotte Brontë fut publié à Londres en 1847. Les extraits reproduits ici sont tirés de la traduction de Madame Lesbazeilles Souvestre parue en 1890 chez Hachette.

tourbillon qui m'a happée, et je n'ai pas compris ce qui m'arrivait. La rencontre de maman avec cet homme, Matthew, lors d'une banale soirée d'anniversaire à laquelle, d'ailleurs, elle n'était pas censée aller et sa décision si brutale de tout laisser pour partir avec lui m'ont bouleversée.

Je n'ai toujours pas digéré ce déménagement de l'autre côté de l'océan Atlantique, à cinq mille kilomètres de la France et de mes copines. Certes, l'endroit est merveilleux, d'une beauté qui met parfois les larmes aux yeux. Mais ce n'est pas vraiment mon « chez-moi », ce n'est pas mon lieu, celui qui me rendait heureuse.

Comment expliquer ce sentiment indéfinissable ?

Derrière les gros rideaux de lin beige, je me sens en sécurité et même davantage : je me retrouve dans un autre monde où j'imagine MA réalité, celle qui n'appartient qu'à MES rêves et que personne ne peut m'arracher. Cet endroit, c'est ma porte de sortie, ma bouffée d'oxygène face au fracas généré par la nouvelle famille que maman a décidé de reconstruire avec Matthew et son fils de seize ans, Vianney, les deux personnes que probablement je déteste le plus au monde, à part Shirley, une peste de ma classe de l'an dernier qui a passé son temps à me pourrir la vie, et Hugo, un démon au visage d'ange qui collectionne les filles comme un entomologiste le fait avec les fourmis et les scarabées.

Je me sens bien mieux derrière cette fenêtre que dans ma chambre, parce que cette pièce ne m'appartient pas. C'est la propriété de Matthew. Il répète à longueur de temps que c'est lui qui nourrit sa famille, qui se tue au travail pour elle, qui rapporte l'argent à la maison. Sans lui, on serait à la rue, traînant sans aucun doute nos fringues puantes et déchirées à travers les rues infestées de rats et de pickpockets. Il mérite donc toute notre reconnaissance. « Une reconnaissance éternelle », même.

Aujourd'hui, en ce samedi d'automne, le soleil envoie de timides rayons sur les arbres majestueux. Matthew ne fait jamais les choses à moitié : la maison est immense mais le parc davantage encore, à tel point que mon beau-père a embauché un jardinier, Zachary.

Je n'ai pas vraiment l'occasion de discuter avec cet homme, Matthew nous interdit d'avoir des contacts avec lui. Il estime que chacun doit rester à sa place et que, si le jardinier commence à devenir familier, il risque de prendre des libertés de plus en plus grandes. Peut-être même s'introduirait-il dans la maison pour voler les bijoux de maman, les tableaux de maître, le matériel high-tech ou les bouteilles de vin hors de prix que Matthew fait venir de France et qu'il accumule soigneusement dans sa cave, comme des trophées à exhiber devant ses amis aussi riches que lui.

Au début, je considérais naïvement Zachary comme un homme étrange dont il fallait se méfier mais à présent que j'ai treize ans, je commence à me demander si Matthew ne raconte pas n'importe quoi. Je regarde le jardinier s'affairer à ramasser les feuilles mortes, à soigner l'érable rouge avec délicatesse, à bêcher et retourner la terre du potager et j'ai vraiment du mal à l'imaginer en train de commettre le moindre délit. Ce Matthew est parano, ce n'est pas possible autrement.

Au fil des secondes, je me perds dans mes rêveries. Au loin, je distingue les montagnes bleutées sur lesquelles s'égare le timide soleil, traçant des lignes plus claires. Ça fait longtemps que je ne suis pas allée en forêt, elle me manque terriblement. Pourtant, elle est là, tout près. Matthew avait promis des promenades au grand air et je me souviens qu'il a tenu ses engagements.

Au début seulement.

Ensuite, plus question de se détendre en famille, il y avait toujours quelque chose qui n'allait pas et empêchait les sorties. La météo incertaine. Son emploi du temps surchargé. Un enfant pas sage. Les devoirs non faits. Un rendez-vous urgent, même le week-end.

J'ai pris conscience que quelque chose ne tournait pas rond lorsque j'ai été invitée à dormir chez mon amie Louane, pour ses 11 ans, il y a deux ans à peu près. Son père lui parlait avec respect et surtout, il a frappé à la porte de sa chambre pour nous prévenir que le repas était prêt.

« Pourquoi il fait ça ? ai-je demandé, surprise.

— Eh bien parce que c'est ma chambre ! a-t-elle répondu en éclatant de rire.

— Oui mais tu es... chez lui ? Il te demande la permission d'entrer à chaque fois ? »

Ma copine m'a regardée avec stupéfaction, comme si je venais de lui annoncer que j'allais me teindre les cheveux en bleu ou que je venais de Mars. Moi, je réalisai soudain qu'effectivement, on n'était pas du même monde. Le sien à elle semblait plutôt harmonieux et équilibré (bien que je ne sois pas sûre que ça existe vraiment) ; le mien était biscornu et, surtout, les personnes qui en faisaient partie ne prenaient pas soin de moi.

Comme je n'y trouvais plus ma place, je me suis inventé d'autres amis et une famille qui ne me faisait plus pleurer, sauf d'émotion et d'émerveillement : les livres, qui ne m'ont jamais déçue, qui étaient toujours là pour moi, qui ne me regardaient pas de travers lorsque j'étais mal coiffée ou de mauvaise humeur, qui ne se fâchaient pas pour rien et ne projetaient pas sur moi de mauvaises intentions. Bien au contraire, ils me faisaient voir la vie autrement, me faisaient voyager, m'ouvraient les yeux, me permettaient de comprendre le monde. Le bonheur a été complet lorsque ma géniale professeure de français, Mademoiselle Birdie (on dirait un nom de fée ou un titre de roman, peut-être est-ce une fée incarnée sur Terre, d'ailleurs) a créé un club lecture l'an dernier auquel j'ai immédiatement adhéré. On doit rendre une chronique sur un livre de notre choix tous les quinze jours, j'adore faire ça ! Et puis, lorsque je suis certaine que Vianney et Matthew ne peuvent pas m'entendre, je m'assieds face au grand miroir de ma chambre, je prends un tube de dentifrice pour mimer un micro imaginaire et j'invente une interview dans laquelle je raconte pourquoi ce roman-là m'a autant plu, je ris, je fais des blagues et des grimaces. Par contre, en classe, c'est l'inverse : je suis muette comme une tombe. J'ai même du mal à lire mon avis à haute voix au club lecture, alors que je me suis régalée à l'écrire.

Ne supportant pas que je réussisse à être heureuse bien à l'abri dans ma bulle et que je lui tienne tête comme un ânon têtu, Matthew m'affuble de toutes sortes de surnoms humiliants… « matante[3] à barniques[4] », « cabochone[5] » ou « mal amanchée[6] » mais ses insinuations ne me touchent pas vraiment car c'est lui que je trouve ridicule, avec son petit costume si « dispendieux[7] » et ses chaussures bien cirées.

Je sens une colère teintée d'amertume m'envahir tout entière et faire remonter les souvenirs oubliés. Avant, avec papa et maman, c'était la fête tous les week-ends. On embarquait le panier de pique-nique, les vélos, Frida, notre golden retriever au poil si doux, et on passait la journée au Bois de Vincennes. Maman et moi, nous nous lancions dans une partie de badminton acharnée, pendant que papa marchait avec Tim sur le sentier de terre battue, là où il n'y avait pas de risque pour que ses pieds accrochent sur un caillou.

En voyant mon petit frère de deux ans rire et courir aux côtés de son père, comme s'il n'avait aucun handicap, mon cœur devenait tout mou, telle une guimauve, mais il se serrait aussi de façon inexplicable, comme si j'avais le pressentiment que c'était trop de bonheur et qu'il allait éclater comme une bulle de savon.

Je parlais à Tim:

« Tu es mon rayon de soleil.

---

3. *Matante*: femme démodée, ou « vieille fille » en québecois.

4. *Barniques*: lunettes.

5. *Cabochone*: têtue.

6. *Mal amanchée*: pas dégourdie, qui a un souci.

7. *Dispendieux*: cher.

— Moi, soleil ? »

Ses petits doigts touchaient mon visage, surtout ma bouche, pour savoir si elle souriait.

Je reprenais :

« Le soleil est très chaud, il chauffe tes joues. Tu le sens ?

— Oui, crès chaud à zoues de Tim.

— On joue au ballon ?

— Oui, ballon ! »

Papa installait le pique-nique, maman s'installait dans son transat rayé et sortait son carnet de croquis de son sac et, moi, je m'asseyais dans l'herbe, tout près de Tim qui ouvrait ses jambes avec application, comme je le lui avais appris.

Je faisais doucement rouler le ballon et mon petit frère, les mains en avant, trépignait d'impatience en sachant que le ballon arrivait vers lui. Dès qu'il le sentait entre ses doigts ou contre sa cuisse, il éclatait d'un rire si communicatif que personne n'y résistait.

« L'ai crappé !

— Bravo, Tim ! Tu es un champion !

— Pampion ! »

Les yeux de Tim me fixaient sans me voir et il s'écriait en lançant la balle de toutes ses forces mais sans jamais se tromper de direction :

« 'Core, ballon ! »

Mes yeux s'embuent. Je dois stopper ces allers-retours dans le passé, c'est trop difficile de revenir chaque fois à la réalité. J'en avais fait la promesse à maman à notre arrivée ici mais c'est plus fort que moi : je n'y parviens pas. Mes pensées m'attirent sans cesse vers mon ancienne vie et je n'ai pas la force d'y résister.

Je regarde Zachary qui fait rouler la grosse brouette remplie à ras bord vers le fond du parc. Le bruit familier d'une canne sur le plancher du salon me rappelle qu'il est l'heure du petit-déjeuner. Tim est levé.

« Tu es où ?

— Je suis là. Viens dans la cuisine. Tu as bien dormi ? »

Silence.

« Tim ? »

Je sens la colère envahir chaque atome de mon corps lorsqu'il me tend son pyjama et ses draps trempés d'urine. Je vais encore devoir me débrouiller pour les laver et les faire sécher en cachette. Mon petit frère cligne violemment des yeux et se ronge le pouce gauche, comme à chaque fois qu'il est très inquiet.

Mahikan

Mahikan nit icinikason[8]

Je suis rapide. Lorsque mes pieds nus foulent la terre et la frappent en cadence, ils se synchronisent avec les battements de mon cœur.

J'aime courir le matin quand le soleil n'est pas encore levé et que la nuit pâle s'efface, annonçant la chaleur écrasante sous le ciel couleur bleu cobalt.

Je ressens ma terre, ma forêt, dans chaque fibre de mon corps, dans chaque cellule de ma peau.

Ma terre, celle de mes ancêtres qui ont marché là, avant moi, les habitants des Premières Nations, le peuple des Atikamekw, les *nehirowisiw*[9].

Mon lieu, Wemotaci, la montagne d'où l'on observe, cette réserve où je suis né.

Je suis Mahikan, je suis le loup.

---

8. *Mahikan nit icinikason*: « Je m'appelle Mahikan », en Atikamekw.

9. *Nehirowisiw*: signifie *Atikamekw* dans la langue locale, c'est-à-dire un être en équilibre avec son milieu de vie.

Ma mère Waseskona a donné vie à trois enfants, elle est la femme la plus courageuse que je connaisse. Elle s'occupe de mon frère, de ma sœur et de moi car mon père, Maskwa, a été emporté dans un torrent, un jour d'orage, et on n'a jamais retrouvé son corps. Je n'ai presque plus de souvenirs de lui, alors je garde précieusement ceux qui me restent. Il ne parlait pas beaucoup mais lorsqu'il ouvrait la bouche, ses mots résonnaient en moi.

« Nous devons tout aux arbres et aux animaux, à la nature, Mahikan. Nous vivons à travers elle et pour elle. Quel mois sommes-nous ? »

Je répondais avec sérieux :

« *Ka Wasikatock Pisimw* : le mois où la lune se reflète sur la glace.

— C'est bien, mon fils. Viens voir la lune avec moi. »

J'ai donc été élevé par ma mère, bien sûr, mais aussi par mes grands-parents, les parents de mon père, même si désormais, ma *kokominook*[10] Mikona me regarde depuis les étoiles car elle aussi est partie rejoindre les aïeux depuis dix saisons maintenant.

J'aime profondément mon *kimocominook*[11], Coweri, un homme que toute notre communauté respecte profondément

10. *Kokominook* : grand-mère.

11. *Kimocominook* : grand-père.

parce qu'il est guérisseur, et qui sait mieux que personne décrypter les émotions sur nos visages.

« Toi, tu n'es pas content. Raconte-moi.

— Y'a rien, grand-père.

— Ne me mens pas. Je sais que tu es fâché. Contre qui tu es fâché, Mahikan ?

— Contre moi.

— Et pourquoi ?

— Parce que je n'ai pas été aussi rapide aujourd'hui qu'hier.

— Comment tu le sais ?

— Je le sens, grand-père, là, tout au fond. »

Mon grand-père tartine de la graisse avec de la pâte de bleuet[12] saupoudrée de cassonade sur des morceaux de *banik*[13] et m'en offre pour me réconforter.

« Tu feras mieux demain, mon fils. Ne te décourage pas et va plutôt aider à la chasse. Les hommes t'attendent, ramène-nous le *mos*[14]. »

12. Fleur à partir de laquelle on fabrique une pâte très dense et nourrissante ; c'est le dessert de la saison et une source de vitamine C, essentielle à la survie en forêt.

13. *Banik* : pain autochtone.

14. *Mos* : orignal.

Emâ

Cela fait déjà quatre mois que je suis ici et l'émerveillement n'a pas cessé.

À cette époque de l'année, la Mauricie est un endroit sublime. Les couleurs de ses arbres forment un tableau qui flamboie en déposant son arc-en-ciel au fond de ma pupille.

Mon appareil photo en bandoulière, j'ai immortalisé par centaines toutes ces feuilles qui se dorent et offrent la transparence de leurs nervures au soleil. La nature guérit les blessures et les souvenirs, c'est bien connu, et celle d'ici n'y fait pas exception.

Comment sait-on que son rêve d'enfant se réalisera un jour ? En a-t-on l'intime conviction dès qu'on a conscience de ce rêve, qu'on l'apprivoise, qu'il grandit en nous, qu'on apprend à le cerner de jour en jour, au fil des saisons et du temps qui passe ? Je peux désormais consacrer ma vie à protéger les loups. C'était mon souhait de petite fille et j'ai tenu promesse. Au fond de moi, je n'ai pas changé. Rien ni personne n'aurait pu m'en éloigner. Je devais trop de choses à mon rêve, il m'a sauvé la vie.

Sur mon blog, je partage cette passion des loups avec mes lecteurs mais aussi celle de la musique et des notes qui ne m'ont jamais lâché la main, surtout le chant qui m'a montré que la vie était belle et valait la peine qu'on s'y accroche. Moi, la grande timide qui ne parle pas beaucoup, qui suis à fleur de peau et qui reçoit chaque remarque comme une blessure, je n'ai trouvé que ce moyen-là pour exprimer ce que je ressens.

Un soir que je chantais pour ma grand-mère en fin de vie et que ma voix couvrait le bruit artificiel des respirateurs et des tuyaux qui la reliaient au monde extérieur, Monica, une infirmière, m'a entendue.

« Emâ, tu chantes comme un ange ! Tu ne veux pas rejoindre notre chorale ?

— Une chorale ? Très peu pour moi, merci !

— Je t'assure, tu devrais venir, on manque de solistes. Ce n'est pas une chorale de mamies en bigoudis, tu sais, on a un répertoire très éclectique et c'est le cœur qui prime. On est surtout des inconditionnels de musique. Viens nous écouter mardi prochain, tu veux bien ? »

J'y suis allée et depuis je n'ai manqué aucun de nos rendez-vous.

Dès mon arrivée en Mauricie, j'ai rejoint une autre chorale, *Sing for Life* ; nous chantons tous les samedis après-midi à l'hôpital de Shawinigan et plus spécialement dans le service des patients en fin de vie.

Certains d'entre eux ont une force intérieure extraordinaire, un courage face à la mort qui nous aide à relativiser les difficultés de la vie ; je ne me passerai de ces rendez-vous pour rien au monde même si mes larmes coulent souvent après certains moments bouleversants.

Et puis, je tiens ce blog comme un fil ténu de mes souvenirs, de mes rencontres et de mon lien à la vie. Curieusement, je parviens à être beaucoup plus joyeuse et à communiquer avec mes lecteurs, protégée derrière mon écran et mon anonymat ; leurs messages, le plus souvent chaleureux, me permettent d'avoir l'amitié virtuelle dont j'ai besoin.

Le blog d'Emâ
Wolves, Nature & Music
Le jour où j'ai remis ma vie à l'endroit, j'ai retrouvé mon âmE

Dimanche 18 octobre

Le vent fera craquer les branches
La brume viendra dans sa robe blanche
Y aura des feuilles partout, couchées sur les cailloux [...]
Tu croiseras le soir octobre endormi aux fontaines[15].

Chers lecteurs fidèles de ce blog,

Enfin, j'ai un peu de temps pour vous donner de mes nouvelles !

Comme vous le savez, j'ai rejoint la fondation *Wolves at Large*, créée il y a une dizaine d'années par John et Frankie Hartman,

15. Extrait d'*Octobre*, chanson de 1994 écrite, composée et interprétée par Francis Cabrel.

deux éthologues passionnés à la fois des loups et des grandes étendues. Merci pour vos derniers commentaires sur ce blog, qui m'encourageaient dans mon changement de vie !

J'ai mis longtemps à me reconnecter à mes envies d'enfant. J'ai d'abord été enseignante à l'Université en zoologie : vous me direz que ce n'est pas si éloigné de ma nouvelle fonction mais, à présent, je suis sur le terrain, auprès de mes animaux favoris, en Haute-Mauricie, un lieu extraordinaire. Après avoir passé un deuxième diplôme, celui d'éthologue, je peux enfin me consacrer à la protection des loups de l'Est, ces prédateurs méconnus, souffrant de l'image qui leur colle à la peau depuis des siècles. Même ici où ils sont censés être protégés, ce n'est pas suffisant. Leur population diminue chaque année de façon alarmante. Leur sort m'a toujours émue aux larmes. Ils sont traqués sans pitié à cause de la fausse ressemblance avec les coyotes, qui donne une excuse trop facile aux braconniers pour les tuer.

Nous sommes une douzaine d'employés à temps plein, affectés à ce territoire que j'adore, entre collines, sentiers, cascades et lacs aux camaïeux de bleus mais nous recevons également des bénévoles et des étudiants qui nous prêtent main-forte, surtout pendant les saisons où les touristes sont les plus nombreux.

Ici, dans le parc, nous ne chômons pas et chacun de nous effectue une tâche bien particulière, selon ses goûts et ses compétences. Bob et Terry, qui ont le sourire collé au visage et les bras musclés (quel horrible cliché), sont responsables de la surveillance des touristes et des randonneurs : ils font la chasse aux drones, aux feux de camping, au non-respect des horaires, aux déchets, au nourrissage interdit des animaux.

Honnêtement, je détesterais jouer ce rôle mais ils l'accomplissent à la perfection, avec diplomatie et bonne humeur, sauf lorsqu'ils sont confrontés à la mauvaise foi ou à la violence humaine... Dans ces cas-là, ils deviennent beaucoup moins agréables !

Andrew, Gabriele et Frankie, que nous surnommons gentiment nos Community Managers, sont en charge de toute l'info du site. Andrew met à jour les nouveautés sur les réseaux sociaux, annonce les expos et prépare les affiches. Gabriele invite des personnes référentes dans tout le pays (écologistes, guides, biologistes...), prépare les thèmes et anime toute l'année avec Frankie des conférences à destination des adultes mais aussi des classes pour sensibiliser le public à la protection de cet endroit.

Mon amie Pat est responsable des balises de tout le territoire, qu'elle connaît dans ses moindres recoins. Écogarde forestière, elle pourrait dire si un sapin a perdu une branche ou si un touriste a gratté l'écorce de l'érable à sucre de la parcelle 58. Non, je plaisante mais je ne suis pas si loin de la réalité. Et comme c'est une activité que j'adore, j'ai demandé au directeur, John, de l'accompagner une journée par semaine pour me familiariser avec les espèces du parc.

Sevan et moi sommes responsables des deux meutes de loups qui vivent en liberté. Nous étudions leur comportement et tentons de faire prendre conscience aux gens de leur fragilité, car lorsque les loups franchissent les frontières du parc, il n'est pas rare qu'ils soient impitoyablement chassés et abattus.

Ce soir, je vous présente donc en photos mon activité de la journée avec Pat : nous avons balisé la parcelle 41 A qui borde le lac à l'Est (voir la croix rouge sur la carte).

Nous avons également installé une caméra de surveillance sur l'un des immenses sapins baumiers, repéré il y a quelques jours. N'est-il pas merveilleux, d'ailleurs, cet arbre gigantesque ? Oui, vous le savez, j'adore les arbres et celui-ci est l'un de mes préférés.

Mais surtout, je partage avec vous l'incroyable nouvelle ! Sur cette parcelle un peu éloignée, j'ai repéré des empreintes de loup qui traversaient le sentier boueux alors que ce n'est pas un endroit où ils ont l'habitude d'aller. D'autres traces disparaissaient dans l'herbe qui bordait le bas-côté... Quelle excitation ! J'ai l'impression qu'il y avait un jeune : l'enregistrement de la vidéo me donnera peut-être raison. Et si c'est le cas, c'est une excellente chose car cela signifie que les loups se sentent à nouveau plus en sécurité, puisqu'ils se reproduisent.

J'espère pouvoir vous en dire davantage dès que possible avec, peut-être, une photo de loup !

À bientôt, prenez soin de vous,

Emâ

7 commentaires

Loving_wolves *je partage ton article sur IG et FB !*

Vincent M. *tu nous fais rêver, tes photos sont superbes, merci pour le partage :)*

Anissa *J'ai adoré mon voyage en Mauricie il y a deux ans, merci pour cette madeleine de Proust, bravo pour tout ce que tu entreprends et pour ton combat auprès des loups.*

Mathilda and wolves *Emâ, ton association me donne envie de créer la mienne. Merci pour l'enthousiasme que tu dégages !*

Nature and freedom *Waouh, Emâ, que je suis contente de vous lire à nouveau ! Que de belles choses en quatre mois ! Longue vie à* Wolves at Large *! Bravo !*

Lina *j'ai tellement hâte de voir les premières photos des loups ! Merci de partager tout ça avec nous, Emâ ! Belle soirée.*

Liam Thanks Emâ! What a beautiful song, *Octobre!* Really love it!

Je tiens également un journal, plus intime, dans lequel je note mes échanges avec les personnes qui m'ont marquée à vie. Aujourd'hui, je commence avec Léonard, une âmE d'artiste hors du commun.

J'ai rencontré Léonard il y a sept semaines exactement, un soir tout gris où de mauvais souvenirs venaient hanter mes pensées, tels de tenaces fantômes vêtus de draps couleur du désespoir.

J'étais en retard. J'ai enlevé mon imper dégoulinant de pluie et rejoint le groupe des choristes rassemblés autour du lit de Léonard, parce que le chirurgien avait décrété l'état d'urgence la veille.

J'avais la gorge serrée, j'ai pris la main de Léonard dans la mienne et il a chuchoté: « Ne pleure pas pour moi, Emâ, j'ai eu une belle vie. »

Léonard était un cueilleur d'âmes. Il savait si bien écouter, avec tant de bienveillance, que ses clients se confiaient à lui, lui dévoilaient le passé dont ils avaient honte, celui qui leur avait fait mal, les avait marqués. Il prenait le temps de les connaître et leur proposait alors un tatouage, une marque neuve sur leur peau qui effaçait l'ancienne et traçait une nouvelle identité, comme une page blanche à réécrire.

Il avait rencontré toutes sortes de personnes, du dragueur repenti se faisant désormais imprimer un poussin aux initiales de son bébé, à la femme vainqueur d'un cancer du sein, qui transformait le serpent sur son omoplate en une fée ailée prenant son envol vers la guérison, en passant par cette ado bouleversante qui avait demandé une tête de tigre blanc, son animal préféré, à la place de la tête de mort qu'elle avait fait tatouer après sa tentative de suicide.

Je me suis souvenue de ce qu'il m'avait confié il y a quelques semaines, quand il pouvait encore parler.

« Tu sais, j'en ai effacé des traces que les gens pensaient indélébiles parce qu'elles collaient à leur peau. Mais rien n'est jamais marqué indéfiniment, il y a toujours moyen de se défaire d'une image que l'on nous a plaquée, surtout si ce n'est pas nous qui l'avons décidé ; tu comprends ça ? »

Il a ajouté : « Et toi, Emâ, si tu étais entrée dans ma boutique, quelle cicatrice à l'âme aurais-tu aimé que je transforme ? »

On a commencé à chanter la chanson préférée de Léonard, *Octobre,* et il s'est paisiblement éteint.

Je voudrais terminer ma vie de façon aussi paisible que lui mais pas à l'hôpital, pas entre quatre murs, non ! Au milieu des sapins et des loups.

Will

Je viens de courir quinze *miles* sous les rafales de vent et pourtant, mon corps en redemande encore. J'inspire profondément l'odeur des sapins baumiers et offre mon visage aux trombes qui s'abattent du ciel d'encre.

Là, tout de suite, une envie irrépressible me saisit et j'ôte mes vêtements trempés un à un, puis dégringole le talus boueux jusqu'à la rivière qui bouillonne en contrebas. L'eau glacée m'appelle, elle happe mes orteils, mes mollets, mes cuisses et mon ventre avec la ferveur farouche d'une amante. Je hurle à pleins poumons contre l'orage et nage dans le courant qui me ballotte d'une rive à l'autre. Je n'ai pas peur, j'ai besoin de sentir le vivant entrer en moi avant d'aller affronter mon quotidien, tout à l'heure.

La vie et la mort font partie de moi, sont intrinsèquement liées, nouées à mes organes, à mes pensées. Elles alternent et s'entrelacent avec autant de régularité que les touches blanches et noires sur le clavier d'un piano. Elles me galvanisent.

Un remous me plonge brusquement la tête sous l'eau, je tape du pied contre les graviers et remonte aussitôt, puis lutte dans les remous jusqu'à ce que tout mon être se tétanise de froid. En frissonnant, je remonte la berge escarpée en courant, enfile mon caleçon et prends le reste de mes vêtements dégoulinants en riant comme un fou. Si mes collègues me voyaient, ils le penseraient, sans aucun doute. Cela m'est bien égal.

Ce soir, lorsque je tiendrai les petits doigts d'Adrian entre les miens ou que je masserai les pieds de Lalyta, je leur parlerai de l'eau et des cailloux, du vent dans les pins, de l'odeur de la terre mouillée, du cri des engoulevents et du bruit des branches qui s'entrechoquent.

Je suis un ICS et ces trois petites lettres me tendaient les bras depuis l'enfance. « Infirmier clinicien spécialisé ». À l'âge où mes copains jouaient aux petites voitures, moi j'avais envie de soigner les bébés et je savais tout au fond de moi que j'en ferais mon métier. Je travaille dans une unité de soins hospitaliers qui accueille les nourrissons à la sortie de la maternité et les enfants en bas âge qui présentent des soucis de santé temporaire et que nous prenons en charge pendant quelque temps, jusqu'à ce qu'ils aillent mieux.

Je reprends ma course folle sur le sol détrempé, fouetté par le vent cinglant et les gouttes de pluie glacée qui dégoulinent le long de mon dos. Alors que mes pas martèlent la terre, la voix de ma mère adoptive résonne à mes oreilles et je souris.

« Quelle folie, Will, un jour tu attraperas la mort à courir par tous les temps comme ça. Tu ne veux pas être raisonnable ?

— Mais je le suis, Mum. Si je ne sors pas courir tous les jours, je deviendrai un soignant aigri et grincheux. J'ai besoin de la forêt et des éléments déchaînés pour exister. Ils m'apaisent.

— Je sais, mon chéri. Je te taquinais. »

Ma mère Myriam, mon pilier. Celle qui m'a recueilli un soir d'octobre, petit nourrisson vagissant, lové dans un couffin en osier, à demi déshydraté, mais hurlant encore contre la vie qui me jouait un sale tour, à peine sorti du ventre de celle qui venait de m'abandonner. Un mot accompagnait mes langes souillés du sang de ce cordon ombilical qui me reliait, fil invisible, à la mère que je ne connaîtrais jamais, et ces cinq mots, « Prenez soin de mon Wilson », sonnant comme une prière, m'avaient empêché de vouer à ma génitrice une haine féroce.

Est-ce pour cette raison que je me sens le devoir *ad vitam aeternam* d'être près des bébés, de caresser leur crâne duveteux, de toucher leurs mains minuscules, de sentir leur odeur de nouveau-né ? De tout faire pour que leurs premiers jours dans ce service de pédiatrie se passent au mieux alors que leur corps souffre et que la vie triomphe, comme l'a fait Myriam il y a trente ans ? Une psychologue m'a dit un jour que mon corps gardait pour toujours, enfoui quelque part dans les méandres de mon subconscient, la trace de la main de ma mère m'arrachant à elle et me déposant dans le couffin.

Désormais, je consacre mes jours et mes nuits à ce qu'aucun bébé ne se sente seul, surtout ceux qui ont eu une naissance difficile ou ceux pour lesquels la mère a été dépassée par les évènements.

Je ne crois pas en Dieu mais lorsque j'ai découvert l'histoire de Moïse, sauvé des eaux et de la mort par une certaine Myriam, j'ai demandé à ma mère si cette histoire était réelle, tant je me suis identifié à ce bébé hébreu qui aurait dû être dévoré par les crocodiles du Nil. Moi, c'est les loups qui auraient pu faire de moi leur repas.

« Pourquoi je m'appelle pas Moïse, puisque y'a ton nom dans la Bible et que toi aussi, tu as sauvé un bébé ?

— Parce que ta vraie maman a demandé qu'on t'appelle Wilson, c'est le prénom qu'elle avait choisi pour toi, et je respecte sa volonté.

— Eh bien moi, je n'aime pas le prénom Wilson, donc si tu ne veux pas m'appeler Moïse, je m'appellerai Will, voilà !

— Si tu veux. »

Will.

Vouloir, à tout prix.

Vouloir exister alors que j'ai failli mourir si tôt.

« Pourquoi elle m'a abandonné ? Elle ne voulait pas s'occuper de moi, ma première maman ?

— Je n'en sais rien, chéri. Je dirai plutôt, même si je ne la connais pas, qu'elle ne pouvait pas faire autrement. »

Oh, comme cette question sans réponse m'a taraudé et me taraude encore, insidieusement, les soirs où je ne parviens pas à dormir !

J'échafaude toutes les hypothèses possibles et imaginables, je me demande si mon père savait qu'elle m'attendait, si on l'a obligée à me laisser sur le parvis de cette église, si elle a aimé mon père ou s'il l'a violée, si elle le connaissait, s'ils ont vécu une histoire d'amour ou si ce n'était qu'une passade d'un soir qu'elle a amèrement regrettée ensuite, si elle est encore vivante et lui aussi, si tenté que j'aie envie de faire leur connaissance.

Au fil du temps, ce questionnement incessant et ce manque de confiance en moi lié à l'abandon m'ont empêché d'aller vers les gens. Je parle peu, ne confie jamais rien à personne. Les autres me semblent rarement fiables; comme le renard du *Petit Prince*[16], je suis un solitaire.

16. *Le Petit Prince*, conte philosophique d'Antoine de Saint-Exupéry, paru aux éditions Reynal & Hitchcock en français et en anglais en 1943 sous le titre *The Little Prince*.

Brindille

Tim s'installe sur l'un des hauts tabourets blancs du bar, les épaules légèrement voûtées et je prends place en face de lui.

De là où je suis, je peux voir le jardin en entier et raconter à Tim ce qui s'y passe. Notre petit rituel matinal du week-end, c'est l'observation des oiseaux. J'écris tout ce que je vois dans un carnet et, parfois, je le relis à Tim. Il adore ça, il reconnaît chacun de leur chant et ne se trompe jamais. J'ai découpé dans un livre des photos d'oiseaux, que j'ai collées sur un cahier d'écriture et j'ai repassé les contours de leur corps en volume pour que mon petit frère puisse les suivre avec ses doigts. Je voudrais pouvoir trouver à la bibliothèque le livre dont parle Jane, cette fameuse *Histoire des oiseaux britanniques* de Bewick dont « chaque gravure me disait une histoire, mystérieuse souvent pour mon intelligence inculte et pour mes sensations imparfaites, mais toujours profondément intéressante[17] ». Mes préférés sont ceux au plumage coloré : le carouge à épaulettes, le chardonneret jaune ou le roselin familier mais je dois trouver d'autres descriptions pour Tim et ça m'oblige souvent à regarder les choses d'une autre façon. La forme de leur bec, leur taille, leur cri... j'essaie de les rendre le plus vivants possible.

---

17. Extrait de *Jane Eyre,* chapitre I.
A History of British Birds (Histoire des oiseaux britanniques) de John Bewick été publié en deux volumes en 1797 et 1804 et a été comparé à une œuvre de poésie et de littérature.

Depuis que mon frère est entré à l'école et qu'il a commencé l'apprentissage du braille, il a ajouté quelques mots sur les pages bien épaisses, avec son petit poinçon. J'apprends cet alphabet difficile en même temps que lui et je l'aide pour ses devoirs. J'aime bien.

Je sais comment faire rire Tim même si, parfois, certains jours, cela me demande plus d'énergie que d'habitude, surtout ceux où ses yeux sont cernés, où son bras tremble en amenant la cuillère de céréales à sa bouche, ceux où il ne parle presque pas, comme ce matin.

« Tu veux savoir combien il y a de mésanges à tête noire sur l'abri à oiseaux ? »

Pas de réponse. Ses paupières clignent si fort que j'ai envie de pleurer. Je pose ma main sur la sienne aux ongles tout rongés et il sursaute mais ne la retire pas.

« Il y en a quatre et, attends... il y a aussi... »

Je me lève, m'approche plus près de la baie vitrée et m'écrie :

« Tim ! Le geai bleu est revenu ! »

Les joues de mon frère se colorent un peu et il tourne la tête vers moi.

« Tu en es certaine ?

— Non, Monsieur l'incrédule. J'invente n'importe quoi.

— Oh, ça va, hein !

— Oui, Tim, *il* est revenu ! Encore plus beau qu'avant ! »

Son silence est un acquiescement.

« Le geai est posé sur les branches du grand hêtre, l'arbre qui n'est pas trop loin de la maison et il tourne la tête à droite et à gauche. Ses plumes... ce sont des merveilles, on dirait un tableau. Il a une drôle de petite crête sur la tête, tu sais, comme celle que je t'avais faite un jour avec le gel à cheveux ? Son petit œil est rond, noir et doux et... oh, Tim ! On dirait qu'il nous regarde !

— Comment tu le sais ?

— Ben, à ton avis ? Il n'arrête pas de pencher sa tête sur le côté, dans notre direction ! »

Je ne mens pas. C'est un contrat entre Tim et moi : je ne dois pas enjoliver la réalité mais lui décrire strictement ce que je vois. Par contre, inutile de lui parler des camaïeux de bleus et de gris qui se mélangent gracieusement dans les plumes du geai, il n'y comprendrait rien. Les couleurs, c'est la grande inconnue pour lui. Quand j'étais petite, je m'efforçais de les lui apprendre et il répétait docilement pour me faire plaisir :

« L'herbe, c'est vert et les pommes, c'est rouge.

— Oui mais il en existe aussi des vertes. Et des jaunes.

— Je ne comprends rien, soupirait-il, découragé. »

Maman m'a prise à part, un jour, pour m'expliquer que ça ne servait à rien, que Tim ne pouvait imaginer aucune couleur, puisqu'il n'en avait jamais vu une seule. J'avais neuf ans et j'ai pleuré tout l'après-midi. Puis, j'ai mis un foulard sur mes yeux et j'ai essayé de rester dans l'obscurité, comme lui. Je n'ai pas tenu plus de deux heures et, en prime, je me suis ouvert l'arcade sourcilière contre le chambranle de la porte de ma chambre. La journée s'est terminée aux urgences avec trois points de suture.

Quand je l'ai raconté à Tim, deux ou trois ans après, il a touché la cicatrice :

« C'est ta "cicatrice d'aveugle", Brindille. Pour que tu te souviennes toujours comme ça fait mal, parfois, de ne rien voir du tout. Tiens, regarde, j'en ai plein, moi, des cicatrices, tellement je tombe souvent. »

On s'est assis dans le grand fauteuil en velours du salon et je lui ai lu la suite de *L'Histoire d'Helen Keller*[18]. On était arrivés à la page 62.

« Ne vous inquiétez pas, disait Ann Sullivan pour rassurer la mère d'Helen. Même si Helen attrape quelques bosses, cela n'a aucune importance. L'important, c'est qu'elle apprenne à se débrouiller, qu'elle n'ait plus peur, qu'elle n'avance pas dans la vie en tâtonnant et en se méfiant. »

Tim s'est endormi sur mon épaule.

---

18. *L'Histoire d'Helen Keller*, par Lorena A. Hickok, traduit de l'américain par Renée Rosenthal et paru aux éditions Robert Laffont en 1968.

Depuis que j'ai lu *Jane Eyre,* je me sens encore plus en harmonie avec elle puisque, comme moi, elle a dû être « les yeux de quelqu'un » et ces mots me parlent tant que j'aurais pu les écrire moi-même. « Je n'étais jamais fatiguée de regarder pour lui et de dépeindre les champs, les rivières, les villes, les arbres, les nuages et les rayons de soleil des paysages qui nous environnaient, et de remplacer par mes paroles ce que lui refusaient ses yeux. Je n'étais jamais fatiguée de lire pour lui, de le conduire où il désirait aller ; de faire ce qu'il désirait faire ; et j'éprouvais une joie infinie à lui rendre ces tristes services[19]. »

Je m'apprête à raconter à Tim que le geai picore le tronc avec un tel acharnement que ça me fait rire, lorsque deux corbeaux arrivent et se posent à leur tour sur la branche. Ils avancent vers la boule à graines et, sans scrupule, chassent le petit oiseau bleu qui se perche, quatre branches plus loin, pour les observer.

Rien de plus anodin et, pourtant, comme à chaque fois que j'assiste à cette scène où s'exerce la loi du plus fort, une bouffée de colère m'envahit.

« Pourquoi tu ne dis plus rien ? » interroge mon frère.

Ce que Tim ne voit pas avec les yeux, il le ressent avec son cœur.

« Les corbeaux sont là. »

---

19. Extrait de *Jane Eyre,* épilogue.

Tim chuchote :

« Il y en a combien ?

— Deux. »

Un gros soupir. Nous n'avons plus envie de parler. J'ai à peine touché à mes céréales qui forment une bouillie informe dans mon bol. S'il était là, Matthew me demanderait si je fais exprès de jeter son argent dans la poubelle.

À l'étage, le sol tremble. Le reste de la famille se réveille et va bientôt envahir notre territoire.

Au loin, Zachary ratisse les plates-bandes avec application. Sentant sans doute que je l'observe, il se relève et, pour la première fois, m'adresse un petit salut de la main.

J'en reste muette de stupéfaction et, à mon tour, lui envoie un tout petit signe discret.

C'est décidé : ce week-end, je trouverai un moyen de lui parler.

Mahikan

Ta wipatc isparin[20]

Ce matin, avant que le *Pisimw,* le soleil, n'éclaire *Nikastinan,* ma mère la Terre, je pars courir dans la forêt.

J'aime le soleil, j'aime l'idée que, dans notre langue, la planète Terre soit une braise issue d'un éclat de soleil. C'est mon grand-père qui aime m'expliquer tout ça, c'est lui qui me raconte les *Kitci Atisokanak*[21]. Pour lui, c'est important que je m'imprègne du *Pimatisiwin*[22] de notre peuple. Il m'emmène souvent avec lui dans la forêt pour m'apprendre tout ce qu'elle peut m'offrir et il me parle très souvent de notre Terre-Mère.

Les autres jeunes s'en fichent complètement, ça les ennuie. Moi, non.

« *Pisimw* vient de *pisiparin.* À la suite de cette explosion, il y a eu des *iskakiteskw,* des braises, qui ont donné le mot *aki,* braise, que tu connais bien, mon fils. C'est notre Terre.[23] »

---

20. *Ta wipatc isparin* : le temps passe vite.

21. *Kitci Atisokanak* : les récits fondateurs.

22. *Pimatisiwin* : mode de vie ancestral.

23. Selon la langue Atikamekw, la planète Terre serait une braise issue d'un éclat du Soleil.

Je me suis lancé un nouveau défi : avant que les rayons de *Pisimw* ne chauffent mon visage, je dois courir jusqu'au lac et en être revenu.

Je sens mon corps jeune et vigoureux, le sang qui bat dans mon cœur, qui m'apporte la force. L'air est glacé mais peu m'importe. Mes pieds fermes foulent le sol de terre et j'avance, bercé par les chants des geais bleus, des grives ou des parulines. Cette forêt, c'est mon monde.

Courir m'aide à ordonner mes idées parce qu'elles ont souvent tendance à s'éparpiller. Au village, on me dit parfois que je marche dans les nuages parce que je suis encore en train de réfléchir à la question que l'on m'a posée alors que les autres parlent déjà d'autre chose. C'est comme ça depuis que je suis tout petit. Une fourmi, un caillou gris, une empreinte dans la neige et hop ! Mon esprit s'envole et invente des histoires qui ne font pleurer ou rire que moi.

Cela me joue des tours. Alors que les autres garçons de mon âge s'entraînent à pêcher ou à jouer au ballon, j'ai du mal à m'intégrer à leur groupe, parce que je me sens à part. Lorsque j'escalade le grand sapin près de la rivière, j'oublie qu'il faut en descendre le plus rapidement possible pour que le copain suivant remonte à toute vitesse.

Dès que je suis en hauteur, mon cœur s'emballe à la vue de l'horizon immense, des crêtes bleutées, des territoires inconnus que je rêve d'explorer un jour. Qu'y a-t-il, là derrière ? Je m'invente des histoires jusqu'à ce que j'entende quelqu'un hurler :

« Mahikan ! Tu manges les aiguilles ou tu construis une cabane ? À cause de toi, on a perdu.

— Un lynx l'a peut-être dévoré ?

— Ou bien il est parti sur le dos de l'aigle ? »

J'ai beau m'appliquer, essayer encore et encore, je n'y arrive pas. Les autres ont fini par comprendre et me choisissent de moins en moins. Je ne leur en veux pas parce que de toute façon, ce que je préfère, c'est courir en solitaire dans la forêt et faire la compétition avec une seule personne : moi-même. Et puis, j'ai envie d'être comme mes ancêtres, de sentir leur sang courir dans mes veines, alors que mes copains, eux, sont de plus en plus attirés par le Coca-Cola, les hamburgers du McDo, les cigarettes fumées en cachette, les voitures, les filles des magazines, bref, par l'appel de la modernité. Et ils se moquent de moi tout le temps, parce que tout ce qu'ils adorent ne m'intéresse pas, je n'en comprends pas l'intérêt. Alors, ils me disent que je suis un vieux, un ringard, un idiot et que je finirai ma vie tout rabougri au fond d'un tipi, alors qu'eux, auront des maisons neuves et des motos brillantes.

C'est mon dernier jour ici. *Otatakon Pisimw*[24] se termine, *ils* vont venir nous chercher. À cette seule idée, je me sens mourir de l'intérieur. Je ne veux plus y retourner et je frissonne en repensant à l'*Endroit*. Là-bas. Le pensionnat de Pointe-Bleue. Les religieux s'acharnent sur moi parce qu'ils disent

24. *Otatakon Pisimw* : le mois où les jeunes oiseaux apprennent à voler, c'est-à-dire en août. Les jeunes autochtones partent au pensionnat en septembre.

que les autres enfants ont compris qu'ils devaient changer mais que, moi, je résiste.

Je ne parle jamais à personne de tout ça parce que ça ne servirait à rien de faire venir les larmes dans les yeux de ma mère ou de mon grand-père s'ils savaient tout ce qu'on nous fait. Les lavages au savon quand nous prononçons les mots « défendus » — les mots de notre peuple Atikamekw — les coups, les violences, les injustices. Il paraît, d'après certains adultes, que nous n'avons pas à nous plaindre parce que c'était bien pire avant. Et alors ? Comment ceux qui sont censés nous protéger peuvent-ils tolérer que l'on nous fasse du mal, quand on est au pensionnat ? Je ne comprends pas.

Et ici, à Wemotaci, c'est pareil, parce que les autres jeunes veulent oublier ce que nous sommes et quand ils voient que je continue à prononcer les mots des anciens, à prendre du plaisir à chasser la perdrix, à trapper les castors, à pêcher, à fabriquer les raquettes avec la peau d'orignal, ça les énerve. Ils me disent que je me comporte comme un vieux.

Je ne sais plus qui je suis. Je ne suis pas de là-bas, je ne suis plus d'ici, je suis entre les deux et ça m'arrache le cœur, alors je prends une grande décision, une décision de folie.

Je n'y retournerai pas. Je ne gâcherai pas une année de plus, encore, sous leurs coups et leurs humiliations.

Je hurle aux arbres encore une fois : JE N'Y RETOURNERAI PAS !

Ayant fait cette solennelle promesse à la nature, je décide de ne plus penser à rien et je reprends ma course folle.

Mon souffle forme de petits nuages au-dessus de ma tête et ça me fait penser aux nuages de fumée qui s'élèvent dans le ciel, dans nos campements, quand arrive le *Pitcipipon*[25].

J'accélère un peu, je sais que je peux le faire. Le lac n'est plus très loin, je veux gagner la course contre *Pisimw*. Je voulais le raconter à mon grand-père, tout à l'heure, pour voir la fierté dans ses yeux mais, soudain, je me dis que ce sera impossible, puisque si je deviens un vagabond, un hors-la-loi, je ne le reverrai jamais plus. À cette seule pensée, mon ventre se serre mais pas question de flancher !

Grand-père sait que je suis différent, il me l'a déjà dit, un soir où il croyait que je m'étais endormi sur ses genoux.

Il a murmuré :

« Toi, tu as une âme de sage dans un corps d'enfant, Mahikan, tu es une vieille âme. Tu en souffres maintenant mais un jour, tu remercieras notre mère la terre pour ce don. »

Je n'ai pas tout à fait bien compris ce qu'il a voulu dire mais je n'ai pas le temps d'y réfléchir davantage, parce que c'est à cet instant précis, alors que j'allonge mes pas, que je le vois.

Comme un miroir de moi-même, Mahikan.

Un loup gris.

---

25. *Pitcipipon* : pré-hiver.

Il est assis là, au milieu du sentier, son pelage brille dans le soleil qui commence à se lever, ses yeux jaunes me regardent courir vers lui. De stupeur, je stoppe net et je me rends compte que mon cœur cogne drôlement fort, si fort qu'il doit sans doute résonner dans les oreilles du loup.

Bam, bam, bambambambam.

Emâ

Le blog d'Emâ
Wolves, Nature & Music
Le jour où j'ai remis ma vie à l'endroit,
j'ai retrouvé mon âmE

Mercredi 21 octobre

Bleue
J'étais celle qu'ils aimaient fort
Bleue.
J'étais, je suis encore,
Bleue
Vais-je garder l'éclat, l'or ?
Mes chagrins d'automne d'alors ?
Mes danses de pluie au-dehors ?
Bleue
Mais les neiges se font rares.
Toutes mes saisons s'égarent
Chauds… les courants qui nous séparent
Glacées… vos colères de hasard
Devant se défait notre histoire[26]

26. Extrait de *Bleue,* chanson de 2001 écrite et interprétée par Maurane et composée par Jean Dindinaud, Nicolas Repac, Tomas Gubitsch.

Chers lecteurs et lectrices de ce blog,

Comment vous sentez-vous lorsque vous trouvez un lieu presque intact où les animaux réussissent, sur quelques hectares, à vivre paisiblement, loin de la folie des hommes, de leurs chasses féroces, de leur cruauté, de leur appât du gain ? Ressentez-vous ce poids qui se lève de votre poitrine, ce sentiment d'harmonie qui s'infiltre dans vos veines, se répand en vous, vous inondant d'un profond soulagement ?

Croyez-vous que les animaux vivent la même chose ? Que les loups de cet immense parc sentent au plus profond d'eux qu'ils appartiennent à cette terre et qu'elle est la leur en retour, qu'elle leur est prêtée pour un temps, pour qu'ils en profitent, comme un avant-goût du paradis auquel croient les chrétiens et les habitants des Premières Nations ?

Je suis retournée à l'endroit où Pat et moi avions installé la caméra et avions vérifié les enregistrements. Déception. Pour l'instant, aucun loup n'est revenu par ici et nous avons tout visionné en vain. Quelques fauvettes, des juncos ardoisés, des roitelets à couronne rubis[27], un adorable renardeau roux, deux tortues peintes et une couleuvre rayée mais rien d'autre.

Je me suis souvenue d'une comptine, quand j'étais en maternelle : Loup, y es-tu ? Que fais-tu ? et j'ai murmuré « Dis, toi, où te caches-tu ? » et puis ça m'a fait sourire. Le loup a bien

27. Fauvette, junco ardoisé, roitelet à couronne rubis : espèces d'oiseaux communs vivant dans le parc.

le droit de vivre là où il veut, comme il le veut, sans avoir à satisfaire mon plaisir de le rencontrer.

Oui, loup inconnu, vis ta vie.

En rentrant, je suis allée aider Sevan à nourrir les loups apprivoisés du domaine. Ils sont quatre : trois mâles, Curwood, Shawni et Woody, ainsi qu'une femelle, la plus âgée du groupe, répondant au nom de Pearl, que vous pouvez voir sur la photo. Nous appelons ces loups-là des ambassadeurs de leur espèce. Ils viennent de zoos, principalement, et cet endroit vaste où ils sont protégés leur offre une nouvelle vie, comme une deuxième chance. Ce sont eux que le public, notamment scolaire, vient observer pour apprendre à mieux les connaître, à les respecter, à comprendre ce qu'ils sont et, peut-être même, à les aimer.

Je suis Sevan à l'intérieur de la « chambre froide », un immense chalet dans lequel sont stockées des carcasses d'orignal, que les gardes forestiers trouvent dans la forêt ou sur les bords des routes mais aussi des quartiers de bœuf ou d'agneau. Nous prenons une carcasse et allons la déposer à quelques mètres, dans l'enclos immense où vivent nos quatre protégés dont nous connaissons le comportement sur le bout des doigts. Nous les laissons venir à nous, nous lécher le visage et la bouche (mieux vaut ne pas avoir l'odorat trop sensible), nous mordiller les manches et les doigts (je porte des gants, Sevan est mains nues), se bousculer pour nous quémander des caresses.

Le loup, à la différence du chien, ne gratifie pas immédiatement la personne qui le nourrit ; notre geste doit être libre, dénué de toute attente : n'est-ce pas ce que devrait être toute relation, d'ailleurs ? Le loup, lui, vient comme il veut, quand il veut et cela répond à des instincts bien précis sur lesquels l'homme n'a aucune prise.

Shawni est mon favori depuis le début. Une grande complicité s'est instaurée entre lui et moi dès mon arrivée. Ce loup a subi des mauvais traitements, il boite de la patte arrière gauche et pourtant il apprend à refaire confiance aux humains.

En me voyant arriver, il court vers moi de sa démarche clopinante et pose son museau dans le creux de ma main, quémandant des caresses. Les loups adorent qu'on les masse, de leur cou à leur arrière-train ; ça leur rappelle les premiers instants de leur vie avec leur mère et ce geste familier les calme. Shawni et moi adorons « chanter » ensemble : je hurle, il me répond, à moins que ce ne soit l'inverse. J'ai demandé à Sevan de nous filmer, voici la vidéo. J'espère qu'elle vous plaira !

Je mesure la chance de vivre dans ce lieu où la nature est reine, où les animaux sont libres, même si l'Homme est trop envahissant et l'abîme, avec ses usines, sa pollution, son consumérisme effarant. Oublie-t-il qu'il doit tout à Mère Nature et que si un jour elle se fâche, à bout de l'infinie patience qu'elle traîne depuis des siècles, sa vengeance pourrait être terrible ? J'y pense souvent, moi qui essaie de vivre le plus en harmonie avec elle. J'ai beau faire des efforts pour limiter mes déplacements et mes déchets, je constate avec un dépit cuisant que, comme 90 % des humains, je possède un smartphone, j'utilise encore trop de plastique et qu'il m'arrive de consommer des produits hors saison ou industriels.

Pardon, ma chère nature, mille fois pardon !

Quant à vous, lecteur.rice.s et citoyen.nne.s du monde, je ne voulais pas vous culpabiliser, je sais que, tout comme moi, vous êtes sensibles à notre planète, vous avez envie de la protéger mais, malgré vous, vous êtes pris dans le tourbillon de la vie et vous rangez soigneusement dans un petit coin de votre cerveau tout ce qui vous gêne à ce propos.

Allez, parlons d'autre chose donc et motivons-nous chaque jour pour abîmer notre Terre le moins possible. Imaginez que par une circonstance imprévisible, une catastrophe naturelle par exemple, vous vous retrouviez confiné chez vous, dans l'incapacité de sortir et surtout, dans un endroit que vous détestez ou que, du moins, vous n'appréciez pas particulièrement. En tout cas, un lieu que nous n'auriez pas choisi si vous aviez su que vous alliez y passer quelques semaines, voire quelques mois. Que feriez-vous ? Quelles seraient vos réactions et comment survivriez-vous ?

Pour ma part, je pense que je m'enfoncerais loin, très loin dans mon imagination et je m'inventerais le lieu qui me ferait rêver. Je le bâtirais avec toute la force de ma pensée, de mes neurones et de mes émotions. J'y mettrais des arbres et de l'eau, des rochers et de la mousse, des cachettes, du sable sous mes pieds ou de la terre meuble et je m'imaginerais, comme tous les prisonniers, que j'aurais le pouvoir de franchir les murs de béton ou de pierre qui me tiennent enfermée.

Et vous ?

Pour finir, j'ai envie de vous parler de Blanche, cette femme magnifique qui, du haut de ses quatre-vingt-trois ans, m'a donné une incroyable leçon de vie et d'humanité.

Blanche, une âmE d'enfant originelle.

Cette vieille femme au regard pur sait qu'elle n'en a plus pour longtemps et que son corps est en train de la lâcher. Elle était à la tête d'un mouvement de défense de la nature et elle a passé sa vie à trier ses déchets, à consommer de manière écoresponsable et à organiser des marches blanches tous les samedis après-midi, par n'importe quel temps. Mais ce qui m'a davantage touchée au cœur, c'est de voir le nombre de personnes qui sont venues prendre de ses nouvelles depuis son hospitalisation. Lorsque nous avons chanté *Bleue,* de Maurane, cette chanson choisie exprès pour elle, mon regard s'est attardé sur les nombreux dessins et messages que l'infirmière avait accrochés au mur.

Toutes ces personnes la remerciaient de leur avoir ouvert les yeux, de leur avoir montré le chemin à suivre et chacun d'eux lui faisait une promesse touchante. J'ai fondu en larmes devant celle d'Aby, 9 ans :

« Ma promesse pour le monde, Blanche, c'est d'écouter le cœur des arbres parler. »

Lorsqu'elle m'a vue observer les dessins, Blanche m'a fait signe de m'approcher de son lit, puis elle a articulé, les yeux dans les miens :

« Et vous, quelle promesse au monde avez-vous faite ? »

9 commentaires

Lina *Quelle émotion à vous lire, à vous voir ! Cette vidéo de vous et de Shawni est adorable et la phrase d'Aby est si vraie...*

Mathilda *Waouh, je craque pour votre duo ! Je ne connaissais pas la chanson de Maurane, elle résonne en moi, merci ! Et je vais réfléchir à la promesse que je vais faire au monde !*

Loving_wolves *si je devais trouver mon lieu intérieur, il serait sans conteste un endroit peuplé de loups, une meute, une contrée sauvage, loin, bien loin des humains. Merci pour ce joli concert !*

Ana *je comprends votre déception de ne pas avoir vu de loup « sauvage » mais vos protégés sont adorables. J'espère de tout mon cœur que vous finirez par voir « l'autre » loup et que vous partagerez les photos avec nous !*

Nature and freedom *mon lieu serait un royaume secret, préservé... Lorsque je ferme les yeux, j'imagine un paysage semblable aux étendues birmanes... Quelle chouette idée d'apprendre aux enfants que les loups sont un maillon important de notre biodiversité.*

Laurathecat *je suis d'accord avec Ana !*

Slovenia *I want to share with you this song,* S.O.S. (Mother Nature)[28], *by will.i.am. Enjoy, Emâ.*

28. *S.O.S. (Mother Nature),* chanson de 2007 composée, écrite et interprétée par will.i.am (William Adams).

Of the human race, people on the paper chase
The environment is fragile, and we been on the gradual
Declining in a lifetime or lose the battle
Get burned by volcanoes, get blown by tornadoes
Cause mother nature signals, is trying to warn NATO
We got a new terror threat, it's called the weather
More deadlier than chemical and nuclear together
It's hotter in the winter, even hotter in the summer
Jesus, or Buddha, somebody come and help us out

Brandon *vous êtes d'une naïveté touchante, Emâ, mais je l'admire, cela fait bien longtemps de mon côté que je ne crois plus en une nature préservée et je pense que nous courons à la catastrophe. Mais vous avez raison de garder espoir et ce que vous faites auprès des loups de la fondation le montre. Continuez.*

Me and my children *J'ai les larmes aux yeux ! J'adore votre blog et ces témoignages de personnes, continuez, on a besoin de positif et d'exemples à suivre. Mes enfants hurlent à la lune depuis qu'ils ont vu votre vidéo... Et je prends le même engagement que la petite Aby !*

Will

Lorsque j'entre dans le service de pédiatrie de l'hôpital du centre de Shawinigan, je suis accueilli par ma collègue Léonore, aussi bavarde que je suis silencieux. À nous deux, dit-elle souvent en riant, on atteint l'équilibre parfait de mots prononcés dans une journée.

« Tout va bien, Will ? T'es encore allé courir, non ? Tes cheveux sont trempés. Je peux toucher ?

— Léonore !

— Ben quoi ? J'adoooore tes cheveux de jais. Je rêve d'une chevelure comme la tienne : comment veux-tu que je ne sois pas jalouse ? Tu ne pourrais pas m'en donner un peu ?

— Sans souci. Et le forfait chez le coiffeur qui va avec...

— Ah non, te plains pas, tu n'as pas le droit ! Je peux toucher ? Ça me met de bonne humeur...

— T'es *crazy*, toi. Allez, vas-y. »

Lorsque ses doigts fins se posent sur mon crâne, je réprime le frisson qui m'envahit. Léonore est attirante et ses grands yeux m'envoient un message sans ambiguïté mais je n'y arrive pas. J'ai trop besoin de ma solitude et de mon espace, je ne suis pas encore prêt à ce que quelqu'un l'envahisse, même si mon corps se trouble. J'ai eu une petite amie, il y a deux ans. Elle s'est lassée de mes silences et des bulles intérieures dans lesquelles je me réfugiais beaucoup trop à son goût, la laissant en marge de moi, en marge de nous et de nos échanges. Elle s'est vite plainte que je ne la laissais pas accéder à mon univers et elle est partie, déçue. Je m'en suis voulu, beaucoup, et me suis fait la promesse de ne tomber amoureux que si la personne en face de moi me donnait cette liberté.

« Et voilà ! *Good vibes* pour les prochaines vingt-quatre heures ! s'exclame Léonore en m'envoyant une tape dans le dos, ce qui a immédiatement pour effet de me faire redescendre sur terre. Au boulot, toi ! On a une nouvelle patiente, une petite Nikki, qui a un taux d'oxygène sanguin un peu bas. Le doc' passe tout à l'heure pour faire le check-up et ils n'ont pas encore parlé de la transférer à Sainte-Justine[29] mais ça se fera demain si elle passe une mauvaise nuit. »

Immédiatement, tout mon être se tend et les bienfaits de mon plongeon dans la rivière et de ma course folle s'estompent au fur et à mesure des informations de Léonore. J'ai beau avoir des années d'expérience, je ne m'habitue toujours pas à l'éventualité de la perte de l'un de mes petits patients. Je chuchote, la gorge serrée :

« Que disent les parents ?

---

29. Il s'agit du CHU Sainte-Justine de Montréal où se trouve un service de néonatalogie. On y transfère les prématurés ou les nourrissons lorsqu'ils rencontrent un problème grave à la naissance.

— La pauvre, elle démarre si mal dans la vie, cette puce... Sa mère a accouché il y a six jours mais elle a refusé de voir la petite. On n'a pas vu le père. »

Je vacille et me retiens de tomber. Un nuage noir passe devant mes yeux et je ne maîtrise plus le tremblement de mes mains.

« Ça va, Will ? s'inquiète Léonore. Tu es tout pâle...

— Oui, c'est bon. J'ai couru trop longtemps tout à l'heure, je fais une hypo. Je vais manger quelque chose, puis je te rejoins.

— Ça marche, je vais aider la mère de Benji à le mettre au sein, il ne tète pas bien et elle m'a déjà appelée trois fois en cinq minutes. »

Je n'ai jamais confié mon histoire à aucune personne de l'équipe et je ne leur raconte pas non plus que lorsque l'un des bébés se porte mal, je meurs un peu à chaque fois, comme si ses cellules avaient fusionné avec les miennes le temps des soins. Ce sentiment se décuple lorsque les bébés n'ont pas de parents pour les entourer mais cette situation est tout de même rare et l'annonce de Léonore me prend de court. Cette fichue « distance soignant/patient » indispensable à notre équilibre personnel, je n'arrive pas à la mettre en pratique. Je m'investis dans chacun de ces nouveau-nés comme si ma vie en dépendait.

« Il faut d'abord que j'aille parler à cette petite Nikki, maintenant...

— Mais enfin, Will ?

— J'en ai besoin, laisse-moi deux secondes et je te rejoins. »

Léonore secoue la tête en signe de désapprobation, comme si ma phrase pessimiste condamnait Nikki par avance, sauf que c'est l'inverse. Je sais que je regretterai de ne pas l'avoir fait, si jamais ça se gâte pour elle.

Je m'approche de la couveuse. C'est étrange comme face à mes jeunes patients, je trouve les mots qu'il faut, tout de suite, pour communiquer, sans doute parce que je sais qu'ils ne comprendront pas et qu'ils n'attendent rien en retour. Je murmure à l'intention du bébé :

« Je voudrais que tu te battes mais peut-être que ton corps n'en a pas envie ou qu'il ne le peut pas, parce que ta mère n'est déjà plus là pour te donner l'énergie et je ne peux pas m'empêcher de lui en vouloir, même si je sais bien qu'elle doit avoir ses raisons, comme la mienne avant elle. C'est dommage, petite puce, j'aurais adoré que tu voies la rivière mugir et se jeter contre les rochers. Waouh, tu aurais vu cette force, l'eau m'a entraîné vers le fond et a failli me faire couler... Mais je suis remonté. Dis, tu ne veux pas essayer toi aussi ? Je t'assure, le spectacle en vaut la peine... Un jour, tu pourras tremper tes pieds et nager contre le courant, si tu es d'accord ! Alors, tiens le coup Nikki, promis ? Reste ici, on veillera sur toi, promis. »

Le petit corps ne réagit pas, bien sûr.

La nuit a envahi les fenêtres du service et tandis que je nettoie, aspire les mucosités, change des couches, serre une petite main fripée, vérifie les moniteurs ou les perfusions, mon cœur, inévitablement, s'envole vers celle qui m'a mise au monde.

Où que tu sois, c'est grâce à toi que je suis ici.

Est-ce que le remords te tenaille parfois, aussi cruellement que les questions me hantent ?

Avant, j'étais certain qu'on se retrouverait un jour mais plus les années passent, moins j'y crois et mon espoir s'amenuise comme une peau de chagrin.

Alors tu sais quoi ? Si Nikki se stabilise, ce sera le signe que je dois te chercher.

Brindille

Instinctivement, dès que Matthew et Vianney entrent dans la pièce, je baisse les épaules et me rapproche de Tim.

« Regarde-les, 'Pa, siffle mon demi-frère en frappant de la paume l'arrière de la tête de Tim qui esquisse un pitoyable geste de défense. Ils se lèvent aux aurores pour grailler nos provisions. Des SDF, j'te dis. »

Mon frère ne répond pas mais ses yeux qui ne voient rien se remplissent de larmes. Pourvu qu'il ne pleure pas. Le souvenir de la dernière fois où ça s'est produit reste encore gravé dans ma mémoire et je ne veux surtout pas que ça recommence. Tiens bon, Tim.

Je m'écrie :

« Bonjour, Matthew, tu veux un café ?

— Moi aussi, j'en veux un, ricane Vianney en passant derrière moi. »

Il passe sa main sur mes fesses, les pince, puis susurre :

« Tu viendrais pas faire un petit tour dans ma chambre, toi ? »

Tout mon corps se contracte mais j'ai appris à supporter ces gestes déplacés et, surtout, je veux que ce petit con de Vianney laisse mon frère tranquille.

« Tim, tu apportes le lait ?

— Timounet, tu apportes le lait, *baby*? » répète Vianney en imitant ma voix de façon grotesque.

Imperceptiblement, je frôle le corps de Tim pour l'empêcher de réagir et lui souffle un imperceptible « chut » que seule son oreille à l'ouïe ultrasensible percevra. Je vois son visage qui pâlit, ses yeux qui reprennent leurs mouvements incontrôlés et j'ai envie de pulvériser Vianney, de l'écraser contre le mur.

Si Vianney pouvait lire dans mes pensées, il serait drôlement surpris mais, comme tous les ados qui se croient irrésistibles, il pense que je suis dingue de lui et que je fais mine de résister à son charme par pure provocation.

« Hé, t'es une grosse cochonne ! s'écrie-t-il soudain en soulevant mon bol de céréales détrempées. T'as vu comme tu gaspilles ?

— Je le donnerai aux oiseaux. Je n'ai plus faim.

— Non, tu vas bouffer ton truc. Hein, 'Pa, faut qu'elle finisse son assiette ? »

Matthew approche son visage du mien, si près que je vois la petite veine battre sur son cou, vite, trop vite. Je sais ce que cela signifie.

« Oui, Vianney, bien sûr qu'elle va terminer son repas. Elle ne voudrait tout de même pas que je sois obligé d'aller en parler avec sa maman, n'est-ce pas ?

— D'accord, je vais les manger. Donne-moi le bol, Vianney.

— Viens le chercher », ricane ce dernier en le levant très haut au-dessus de sa tête.

Ce n'est pas pour rien qu'on m'affuble du surnom de Brindille au collège : je mesure un mètre cinquante pour trente-neuf kilos. Vianney, à seize ans, est un géant blond d'un mètre quatre-vingt-dix qui doit au bas mot faire cinquante kilos de plus que moi. Les muscles de ses bras bronzés se dessinent parfaitement, il a pris soin de mettre un marcel blanc pour les mettre en valeur.

Écœurée, je fixe les poils sous son aisselle droite et m'approche lentement.

Je m'en veux tellement. Tout ça, c'est de ma faute. Au lieu de regarder le geai, Tim et moi aurions dû remonter rapidement dans nos chambres pour éviter cette situation.

Je le sais, pourtant. Ce n'est pas comme si c'était la première fois que ça arrivait.

Je me hisse sur la pointe des pieds et mes doigts effleurent à peine le poignet de mon demi-frère.

« Supplie-moi », se moque-t-il.

Me vient alors en tête, de façon inexplicable, la réplique de Jane[30], ma chère Jane, face à John, son cousin, qui la persécutait avec l'assentiment de sa tante, Mrs Reed, qui avait recueilli Jane. « Vous êtes un méchant, un misérable, m'écriai-je; un assassin, un empereur romain. » Cette réplique, je me la suis répétée avec volupté, rêvant de la balancer dans la figure de Vianney. La seule chose qui m'a retenue, c'est la crainte qu'il ne sache pas ce qu'est un empereur romain et que toute la puissance de ma phrase s'écrase à ses pieds par manque de référence.

Est-ce que cette phrase me donne la force? Courageusement, je lâche, les dents serrées:

« Non, je ne vais pas t'implorer pour manger ces céréales dégueus. Tu n'abuseras pas de ta force physique sur moi, c'est disproportionné.

— Tu-as-dit-quoi, sale morveuse? » grince Vianney tandis que sa main gauche s'abat violemment sur ma joue d'abord, puis sur mes épaules, mes bras, mon dos et toutes les parties de mon corps qu'il peut atteindre.

J'essaie de me débattre mais il m'a attrapée avec l'autre main et me broie l'avant-bras.

Les coups pleuvent et, malgré la douleur, j'entends la voix suraiguë de Tim, suivie d'un fracas de verre brisé.

« Lai... lai... ssez...-la tran... tran...quille!

---

30. *Jane Eyre,* chapitre I.

— R'garde-le comme il *choke*[31] ! » se moque notre demi-frère en balançant son poing dans l'omoplate de Tim.

« Qui m'a pondu un handicapé pareil ? hurle la voix de Matthew. Il vient de péter une bouteille entière ! »

Mon estomac se révulse et Vianney pousse un cri de dégoût.

« Elle m'a dégueulé dessus, c'tte porc ! »

J'ai l'impression de glisser dans du coton. Mon front me fait mal, je le touche et ma main devient rouge. Je me sens bizarre, tout à coup, il faut que je m'allonge, ça ira mieux après. Je suis sûre que ça va passer. Le sol de la cuisine est drôlement froid, mes bras et ma tête sont si douloureux que j'aimerais bien dormir un peu pour oublier. J'entends Tim pleurer, je voudrais le consoler mais mes jambes sont engourdies, impossible d'aller vers lui et de le prendre dans mes bras.

Tiens, il fait nuit, quel bonheur. Comme cette obscurité qui envahit mes paupières est apaisante. Elle efface les voix furibondes de Matthew et de Vianney, on dirait qu'ils ronronnent, ça me berce. Peut-être que je suis dans les bras du vent. Ou dans la chambre rouge[32], comme Jane.

---

31. *Choke*: être pris de bégaiements par gêne excessive; anglicisme, terme du registre populaire, de l'anglais *to choke,* étouffer.

32. La chambre rouge était la chambre où la tante de Jane l'enfermait pour la punir.

Mahikan

Ki nataweriten ia kekocic?[33]

Le loup n'a pas bougé, il est posé sur le chemin et il me regarde fixement avec ses yeux jaunes.

Lorsque j'étais tout petit, mon grand-père m'avait emmené marcher avec lui dans la forêt, en pleine nuit. C'était *Mikomin pisimw*[34], le mois des framboises, mon fruit préféré. J'en avais cueilli deux paniers plein, j'étais heureux parce que ma mère allait en faire quelque chose de bon pour le repas et que je pourrais les offrir pour le *mokocan*[35], puisque j'étais encore trop petit pour pêcher, chasser ou trapper. Ce serait mon cadeau pour ma famille et ça me rendait fier.

Soudain, dans les branches du grand sapin baumier, j'ai vu deux cercles brillants me fixer puis s'éteindre à intervalles réguliers. Un jeune Atikamekw ne montre pas sa peur, alors j'ai serré très fort la main de mon grand-père qui sourit.

33. *Ki nataweriten ia kekocic?* Veux-tu quelque chose?

34. *Mikomin pisimw*: le mois de juillet.

35. *Mokocan*: repas de fête traditionnel, de chaque fin de semaine; on y mange du poisson rôti, des outardes ou des perdrix, de la tête d'orignal braisée, de la viande fumée, des beignets de bleuets...

« Voyons, Mahikan, ce n'est que l'*ohomisiw*[36] solitaire qui cligne des yeux pour te dire bonjour. Réponds-lui. »

J'ai obéi et, du haut de mes quatre saisons, j'ai eu l'impression de discuter avec l'oiseau aux yeux d'or.

Peut-être que si je cligne des yeux, le *mahikan* va me répondre, lui aussi ?

Je fais un pas et murmure :

« *Kwei*[37] ! »

Le loup tressaille, il retrousse les babines et je vois luire ses dents aiguisées comme celle du couteau que grand-père affûte avec soin chaque soir. Malgré mon excitation, je prends tout à coup conscience du danger.

Je suis seul, face à ce loup étrange aux deux pattes blanches.

---

36. *Ohomisiw* : hibou.

37. *Kwei* : bonjour.

Emâ

Le blog d'Emâ
Wolves, Nature & Music
Le jour où j'ai remis ma vie à l'endroit,
j'ai retrouvé mon âmE

Mercredi 21 octobre

Chers lecteurs et lectrices,

J'ai une ride de plus ! Je plaisante mais je clos aujourd'hui mon vingt-septième automne. Et la nostalgie des paroles de *Tant de belles choses*[38] m'envahit.

Il vient de m'arriver une chose incroyable en attendant Sevan. Nous allons fêter mon anniversaire avec l'équipe, au Café bucolique, un charmant restaurant que je vous recommande si vous venez un jour par ici.

---

38. *Tant de belles choses,* chanson de 2004 écrite et interprétée par Françoise Hardy et composée par Pascale Daniel, Alain Lubrano et Erick Benzi.

Pour vous donner une idée de l'ambiance, imaginez-vous que la nuit a enveloppé de son manteau sombre les arbres du parc.

Je ne distinguais plus rien mais soudain mon chat Cyrulnik s'est agité et a grogné, le poil hérissé.

« Tu es pire qu'un chien de garde, toi ! » l'ai-je un peu rabroué.

Il a poussé un miaulement mi-effrayé, mi-intimidateur et s'est élancé comme un fou vers la baie vitrée. Je me suis approchée à mon tour, tentant d'apercevoir ce qui pouvait autant le terroriser. Un oiseau, un chat errant, un lynx ou même un renard qui viendrait traîner ici en quête de nourriture ? Le parc est rempli d'animaux sauvages et ce pauvre Cyrulnik a encore du mal à s'y habituer, lui qui vient de la ville où seules quelques souris effrontées lui donnaient du fil à retordre. Lorsque Shawni, Pearl, Curwood ou Woody hurlent, le soir, ce gros froussard file se cacher sous le lit en attendant que leur concert nocturne cesse.

Il a craché de plus en plus fort et s'est aplati sur le plancher de bois ciré, les oreilles couchées, sa queue tigrée frappant furieusement contre l'un des pieds de ma chaise de bureau.

J'ai donc fini par éteindre complètement les lampes et j'ai laissé mes pupilles s'habituer à l'encre de la nuit.

Petit à petit, j'ai distingué le contour des trois grands sapins les plus proches, du chalet d'Andrew et Gabriele sur la gauche, de celui de Sevan un peu plus loin. Ma vue s'est encore affinée et j'ai enfin réalisé qu'une ombre se tenait à quelques mètres de la terrasse en teck. J'ai plissé les yeux devant cette silhouette familière tandis que mon pouls s'accélérait.

Jamais un loup ne se hasarderait si près des habitations humaines et, pourtant, j'étais quasiment certaine, à cet instant précis, que c'en était bien un. Je pourrais dessiner les yeux fermés les contours du corps de mon animal favori. Ce poitrail fin et musclé à la fois, ces pattes agiles, ce museau reconnaissable entre mille, ces oreilles courtes et dressées à l'affût du moindre mouvement.

Lina, vous écriviez dans les commentaires que vous attendez impatiemment de voir un loup : vous auriez donc adoré être là et, moi, j'aurais donné cher pour avoir les yeux laser d'une superhéroïne.

Je ne bougeais plus et derrière la vitre, l'ombre a fait quelques pas hésitants dans ma direction. J'apercevais ses yeux étincelants sous la clarté de la pleine lune qui s'était levée derrière les nuages lourds et cotonneux.

Instinctivement, pour ne pas l'effrayer, je me suis accroupie avec précaution derrière la baie pour me mettre à sa hauteur. Il s'est approché plus près et soudain, mon cœur a fait un bond. C'était un loup au corps assez athlétique, à la fourrure marron caractéristique des loups de l'Est, mais avec les deux pattes avant noires, comme s'il portait des bottines. J'aurais voulu immortaliser cet instant avec mon téléphone pour le partager avec vous !

L'animal me dévisageait intensément et je rêvais de faire de même mais fixer un loup sauvage dans les yeux équivaut à le défier. Alors, j'ai posé lentement ma paume sur la vitre et l'ai regardé à mon tour en espérant qu'il sache interpréter le message que je lui envoie.

Dis, qui es-tu, toi ?

Je vous laisse hélas en plein suspense, chers lecteurs et lectrices : Sevan est arrivé à ce moment-là et mon visiteur a détalé aussitôt.

J'espère tant le revoir, je vous tiendrai au courant mais je voulais simplement partager avec vous que, pour mes vingt-huit ans, ma grand-mère me manque terriblement, elle qui est partie depuis deux ans maintenant. Vous connaissez sans doute ce sentiment qui est plus douloureux lors des fêtes.

À bientôt et prenez soin de vous,

Emâ

8 commentaires

Slovenia Happy birthday Emâ! What a sweet, sweet story with the wolf! May your grandma be in peace! Love you

Lina *Oh, Emâ, c'est comme si j'avais été près de vous, dans votre salon, lorsque vous avez raconté l'histoire avec ce loup sauvage. Merci pour le partage et joyeux anniversaire ! L'histoire avec votre grand-mère m'a beaucoup touchée !*

Anissa *Tenez-nous au courant si le loup revient ! Quel suspense ! J'ai adoré vous lire, malgré la tristesse des souvenirs de votre grand-mère. Courage et joyeux anniversaire !*

Ana *merci pour le partage ! Que l'âme de votre grand-mère vive en vous ! Douces pensées pour votre anniversaire.*

Pierre *Joyeux anniversaire Emâ et longue vie au loup sauvage !*

Angélique *grâce à vous j'ai réécouté cette sublime chanson, merci ! Heureux anniversaire en musique !*

Laurathecat *Superbe histoire :)* Have a very nice birthday!

Loving_wolves *Serai heureux de voir une photo du loup aux pattes noires si vous y parvenez ! Joyeux anniversaire.*

J'éteins l'ordinateur et les souvenirs remontent à la surface où ils éclatent comme de minuscules bulles fragiles. En début d'après-midi, mes adorables petites-nièces Jade et Louison, deux et cinq ans, m'ont appelée en visio depuis la France, en m'envoyant des tonnes de baisers avec leurs mains potelées. Elles étaient en pyjama, prêtes à aller se coucher, leurs cheveux encore humides bouclant dans leur cou. Mon cœur a fondu.

« Tu vas bien ? m'a demandé Camille, ma belle-sœur, en retenant Jade qui voulait lécher l'écran pour me faire de vrais bisous. Tu rayonnes. L'air de Mauricie te réussit, dis donc !

— Ce qui veut dire poliment que j'avais mauvaise mine avant ?

— Emâ, je t'en prie. Arrête, tu interprètes tout ce qu'on te dit. Non, ça veut simplement dire que tu es rayonnante, il n'y a pas de sous-entendu. Alors, ça te plaît, ce parc ?

— Yep, c'est génial. »

Nous bavardons encore quelques minutes, puis la conversation se termine lorsque Camille s'en va mettre les enfants au lit. Elle me répète, un peu trop de fois, qu'elle est ravie que je sois intégrée dans une bande, que c'est extra, que ça va m'aider à me sentir chez moi et je me retiens pour ne pas être désagréable. Son sourire, sa voix un peu trop sucrée et son ton de grande-copine-qui-sait-tout-sur-tout m'exaspèrent.

Elle me souhaite une belle soirée d'anniversaire avec mes amis du parc et je raccroche, soulagée. Autant la spontanéité des enfants m'attire et m'émeut, autant celle des adultes est parfois trop lourde à gérer.

Vingt-huit ans, c'est beaucoup et peu à la fois. Ma chère grand-mère a vécu jusqu'à quatre-vingt-dix ans, il me reste donc encore deux fois ma propre vie à découvrir si je suis ses traces.

Chaque évènement heureux ou malheureux me rappelle qu'elle est partie. Une petite voix au fond de moi me souffle qu'elle est encore là, parmi les étoiles et qu'elle veille sur mes faits et gestes. Qu'elle sait, de tout là-haut, ce qui m'apaise ou me terrifie.

Je me persuade qu'elle était présente à mon arrivée dans ce parc en Mauricie. Comme si elle savait que c'était mon temps, enfin, d'y poser à nouveau les pieds et qu'elle faisait la promesse de me guider dans cette nouvelle aventure.

Le jour de son enterrement, j'avais composé ces quelques lignes qui résonnent parfois au cœur de la nuit, lorsque je rêve qu'elle est encore là mais que le froid de sa joue contre ma main me réveille en sursaut.

Tu n'es plus là à côté de moi, tu es partie de l'autre côté,
Là où je ne peux plus te voir ni te toucher.
J'effleure mon rêve du doigt,
es-tu là pour le voir ?
Est-ce toi qui me donnes la force,
qui me prends par la main,
qui apaises mes craintes et mes chagrins ?
J'ai envie de le croire.
Alors, tant pis si mon cerveau me joue des tours,
tant pis si la caresse du vent me donne l'illusion
que c'est ta main qui frôle ma joue.
Tes mots résonnent toujours à mon oreille
et je les écoute, comme avant.

Ma grand-mère, sans me parler, me comprenait. On se ressemblait tant, elle et moi.

Quelques jours avant sa mort, elle m'a serré les mains, fort.

« Emâ, regarde toujours la vérité en face, tu me le promets ? Je vais mourir et tu le sais. Il est temps aussi, sans doute, que tu repartes là-bas, en Mauricie, et que tu essaies de la retrouver.

— Non.

— Elle t'attend, Emâ.

— Je n'ai pas envie de parler d'elle. Je ne veux que toi et moi, maintenant, ici, c'est tout ce qui compte à mes yeux.

— Elle ne te manque pas ?

— Non.

— On ne ment pas à une mourante, ma chérie. »

Will

Alors que le soleil darde ses rayons sur la fenêtre de mon loft douillet, je repense à Nikki, à son souffle ténu, comme suspendu à un fil si fin qu'on a l'impression qu'il pourrait se rompre d'une seconde à l'autre. Elle a passé la nuit, elle a survécu à ces heures difficiles et évité le transfert à l'hôpital universitaire Sainte-Justine, du moins pour l'instant, alors je me raccroche à ce signe pour tenir ma promesse.

Il est treize heures et je suis rentré à l'aube, épuisé par ma nuit de garde et par l'angoisse qui tenaillait mon ventre en surveillant chaque mouvement du bébé.

Je me lève et me dirige vers un carton dans lequel est entassé tout ce qui me relie à ma mère biologique : ce fil, invisible et si fragile, lui aussi, d'elle à moi, de moi à elle, un lien que je visualise rouge sang, le sang de la vie. J'en sors le lange, que Myriam a soigneusement lavé mais où subsistent les indélébiles traces brunes de l'hémoglobine, et ce message griffonné, dont les mots me hantent, ce matin plus que jamais.

Lors de mes longues recherches sur la toile, j'ai visionné ces reportages où des familles, les yeux brillants de larmes, retrouvent un parent disparu, puis se prennent dans les bras devant l'œil voyeur d'une caméra et d'un public en attente de sensations fortes et d'émotions amplifiées.

Puis sont arrivés sur le marché les tests ADN que l'on pouvait se procurer en ligne, promesses alléchantes de retrouver une fratrie, un parent, de lointains cousins, des origines improbables. Fasciné par ces avancées technologiques, l'idée m'a longtemps hanté, puis je l'ai abandonnée il y a plus de cinq ans. Les résultats sont peu fiables et incertains. Franchement, quelle est la probabilité pour que ma mère biologique ait elle aussi fait le test, pour que nos résultats concordent et que nous puissions nous retrouver ?

J'enrage mais en ce début de journée étonnamment froid et brumeux, l'entêtante pensée refait surface : je dois la retrouver. Maintenant, il est temps, j'en ai besoin. Sinon, cet énorme trou vide, ce fossé, ce précipice qui se love au creux de mon corps et de mes émotions ne se comblera jamais. Je serai toujours perdu devant toutes les Nikki de la Terre qui feront écho à mon passé. Je serai toujours amputé d'une partie de moi et je ne le supporte plus.

Comment procéder ? Ma mère a très probablement vécu ici, en Mauricie, puisqu'elle m'a laissé sur le pont Ducharme de La Bostonnais où Myriam, qui faisait son jogging quotidien, m'a trouvé de bon matin. Je pourrais dessiner ce pont par cœur et lorsqu'ils l'ont repeint en rouge, il y a quelques années, je me suis senti perdu...

Pourquoi ce pont, pourquoi cet endroit ? Qu'avait-il de spécial pour elle ? Était-ce un endroit qui lui était cher, qu'elle avait aimé plus que tout ou, au contraire, le théâtre d'une déception cruelle qui lui avait mordu le cœur, d'un drame passionnel, ou pire, d'un crime sexuel qui m'aurait ensuite condamné pour toujours à l'éloignement de ses bras ?

J'y suis revenu si souvent, à chaque anniversaire, espérant un signe de la part de ma génitrice... Un peu de remords ou de regrets, me montrant qu'elle ne m'avait pas oublié, que j'étais toujours quelque part, dans le creux de sa mémoire. Cet espoir s'est amenuisé au fil des années et, le jour de mes quinze ans, j'ai déclaré, le visage buté :

« Je n'irai plus là-bas, je n'attends plus rien, c'est fini.

— Tu es sûr ? m'a demandé Myriam avec inquiétude. Tu ne le regretteras pas ?

— Ma mère, c'est toi. Pas elle. Je vais l'effacer de moi, pour toujours.

— Ce n'est pas parce qu'elle n'a jamais rien laissé sur ce pont qu'elle t'a oublié, tu sais. Un message, ça peut se perdre...

— M'en fous. »

D'un geste rageur, j'envoie valser le journal de bord que Myriam a tenu depuis ma naissance et les quinze clichés où je pose devant les bardeaux de bois, petit garçon stoïque, torse en avant, sourire implorant envers celle qui n'est jamais venue. Comme elle est douloureuse, cette attente interminable, et comme elle a creusé en moi des sillons ravageurs !

Aussitôt après, je me jette sur ces photos éparpillées, puis les rassemble, les serre contre moi tel un précieux trésor. Je me trouve si pathétique que, la fatigue aidant, je fonds en larmes, les poings serrés sur les morceaux de papier aux couleurs délavées.

J'ai cru que j'étais arrivé à gommer ma mère, à l'extraire de moi, mais c'est impossible. Une mère, aussi mauvaise soit-elle, aussi absente, ça ne s'oublie jamais. Elle est inscrite dans chaque pore de ma peau, chaque cellule, chaque neurone, dans mon ADN. Quand je cours, je me demande si elle avait mes longues jambes musclées. Quand j'observe mes cheveux, le grain de ma peau, la forme de ma bouche, celle de mes doigts, de mes ongles, je ne les relie à rien. De qui est-ce que je tiens la couleur de mes yeux ?

Avec ces innombrables questionnements revient fatalement ensuite, toujours et encore, l'obsédante interrogation : et mon père, dans tout ça ? Quelle est sa place, son rôle ? Est-ce que, seulement, il sait que j'existe ?

Secoue-toi, Will, bon sang !

Je me dirige vers la fenêtre et observe le ballet des feuilles emportées par la bourrasque, puis je retourne à mon bureau, ouvre mon ordinateur et clique sur l'onglet du site *A Bottle in the Sea*. Cela fait tellement longtemps que j'en ai envie...

J'y rédige quelques lignes qui me prennent un temps fou, tant je barre, réécris ou supprime chaque mot. Je ne veux pas m'étaler sur ce site, le sentimentalisme et le larmoiement, très peu pour moi.

Ma mère biologique m'a baptisé Wilson mais je me fais appeler Will, et je suis né le 19 septembre 1990. On m'a trouvé près du pont Ducharme, à La Bostonnais, enveloppé dans un lange. Si quelqu'un sait quelque chose sur cet évènement, merci de me contacter.

Au moment de déposer mon annonce, mon cœur bat soudain la chamade et le sang afflue contre mes tempes. Je respire mal et je ne parviens pas à la mettre en ligne : j'ai presque l'impression de trahir Myriam. Furieux contre moi et contre cette mère-fantôme, je sauvegarde mon message, puis rabats l'écran de mon ordinateur portable.

Sois plus combatif, Will. Tu l'as promis à Nikki, tu as déjà oublié ?

J'aspire une énorme goulée d'air, si profondément que l'espace d'un instant, je vacille. Comme dans un flash, je revois le lange, le message, les taches de sang et une voix qui murmure « Wilson ». Ça y est, je deviens fou, cette absence m'emmêle le cerveau, me projette violemment dans des abîmes de questions auxquelles je ne trouve pas de réponses. « C'est un jour comme ça. Et il y en a des jours comme ça, des jours pour rien, des jours de voyage sans fin, sans question ni réponse, où peut-être le voyage a lieu plus qu'à n'importe quel autre moment[39]. »

Je me noie, à force de nager dans ce courant qui m'entraîne en tourbillons. Il faut que j'arrête de tergiverser, ça suffit, je dois savoir.

Alors, je me connecte à nouveau et je clique sur « Mettre en ligne ».

---

39. Extrait de *Patagonie intérieure*, par Lorette Nobécourt, paru aux éditions Grasset en 2013.

Voilà, le sort en est jeté, cette trentaine de mots bouleversera peut-être, un jour, mon existence... Mais il me faudra attendre, encore et encore, avec un nouvel espoir vissé au corps, un alien qui va me dévorer les entrailles et me consumer de l'intérieur.

Mon portable vibre. L'appel visio provient de Mandy, une collègue ICS, debout devant la couveuse de Nikki :

« Nikki est stabilisée, tout va bien, elle est définitivement hors de danger. C'était la *good news* du jour ! »

Brindille

« Réveille-toi, réveille-toi ! »

Les sanglots de Tim. Sa main inquiète qui se promène sur ma joue et mes yeux. Tim a toujours besoin de frôler mes paupières, est-ce ainsi qu'il ressent les émotions qu'il ne peut pas voir ?

Il essuie mes larmes avec un torchon humide. J'ai si mal à la tête que les mots résonnent à l'intérieur, comme si je délirais. « Dès que la sensation se réveilla en moi, il me sembla que je sortais d'un effrayant cauchemar et que je voyais devant mes yeux une lueur rougeâtre rayée de barres noires et épaisses. »[40]

« Jane ? »

Que s'est-il passé ? Pourquoi suis-je allongée sur le sol de la cuisine ?

Petit à petit, la scène me revient en mémoire et je suis secouée de frissons.

40. Citation de *Jane Eyre,* chapitre III.

« Je ne sais pas qui est Jane mais je vais chercher maman, chuchote Tim. Je crois que tu saignes, je sens l'odeur du sang et tes bras sont tout poisseux.

— Non, Tim, surtout pas ! Elle ne doit pas savoir !

— Pourquoi ?

— Déjà qu'elle pleure tout le temps et que... Tu sais... Elle...

— Oui et alors ? Maman boit et prend des médicaments mais, toi, tu es en danger ! Tu m'avais promis que s'ils levaient encore la main sur nous, on partirait. Tu l'avais dit ! »

La tête me tourne à nouveau et je ferme les yeux. Oui, Tim a raison, j'avais décidé, un soir où Vianney m'avait touché les seins et mis un coup de poing dans le ventre de Tim qui lui avait coupé la respiration, que nous partirions tous les deux, loin, très loin pour avoir la paix. Mais à la pensée de laisser ma mère avec Matthew et Vianney, je n'ai pas le courage de fuir. Je me sens si lâche.

Lorsque j'ouvre les yeux, Tim a entouré ses genoux avec ses bras et se balance d'avant en arrière. Mon cœur manque d'exploser de douleur. Je voudrais papa, je voudrais que tout soit comme avant de venir en Mauricie.

« Tim !

— On va rester là pour toujours ? sanglote-t-il.

— Non. Je réfléchis, d'accord ? Je réfléchis pour savoir comment faire, Tim. La forêt est dangereuse, tu le sais. Il y a des animaux, des loups, peut-être même des ours ! Et je n'ai pas d'argent pour prendre le train. Et puis, on irait où, sans rien, sans nourriture ?

— Moi, je sais où Vianney cache ses dollars, murmure mon petit frère. Le soir, quand il sort avec ses copains, il farfouille toujours dans une boîte, dans sa chambre. Une nuit, quand je savais qu'il n'était pas là, j'ai trouvé sa cachette. Tu sais que j'entends tout très bien, moi. »

À la pensée de Tim entrant subrepticement dans la chambre de l'odieux Vianney pour lui dérober son argent de poche, je souris et m'arrache aussitôt une grimace. Ce petit con a aussi frappé dans ma mâchoire. Je dois évaluer les dégâts.

« Va chercher le miroir de la salle de bains et fais attention que Matthew ne te voit pas, surtout. Tu sais qu'il déteste quand on déplace le moindre objet. Souviens-toi du vase du salon.

— Oui, promis, je ferai attention. »

Lorsque Tim revient, je suis adossée contre le meuble bas de la cuisine. Mon petit frère a raison, mes bras sont gonflés et mon épaule droite me fait horriblement mal. Lorsque j'aperçois mon visage, un flot de larmes se déverse sur mes joues, entre rage et chagrin. Je hais Vianney, de tout mon être. Si j'avais la force, je lui écraserais un marteau sur sa stupide gueule d'ange et dans ses pectoraux bronzés.

« Pourquoi tu pleures ? s'alarme Tim, dont le visage contracté par l'angoisse me fend le cœur.

— T'inquiète pas, c'est rien.

— Non, c'est pas rien. J'avais raison, hein, tu saignes ?

— Oui. Il faut que tu ailles chercher des compresses, d'accord ? Tu sais où elles sont ?

— Non, gémit mon petit frère, affolé.

— Ce n'est pas grave, Tim. Je vais me lever dès que ma tête ne tournera plus. Tu étais encore là quand Matthew et Vianney sont partis ? Ils ont dit quelque chose ?

— Oui mais je ne veux pas te le répéter.

— Si, tu le dois.

— Matthew a dit tout bas : “Vas-y mollo, elle va nous causer des ennuis, cette morveuse.” Et Vianney a répondu : “Je croyais que tu étais pote avec la police ? Une ou deux bouteilles, ça devrait le faire, si elle va se plaindre, non ?” »

Un haut-le-cœur me secoue de la tête aux pieds et je rends les dernières céréales de mon petit-déjeuner.

Là, à cet instant précis, je me sens plus seule au monde que je ne l'ai jamais été. Est-ce que dans toutes les familles c'est pareil ? Y a-t-il de la violence partout, comme chez nous, ou bien sommes-nous punis par le destin, maman, Tim et moi ?

« Tu as encore vomi ? s'inquiète Tim. Comment je vais faire pour t'aider, moi ? »

J'entends une telle détresse dans sa voix que je trouve la force de me lever et de m'approcher de l'évier en titubant.

Alors que je longe la baie vitrée, je sursaute violemment: une silhouette immobile se tient près, tout près.

C'est Zachary. Sur son visage, je lis à la fois de la peur et de la compassion mais, surtout, dans ses yeux, une haine féroce qui, pourtant, ne m'effraie pas car je sais qu'elle n'est pas dirigée contre moi.

Lorsque nos regards se croisent, je vois sa poitrine se soulever et s'abaisser sous son tricot de laine grise, puis il pose sa main contre la vitre et hoche lentement la tête.

J'entends presque les mots qu'il ne dit pas mais que je devine et auxquels je m'agrippe:

« J'ai vu. »

Mahikan

Tante ka icaiin?[41]

Je ne sais pas combien de temps je suis resté face au loup, comme ça, sans bouger du tout. *Pisimw* est à la hauteur des premières branches du grand *wikwasatikw*[42], maintenant, j'ai perdu la course contre lui aujourd'hui et si le loup me dévore, j'aurai perdu pour toujours. Je me dis que je suis un adolescent étrange à penser à la course manquée alors que le loup va me prendre la vie.

Parfois, je me demande ce qui est plus important, vivre tranquillement pendant beaucoup de saisons ou vivre des choses extraordinaires dont tout le monde se souviendra longtemps mais mourir jeune, comme moi, maintenant.

Parce que oui, bien sûr, je sais que je vais mourir. Ce loup a faim et moi je suis là, devant lui, sans aucune arme à part mes poings. C'est rien du tout, des poings face à des crocs de cette taille.

Je réfléchis encore et je me dis que j'ai de la chance de mourir sous les dents d'un loup, plutôt que d'être emporté par le torrent comme mon père ou par la maladie ou même sous

41. *Tante ka icaiin* ? Où es-tu allé ?

42. *Wikwasatikw* : bouleau blanc.

les coups des Blancs, comme beaucoup de mes ancêtres, ou au pensionnat... parce que ça arrive souvent et qu'ils trouvent toutes sortes de mensonges pour expliquer ça à nos parents.

Là, au moins, ma mort sera utile, grâce à moi le loup va se nourrir et donner à manger à sa famille, il a sans doute des jeunes avec lui.

Le loup me regarde encore et j'essaie de deviner ce qu'il veut me dire. Je ne comprends pas bien pourquoi il ne se jette pas tout de suite sur moi, peut-être qu'il attend que sa meute le rejoigne pour que ce soit plus facile.

Je ne suis pas très courageux, moi, malgré ce que mon grand-père Coweri dit. Je n'aime pas souffrir, j'ai peur de la douleur et je la vis déjà toute l'année à Pointe-Bleue, en secret.

Là, à cet instant précis, je me demande quand même ce qu'ils feraient, les autres garçons qui se moquent de moi. Je crois qu'ils auraient peur, eux aussi.

Comme je n'ai plus rien à perdre, à part ma vie, je décide d'avancer de quelques pas vers le loup. Pas pour le provoquer, juste pour essayer de tisser un lien.

Dès que je décolle mon pied du sol, il gronde à nouveau, plus fort cette fois.

Je me sens piégé. Je ne vais tout de même pas rester planté là comme une *mikinakw*[43] à le laisser planter ses dents dans ma cuisse !

Alors, j'avance encore et je lui dis, d'une voix qui tremble :

« C'est dommage, Mahikan, on aurait pu être amis, parce qu'on a le même nom, toi et moi. Donc, si tu as décidé de me dévorer, fais-le tout de suite, parce qu'à cause de toi, j'ai perdu mon pari contre moi-même et je déteste ça. Tu sais, j'aurais pu ramasser un bâton ou une pierre pour te chasser mais je n'aime pas la violence. Tant pis pour moi. »

Le loup penche la tête. On dirait qu'il m'écoute attentivement.

Soudain, il pousse un petit jappement bref, me tourne le dos et s'enfuit à grandes foulées vers la forêt.

J'en reste muet de surprise, à tel point que je me pince pour être certain que je n'ai pas rêvé. Je m'approche de l'endroit où le loup se tenait et j'observe : il y a bien ses empreintes dans la terre boueuse du chemin.

Pourquoi a-t-il fui ?

Si j'étais âgé de quelques saisons seulement, je penserais naïvement que je parle aux animaux et qu'ils comprennent mon langage. Je sais bien que c'est faux.

Alors ?

---

43. *Mikinakw* : tortue.

Et tout à coup, alors que je reprends ma respiration et que mon cœur arrête de battre comme un fou, j'entends des voix. Des voix brutales, des voix d'hommes qui donnent des ordres et des voix d'enfants et, là, je réalise que j'ai oublié: c'est aujourd'hui que les policiers viennent nous chercher et je ne suis pas avec les autres.

Certains pleurent, d'autres supplient: ce sont les tout-petits, les sept ans, qui n'ont encore jamais quitté la réserve. Ils savaient bien que ça arriverait mais ils n'avaient pas réalisé, jusqu'à maintenant, qu'ils ne reverraient plus leur famille pendant neuf horribles longs mois, jusqu'à *Otehimin pisimw*[44]. Et maintenant, ils ne veulent plus partir, ils veulent leur mère.

Je reconnais les voix de ma sœur Marie-Soleil, de mon frère Cariar et de plusieurs de mes amis. À travers les branches des sapins, je vois leurs *papikiwan*[45] colorées, leurs bras et leurs jambes. Ils sont encerclés par les policiers qui les poussent un peu et les grondent quand ils ne marchent pas assez vite.

Je me jette dans les fourrés tout proches qui m'arrachent la peau des bras et des jambes, et je souris en tremblant en même temps.

Le jour tant redouté est arrivé et, sans le savoir, le *mahikan* m'a sauvé la vie. Grâce à lui, je ne suis pas revenu au village aussi vite que j'aurais dû.

---

44. *Otehimin pisimw*: mois de juin.

45. *Papikiwan*: chemise.

Emâ

Samedi 24 octobre

Je viens de rentrer de ma soirée d'anniversaire organisée par mes amis mais, comme je ne parviens pas à dormir, j'écris, sous la clarté de la lune ronde et pleine, en fredonnant *Les Hommes endormis*[46].

Lorsque je suis entrée dans le Café bucolique, John, Pat, Andrew, Terry, Gabriele, Bob et Jackie étaient déjà installés à une table dans le fond, parsemée de bougies et de loups en papier origami. Pendant une fraction de seconde, j'ai eu l'envie irrépressible de fuir; je me suis dit que cette soirée serait interminable et me prendrait toute mon énergie, pourtant, je me suis avancée avec un sourire aux lèvres, m'efforçant de masquer cette furieuse envie d'évasion.

Ils ont hurlé:

« Joyeux anniversaire, Emâ! »

J'ai rougi, je crois, et bredouillé quelque chose comme:

---

46. *Les Hommes endormis*, chanson de 2006, écrite par Zazie et Patrice Guirao, composée par Calogero et Gioacchino Maurici, interprétée par Calogero.

« Merci mais... C'est trop !

— Et encore, s'est exclamé Andrew, Bob voulait que l'on mette *Happy Birthday* à fond quand tu entrerais dans la salle. Gabriele a trouvé que ce n'était pas une bonne idée et a pensé que tu serais très mal à l'aise.

— Bob, tu es un amour mais je te remercie d'en être simplement resté aux bougies. Sinon, je serais probablement repartie en courant !

Tout le monde a éclaté de rire et j'ai continué :

— Je passe aux toilettes et j'arrive. »

Lorsque j'ai ouvert la porte, soulagée de reprendre mes esprits, je me suis retrouvée face à une petite ado en train d'observer son visage boursouflé dans le miroir ovale accroché au mur en bois. Nos regards se sont croisés. Son œil gauche était à demi fermé et sa lèvre si enflée que je me suis demandé comment elle pourrait avaler quelque chose.

Mon cœur s'est emballé. Je ne trouvais pas les mots, j'ai détourné le regard et me suis précipitée dans les toilettes.

Je savais bien qu'il ne fallait pas que je sorte ! Tu ne pouvais pas savoir. Je fais comment, maintenant ? Respire, Emâ, respire !

Lorsque j'ai entrouvert la porte avec précaution, quelques minutes après, l'ado avait disparu mais dans la corbeille à papier, la vue de mouchoirs imbibés de sang m'a fait tressaillir.

Je suis revenue vers mes amis, dans la clarté rassurante de la grande salle, et j'ai entendu Gabriele :

« ... du mal à s'intégrer, même si elle est hypercompétente. Il faudra...

— Emâ ! s'est exclamée Pat un peu trop fort. On t'attendait pour commander.

— Ah, oui... Désolée, j'ai été un peu longue. Vous avez choisi ?

— Oui, a répété Jackie. Heureusement, c'est ton anniv', donc on te pardonne ! »

J'ai failli tourner les talons et partir en courant mais je me suis dit que je jouais ma place et qu'il valait mieux montrer mon meilleur visage, celui qu'on sert à tout le monde et qui fait dire de nous : « Mais qu'elle est géniale, cette fille ! » Alors, j'ai écouté sans broncher leurs rires, leurs blagues, leurs potins, leurs histoires d'amour et les recettes de leurs plats préférés. Sevan m'a jeté un coup d'œil inquiet et j'ai vu dans son regard qu'il sentait bien que quelque chose n'allait pas mais je n'avais pas du tout envie d'en parler. Ce secret n'appartient qu'à moi pour l'instant, je ne me sens pas prête à le partager ni à laisser entrer quelqu'un dans mon périmètre de sécurité. Ma carapace est solide, je ne tiens pas à ce qu'elle se fissure.

Ils m'ont offert un circuit de trois jours pour aller observer les baleines à Tadoussac et visiter le fjord à Saguenay, près du lac Saint-Jean. Leur générosité inattendue m'a décontenancée et m'a fait oublier la scène dans les toilettes. Est-ce qu'un jour, j'arrêterai de déployer du gris sur les intentions des personnes ?

« Bienvenue en Mauricie, Emâ », a murmuré Sevan en me tendant une serviette en papier tandis que Pat me serrait contre elle.

Oui, c'est étrange mais, parfois, la tendresse fait davantage déborder nos émotions intérieures, alors qu'on parvient à contenir la colère ou la tristesse. Peut-être qu'au fil des jours, je réussirai à tisser des liens plus forts avec certaines personnes, ici, en Mauricie, notamment avec Pat et Sevan. La première, grâce à sa joie et à son optimisme communicatif, et le deuxième, par son écoute et son incroyable douceur qui me rassure.

Lorsqu'il me ramène à mon cottage, je vois bien que Sevan est inquiet pour moi. Il me demande en hésitant un peu :

« Ça va, Emâ ? Tu veux parler ? Tu veux que j'entre un moment ? »

Il n'y a aucune arrière-pensée dans ses paroles. Sevan est gay, on en a déjà parlé plusieurs fois et il m'a même montré une photo de l'amour de sa vie, Pete. Il s'est livré sur son adolescence compliquée, sur son *coming out* et le rejet de ses parents pendant trois ans. Moi, je l'ai écouté, surprise d'entendre quelqu'un me parler de ses souffrances antérieures avec autant de facilité et sans amertume. Je me souviens lui avoir demandé comment il faisait pour être en paix avec son passé et il m'avait souri :

« Il faut lâcher prise. Tu connais *Chacun sa chimère,* le poème de Baudelaire ?

— Non.

— Je t'encourage à le lire, puis à te débarrasser de la tienne. »

Pourtant, ce soir, j'ai vraiment envie d'être seule. Les émotions que je viens de vivre m'ont suffi, je ne serai pas de bonne compagnie, je le sais, et il n'y a aucune raison pour que Sevan fasse les frais de ma mauvaise humeur ou de mes larmes. Je l'assure donc que tout va bien et que j'ai simplement besoin de me reposer.

« Je vais passer dire bonsoir à Shawni et aux autres, puis rentrer me coucher.

— Tu m'appelles si ça va pas, promis ?

— Promis. »

J'ai besoin de me calmer face à la violence de ces images et à la détresse de cette enfant qui reviennent au creux de la nuit d'encre.

Mon protégé s'approche du grillage dès qu'il entend mes pas sur les graviers et pose sa tête à la fourrure douce contre la paume de ma main.

« Pourquoi la violence, Shawni ? Tu sais, toi qui l'as subie aussi ? »

Il gémit, sentant mon trouble, et lèche mon visage où coulent des larmes salées. Son réconfort silencieux m'apaise et soudain, je repense à la fulgurante rencontre que j'ai faite, il y a à peine deux mois.

Max, une âmE de héros.

Max, un jeune trans, s'est fait tabasser par d'anciens potes de son lycée qui l'ont reconnu sur le parking d'un restaurant, alors qu'il s'apprêtait à fêter ses vingt et un ans. Quelques années auparavant, Max s'appelait Dana et il sortait avec le chef de groupe, qui n'avait absolument pas digéré, avec son ego de mâle dominant, qu'il le quitte pour se mettre en couple avec son amie d'enfance, Jodie. Ce soir-là, il l'a reconnu et a décidé de lui donner « une bonne leçon ».

Est-ce que c'est parce que c'est ma soirée d'anniversaire que Max vient s'imposer à moi, ce soir, maintenant ?

Lorsqu'il est arrivé à l'hôpital avec les pompiers, il était vraiment mal en point. Le chirurgien nous a appelés alors que nous nous apprêtions à rentrer chez nous après avoir chanté dans plus d'une dizaine de chambres :

« Je sais que vous êtes très fatigués ce soir mais j'ai un cas très grave... Le patient s'appelle Max et à mon avis, il ne passera pas la nuit. Sa famille a été prévenue mais ils ne seront pas là avant cinq bonnes heures et j'ai peur qu'il ne soit trop tard. Vous voudriez... Vous pourriez... ne pas le laisser seul... »

L'homme en blouse blanche s'est effondré comme un bébé dans les bras de Katherine, la doyenne de *Sing for Life.*

Je me suis avancée :

« Oui, nous avons le temps pour Max. Conduisez-nous. »

Il était minuit passé lorsque nous sommes entrés dans la chambre. Max était perfusé de partout et son visage était méconnaissable. Une jeune fille pâle, secouée de tremblements, aux cheveux longs et vêtue d'une robe de soirée déchirée à la manche gauche, se tenait à côté de lui.

Elle a murmuré en nous voyant entrer :

« S'il vous plaît, chantez pour Max ! Il adorait... Je veux dire, oh mon Dieu non, c'est comme s'il était déjà mort, qu'est-ce que je raconte... Il adore... *Les Hommes endormis.* Il disait que c'était un hymne à la paix et à la tolérance. Je vous en prie. »

On s'est regardés, impuissants, et on a commencé à chanter, à l'impro, en mélangeant un peu les paroles, les notes et nos larmes, nos mains entremêlées avec celles de Jodie et de Max.

À la fin du deuxième couplet, il n'était plus là. Max a rejoint pour toujours le camp des hommes endormis.

Jodie s'est effondrée sur le drap taché de sang et a hurlé :

« Je ne sais pas si j'y arriverai, Max ! Je ne sais pas si je réussirai à suivre ton combat contre la transphobie. Ne me laisse pas ! »

Nous sommes sortis sur la pointe des pieds, la laissant seule avec le gouffre de son chagrin.

Pendant une semaine, la scène est passée en boucle dans ma tête comme un cauchemar sans fin. Il m'a fallu plus de quinze jours avant de remettre les pieds à l'hôpital.

Je vais sur la terrasse ; le vent est glacial mais j'ai besoin de prendre l'air. Soudain, je pense à *elle,* mon fatal fantôme, alors que tout mon esprit, pourtant, me crie de ne pas le faire. Je me demande si, dans l'ombre de chaque bourreau, une cohorte de lâches suit. Ceux et celles qui voient mais ne disent rien, qui justifient, trouvent des excuses aux situations inexcusables, prônent le pardon et la tolérance pour des faits odieux, ceux qui pensent que les liens familiaux doivent être à tout prix maintenus, alors qu'ils sont d'une violence inouïe. Je crache presque : « Où que tu sois, j'espère que tu souffres autant que moi, ces soirs-là. »

Les paroles de Jodie me reviennent en tête et je murmure aux étoiles :

« Tu n'es pas mort en vain, Max. Ici, on continue le combat contre la violence, sous toutes ses formes. Dors en paix. »

Loin, très loin derrière les arbres, un loup hurle à la lune, comme s'il entendait ma prière secrète et qu'il s'y associait, de toute son âme.

Will

Les mots de Mandy me remplissent d'une joie et d'un soulagement intenses. Nikki va bien, elle est sauvée.

J'ai presque envie de faire des pirouettes sur le sol de mon appartement, comme quand j'avais cinq ans et que j'avais un besoin viscéral de faire exploser le moindre bonheur.

Alors que je remercie Mandy d'une voix étranglée par l'émotion, je décide de démarrer, pour ce bébé abandonné, un journal de sa naissance. C'est ce qu'a fait Myriam pour moi et je l'ai si souvent relu, ce carnet de bord, que certaines de ses pages sont déchirées.

J'attrape un carnet de cuir souple, imprime la capture d'écran de mon téléphone avec la photo et les mots de Mandy et commence à écrire.

Le journal de Nikki

Samedi 24 octobre

Petite Nikki, regarde comment tu es aimée et comment ta vie nous tient tous déjà à cœur. Je m'appelle Will et je te présente Mandy qui, sur cette photo, m'annonce que tu es sauvée.

Mais reprenons depuis le début...

Tu es née le 16 octobre (il y a huit jours) vers midi, à l'hôpital du centre de Shawinigan, d'une maman qui t'a laissée entre nos mains parce que, sans doute, elle ne pouvait pas faire autrement et qu'elle ne savait pas comment t'élever correctement.

Nous ne savons rien d'elle, je ne l'ai jamais vue, on t'a amenée dans cet hôpital car tu souffres de petits soucis de santé liés à ta naissance mais personne n'a rencontré ta maman... Elle a juste donné ce prénom pour toi: Nikki. Tu ne trouves pas que c'est joli? Nous ignorons tout de ton papa, aussi, et je suis navré de ne pas pouvoir t'en dire davantage.

Quelques heures après ta naissance, ton taux de globules rouges a chuté car tu es née un peu avant le terme prévu, donc tu es un tout petit peu plus fragile et tu es en couveuse ici, prise en charge dans notre service spécialisé de superhéros (non, ça c'est une blague). Nous avons eu peur pour toi, tu as failli être transférée à l'hôpital Sainte-Justine, à plus de trois heures de route d'ici mais comme tu es très, très vaillante, tu t'es courageusement battue pendant la nuit et, aujourd'hui, tu vas plutôt bien! Bravo Nikki, tu viens de remporter ton premier challenge!

Tout à l'heure, je prendrai mon service du soir et je te lirai les mots que je viens d'écrire. Je te parlerai aussi de la nature que tu auras sans doute le grand bonheur de voir un jour, dès que tu seras sortie de la maternité, dès que de nouveaux parents aimants pourront s'occuper de toi. Tu verras, Nikki, combien cette nature est belle...

J'interromps mon texte. De nouveaux parents aimants...

Qu'est-ce que j'en sais, au juste ? Et si personne ne voulait de Nikki et qu'elle était trimballée de foyer en foyer, de famille d'accueil en famille d'accueil, jusqu'à sa majorité ? Et si ces gens ne lui donnaient pas l'amour auquel elle a droit et que, moi, j'ai reçu ? Et si, au contraire, elle ne recevait qu'indifférence, brimades, humiliations, coups, voire pire encore ?

Je l'imagine, jeune ado allongée en travers de son lit, en train de relire mes mots. Je la vois, emplie d'une colère noire ou d'un désespoir extrême, gribouiller mes phrases d'un geste rageur ou déchiqueter les pages en me maudissant de lui avoir fait miroiter une belle vie.

Lentement, je referme le cahier, le cœur étreint par l'angoisse et la culpabilité. Je suis en train d'entrer sur la pointe des pieds dans l'espace interdit, celui que l'on nous apprend, pendant nos études, à ne pas franchir pour éviter de trop nous attacher et de ne plus réussir à prendre des décisions objectives et justes pour nos patients, parce que notre passé et nos émotions nous envahissent trop.

Et puis, insidieusement, une idée, venue de nulle part, se fraie un chemin dans mes pensées. Et si je faisais les démarches pour adopter Nikki ?

Bon, Will, tu as fini de raconter n'importe quoi ? Tu t'arrêtes, OK ? Tu crois que tu as besoin de te rajouter tout ça ? Ne t'attache pas trop, ça ne t'apportera rien de bon. N'y pense même pas. Un enfant, c'est pour la vie, ce n'est pas un coup de tête. Et puis, un père solo, ça n'a aucune chance. Va courir un peu dans la forêt, ça te changera les idées.

C'est vrai. Qu'est-ce qui me prend ? Je chausse mes baskets, attrape mon sac à dos et ma bouteille d'eau et sors de l'appartement avec une étrange impression, une lourdeur indéfinissable qui m'étreint le cœur.

Lorsque j'arrive à proximité du lac des Piles, ma tension et ma colère devant l'injustice de la vie fondent comme neige au soleil devant le bleu outremer du lac et ses clapotis irisés qui miroitent. Immédiatement, les troncs lisses et droits des arbres, leur feuillage flamboyant frémissant au vent, balaient comme une vague revigorante la tristesse que je ressens face à Nikki. Je m'échauffe, puis m'élance parmi les conifères et peu à peu, comme de petits cailloux grinçants tombant de mes poches, les idées grises s'échappent une à une derrière moi.

Je me fais la promesse que, ce soir, le rouge, l'orangé et le jaune lumineux réchaufferont de leurs couleurs mordorées les murs de la chambre de Nikki.

Brindille

Matthew est si imprévisible qu'il me fait peur. Comme un ouragan qui souffle sans qu'on ait le temps de le voir arriver, ni qu'on sache de quel côté il va nous emporter pour nous jeter par terre.

Je passe la journée du samedi à les éviter, lui et son fils-sans-cerveau, et je me concentre sur ma chronique pour le club lecture. Parmi les quatre proposés, j'ai choisi *Ne tirez pas sur l'oiseau moqueur*, de Harper Lee. J'aime tellement le personnage de Scout, j'admire tant son père Atticus ! Comme j'aurais voulu me battre à leurs côtés dans leur combat pour la justice et les droits pour tous... Mon papa, mon vrai papa, me manque. Il me manque trop et tant que je préfère, encore une fois, enfouir son souvenir loin de moi. De toute façon, avec qui pourrais-je en parler ? Tim n'en n'a plus que de vagues souvenirs, ma mère refuse toute discussion à ce sujet et la mère de papa est trop loin, en France, pour que je puisse l'appeler au téléphone, sans parler du décalage horaire et des sermons de Matthew sur la facture qui le mettrait sans doute hors de lui.

Pour une fois, lui et son crétin de fils sont partis chasser. Grand bien leur fasse, Tim et moi serons tranquilles un moment. Ils ne m'ont reparlé de rien. Sans doute que la vue de mon œil qui commence à virer au rouge betterave leur donne des remords qu'ils enfouissent soigneusement sous leurs plaisanteries douteuses. Comme d'habitude, maman a fait comme si elle ne voyait rien, comme si elle croyait aux mensonges de Matthew qui lui répète que je me suis pris une porte dans la figure et qui a eu siiii peur pour moi. C'est tellement insupportable, cet air absent, ses yeux qui glissent et se détournent des traces laissées par son abruti de beau-fils.

Je reprends ma lecture et m'évade aux côtés de Scout, Jem et les autres ; avec eux, je cours dans les rues de Maycomb, je frissonne en fuyant Radley, je me moque de Mrs Dubose, la voisine insupportable, je méprise Miss Caroline, la maîtresse aux mauvaises méthodes, et surtout, surtout, les yeux me piquent en voyant l'injustice avec laquelle ce pauvre Tom Robinson est traité, simplement à cause de sa couleur de peau. Ça me fait penser à Zachary mais aussi à tout ce que Tim et moi vivons au quotidien.

Les mots courent tout seuls sur ma feuille et, moins d'une heure après, ma chronique est prête. Je suis fière de moi et Miss Birdie le sera sans doute aussi.

Je m'étire. Les petits pas de Tim résonnent sur le parquet impeccablement ciré et il entre dans ma chambre, aussi silencieux qu'un chat. Lorsqu'il sait que Matthew n'est pas là, il est plus serein et les traits de son visage s'apaisent.

« Tu as fini tes devoirs ?

— Oui, mon Timy. Tu veux qu'on dessine des oiseaux ensemble ?

— D'accord. T'as plus mal, tu saignes plus ?

— Non, t'en fais pas, on ne voit plus rien du tout. »

C'est un énorme mensonge et j'espère que Tim ne passera pas ses doigts sur ma peau gonflée pour vérifier mais heureusement, du haut de ses bientôt sept ans, il est plutôt absorbé par l'idée de créer de nouvelles pages dans son cahier.

« Tu as ton poinçon ? »

Il le brandit fièrement et j'explique :

« Aujourd'hui, je vais dessiner un oiseau moqueur, le *mockingbird*. Tu sais, je te l'ai déjà dit, c'est aussi le titre du roman que je lis.

— Celui qui siffle en faisant "tiout tiout, twi twi twi" et qui a une très longue queue... grise, c'est ça, la couleur ?

— Exactement. On écrit ces mots-là ? »

Si toutes mes après-midi pouvaient ressembler à ces moments, je serais la plus heureuse...

Malheureusement, vers dix-huit heures, Matthew entre dans ma chambre, sans frapper, comme d'habitude, et il déclare de but en blanc :

« Sors de là, Tim, tout de suite, et va te préparer. Et toi, habille-toi aussi, planche à pain, on sort dîner en ville. Sois prête dans un quart d'heure sinon tu vas devoir courir derrière la voiture. Ce serait dommage d'arriver au moment du dessert, quoique... Les kilos qui te manquent dans les seins sont étalés sur ton petit cul, donc peut-être que ça te ferait du bien d'éviter le sucre en ce moment. Tu sais, tu dois prendre soin de toi et faire attention à ce que tu manges, pour être en bonne santé. »

Ça, c'est du Matthew tout craché. Souffler le chaud et le froid en même temps, prêcher une pseudo-bienveillance mêlée d'horreurs qu'il justifie en disant qu'il se doit de prendre soin de moi, en bon beau-père.

À ce moment précis, j'ai donc envie de lui enfoncer un compas dans l'œil et de le tourner plusieurs fois. Je ne sais pas pourquoi cette pensée violente me traverse l'esprit, à cet instant-là, je ne me reconnais plus. Est-ce que la violence du quotidien est en train de me pourrir, me grignoter de l'intérieur?

Je lui lance le regard le plus méprisant que je peux et il hurle presque de rire en s'éloignant:

« Oh la vache, Vianney, tu aurais vu son regard mitraillette à la fée Clochette! »

Et puis, soudain, alors que j'ai le dos tourné et que je cherche une tenue dans mon armoire, je sens sa main broyer mon bras. Il est revenu vers mois sans crier gare. J'ai tellement peur que je pense que je vais m'affaler sur le parquet comme une poupée de chiffon. Comme ma poupée Sophie, que cette brute de Vianney s'amusait à lancer du haut du pommier, quand j'avais huit ans, alors que je lui hurlais d'arrêter.

Les dents serrées, Matthew murmure:

« Tu ne me fixes pas comme ça, toi! Tu te prends pour qui, morveuse? Tu me fais chier avec ton regard insolent et tes airs de princesse ! J'ai toujours dit à ta mère que t'avais un grain, t'es pas comme les autres, toi, t'es une moins que rien mais tu te crois intouchable et au-dessus des autres ! Ça ne t'a pas suffi, ce matin ? Tu veux que je me fâche, moi aussi ? »

Je hoche la tête négativement, à toute vitesse, et je sens à nouveau la grosse boule monter du plus profond de mon ventre.

« Qu'est-ce que tu as dit ? hurle-t-il plus fort, cette fois.

— Rien, je... Je ne me moquais pas de toi, alors je ne sais pas pourquoi tu cries. »

Il me secoue tellement fort que je crois qu'il va me décrocher l'épaule.

« Fais attention à toi, si tu m'agaces trop, je te fous en pension. Ce serait con que Tim se retrouve seul devant la baie vitrée sans personne pour bavasser à côté de lui, hein ?

— Oui, ce serait vraiment débile. »

Ses yeux se rétrécissent de fureur.

« C'est moi que tu traites de débile ? »

Et vlam, le coup part direct mais dans mon estomac cette fois. Son poing serré se détend comme un ressort et percute mon diaphragme. J'en perds le souffle.

Ce soir-là, je pense que je vais mourir et que personne, à part Tim, ne s'en inquiétera. Malgré la douleur, je me console avec une toute petite victoire, parce que sans le savoir, Matthew m'a avoué sa faiblesse. Il ne me maîtrise pas, il ne comprend pas qui je suis et ça lui fout la trouille. Bien fait pour lui. Avec délectation, je me récite ces quelques phrases, m'imaginant les cracher à Matthew : « Je suis heureuse que vous ne soyez pas un(e) de mes parent(e)s, je ne vous appellerai plus jamais "mon beau-père" ; je ne viendrai jamais vous voir lorsque je serai grande, et quand quelqu'un me demandera si je vous aime et comment vous me traitiez, je lui dirai que votre souvenir seul me fait mal, et que vous avez été cruel(le) pour moi[47]. »

Une heure et demie plus tard, dans les toilettes du Café bucolique, je me regarde longtemps dans le miroir en fixant les marques sur ma peau comme pour les imprégner au fond de ma mémoire.

Des gens rentrent, sortent, mais je m'en fiche complètement. Une dame me demande même si je me sens bien, si tout va bien et comment je me suis blessée au visage mais je ne lui réponds pas. Rien ne compte à part la décision que je prends solennellement, face à moi-même :

« Je te le promets, un jour, je partirai et j'emmènerai Tim avec moi. Je ne veux plus qu'ils nous fassent de mal. »

47. Adapté de *Jane Eyre*, chapitre IV.

Mahikan

Nit aieskosin[48]

Mon cœur cogne en cadence, en même temps que le claquement du bec du pic-vert sur le tronc. Mes yeux voient trouble, on dirait qu'une épaisse fumée se faufile à travers les arbres et pénètre dans ma gorge. Mes jambes tremblent si fort que je suis obligé de m'asseoir sur le chemin et la mousse imbibée de rosée trempe mon *arakapecakan*[49] aussitôt. J'ai peur, ils vont dire que j'ai désobéi parce que je n'étais pas au rendez-vous. Ils me puniront gravement, c'est sûr, et en même temps je sens un frisson de liberté glisser dans mon dos. Mes pensées se cognent comme une abeille prisonnière qui claque ses ailes contre une vitre pour essayer de sortir.

Je suis furieux contre eux, je ne comprends pas pourquoi personne ne se révolte, pourquoi personne ne nous défend.

Depuis des générations, ils viennent chercher les enfants dès qu'ils ont sept ans. Les employés du ministère des Affaires indiennes, ces policiers de la GRC[50], ces hommes censés maintenir le droit et la justice, défendre, protéger... Ils nous

48. *Nit aieskosin* : je suis fatigué.

49. *Arakapecakan* : pantalon.

50. GRC : Gendarmerie royale du Canada.

arrachent à nos familles, à nos ancêtres, à notre terre, à nos coutumes.

Ils n'ont pas le droit ! Pas le droit ! Pas le droit !

Je respire un grand coup car il me semble que le sol vacille sous mes pieds mais ce n'est que le fruit de mon imagination débordante : la forêt n'a pas bougé et l'araignée qui avait commencé sa toile au-dessus de ma tête est tranquillement en train de la terminer. Un éclair de rage m'électrise à nouveau et je décide de ne pas rentrer à la réserve, pas tout de suite en tout cas. Je m'enfonce à travers les arbres, repoussant les ronces et me fraie un chemin vers une cachette salutaire, loin de la violence des hommes.

Je l'ai dit, je n'y retournerai pas. Je dois m'organiser car je ne peux pas vivre comme un ermite, tout seul, dans la forêt... Non, c'est ridicule, je ne survivrai pas, je ne suis pas assez malin ni courageux.

Un sentiment de rage et d'impuissance m'envahit. Je ne veux plus être arraché à mon grand-père et à la nature, j'en ai assez. Je suis fatigué d'avoir peur.

Et si me cacher était la seule solution pour échapper aux violences du pensionnat de Pointe-Bleue ?

Je commence à établir un plan d'attaque. Avant de me résoudre à m'enfuir, il faudra que je retourne à la réserve récupérer des aliments, une couverture, un couteau... de nuit, pour que personne ne me remarque et pas tout de suite. Il faudra que j'attende quelques jours. Oui, je serai aussi silencieux et rusé qu'un *wakoc*[51] qui cherche à protéger sa vie.

La nuit s'écoule si lentement que je n'en vois pas la fin, je frissonne dans le vent glacé qui s'est levé dès que *Pisimw* s'est couché. Je claque des dents, je sursaute à chaque hululement, à chaque grattement de feuilles derrière moi, à chaque claquement de bec, à chaque grognement étouffé. J'ai peur, je repense aux moqueries de mes amis qui pensent que je ne suis capable de rien, que je ne suis qu'un empoté, un tête-en-l'air, un grand rêveur. Leurs voix moqueuses résonnent à mes oreilles, se mêlant aux cris des *ohomisiw*, et s'enfoncent en moi, comme de minuscules aiguilles acérées bien piquantes. Recroquevillé sur le sol humide de la forêt, je laisse la haine s'infiltrer.

51. *Wakoc*: renard.

Emâ

Approchez, mes amis, approchez, approchez, que je vous montre
Que doucement je vous raconte
sans jamais de haine ni de honte
Une histoire pas jolie
Une histoire qui me réveille toutes les nuits
Il était une fille, une fille au cœur fragile [...]
Qui n'était que bonheur, gaieté, candeur...[52]

Je sors sur le parking du Café bucolique et me dirige vers une voiture noire, puis tape du poing sur la vitre. Tout en faisant ce geste, je me dis que je ne devrais pas, que je n'ai pas le droit et que s'il m'arrive quelque chose, je ne pourrai m'en prendre qu'à moi-même. Et pourtant, impossible de résister, je suis mue par une force inébranlable et par la conviction que je dois faire ce que je suis en train de faire. De mon poing fermé, je tape à nouveau et la vitre automatique se baisse enfin. Du sang, des mouchoirs en papier pleins de sang partout sur la banquette et le visage de la jeune ado, qui me dévisage apeurée. Je chuchote :

« Viens avec moi, vite !

— Je ne peux pas...

52. Extrait de *Il était une fille*, chanson de 2016 écrite, composée et interprétée par Mathilde.

— Tu as peur de quelqu'un ?

— Oui.

— De qui ? Qui est-ce qui t'a fait du mal ?

— Lui...

— Et ta mère, où est-elle ? Tu lui as parlé ?

— Attention ! »

Je me retourne, pas assez vite. Je me sens empoignée à la gorge et plaquée sur le capot du 4×4 rutilant. Alors que je me débats, j'arrive à crier à l'adolescente :

« Sauve-toi ! »

Je hurle de toutes mes forces et soudain, un bruit résonne à mon oreille. Mon cerveau a du mal à réaliser que c'est mon téléphone portable qui vient de me sortir de cet horrible cauchemar.

Je ne parviens pas à décrocher ni à prendre l'appel. Je suis pétrifiée, roulée en boule, la couette rabattue sur ma tête. Il est quatre heures du matin, j'ai encore trois longues heures à attendre pour voir le jour se lever et partir travailler, m'aérer, me changer les idées. Sa mère... Une mère, l'absente de mon cauchemar... N'est-elle pas là, normalement, pour protéger son enfant, envers et contre tout ? Où était-elle ? Pourquoi n'a-t-elle pas soustrait cette enfant fragile, ce cœur innocent que la vie abîme, aux coups de l'homme qui la martyrise ?

Je suffoque et du fond de mon lit, je rassemble mes souvenirs les plus lumineux, lorsque ma grand-mère était encore là et que je pouvais lui confier mes peurs.

Qu'aurait-elle dit? Que m'aurait-elle soufflé au creux de l'oreille?

« Le torrent est très fort aujourd'hui et ses remous t'emportent dans tous les sens. Il ne t'enverra pas vers le fond parce que tu es plus forte que lui et que tu as appris à naviguer dessus. »

Je respire, lentement, je me répète les mots et, doucement, replonge dans le sommeil.

Le blog d'Emâ
Wolves, Nature & Music
Le jour où j'ai remis ma vie à l'endroit,
J'ai retrouvé mon âmE

Lundi 26 octobre

Bonjour à vous!

Vos derniers commentaires m'ont fait très plaisir et aujourd'hui je voudrais partager avec vous une délicieuse rencontre. Je ne sais pas si mes mots réussiront à vous faire vivre ce moment aussi fort que je l'ai ressenti mais je vais essayer.

Pat et moi avons pris la direction du lac Wapizagonke, à une dizaine de kilomètres au nord-ouest. Ce lac est un écrin, niché contre des collines aux formes douces, façonnées par des glaciers millénaires. Je ne peux vous décrire l'enchantement de cette promenade, aussi je vous poste, ici, quelques photos. Le flamboiement des feuilles, l'odeur des conifères, l'appel des aigles, m'ont émerveillée. Je vous souhaite à chacun de pouvoir vous promener dans des lieux aussi enchanteurs, de vous y ressourcer pour oublier la tristesse et les tracas quotidiens. Je portais en moi l'espoir secret de rencontrer « mon » loup à pattes noires, celui qui m'était apparu derrière la vitre et dont, j'en suis certaine, vous vous souvenez.

Et soudain, au détour d'un chemin bordé de sapins, sortant des fourrés, trois biches aux jambes graciles sont apparues, comme surgies de nulle part. L'une d'entre elles, plus âgée, semblait un peu inquiète. Elle tournait la tête dans notre direction mais les deux autres gambadaient sans hésiter en direction du ruisseau en contrebas.

L'une des petites biches facétieuses a couru derrière sa sœur et l'a bousculée. L'autre a riposté d'un coup de tête rageur et Pat a laissé échapper un rire étouffé tandis que je sortais fébrilement mon appareil photo pour immortaliser cet instant.

Leur mère n'était pas tranquille : elle a senti notre présence et a décidé de fuir.

En trois bonds légers, elles se sont enfuies dans le sous-bois obscur.

Nous sommes restées silencieuses sous le charme de cet instant suspendu et en ce moment même où je vous écris, je revois la scène comme si je m'y trouvais encore et je respire à peine de peur de les effrayer.

Comme cette scène m'a fait du bien et quel plaisir de constater que les animaux, encore une fois, nous donnent de si belles leçons de vie... Je vous offre les photos de cet instant magique.

Alors, non, ce n'était pas une rencontre avec un loup sauvage et j'espère que vous ne serez pas déçus mais elle m'a redonné foi en la vie pour de multiples raisons.

Merci pour vos mots à propos de mon anniversaire. Je ne suis pas allée chanter samedi soir mais Katherine m'a laissé un petit message pour me dire que samedi prochain, nous irons dans le service de pédiatrie. Elle a eu l'autorisation cette semaine. Je suis tellement heureuse ! Je vous raconterai.

Prenez soin de vous, à bientôt,

Emâ

6 commentaires

Fanny *oh mon Dieu, quelles superbes photos... la biche est mon animal préféré, mille mercis pour le partage !*

Liam Sweet photos, I love them !

Me and my children *oh, on dirait moi, avec mes deux bichettes ! Quelle beauté, ce lieu...*

Lina *que d'émotion dans le regard de cette mère biche, merci Emâ !*

Mathilda *Émue aux larmes...*

Slovenia So, so sweet, thanks Emâ !

Ce soir, je ne dirai pas à mes lecteurs que la vue de cette mère et de ces deux enfants insouciants du danger m'a remuée bien plus que ce que je n'aurais cru. Une douleur lancinante est venue se loger au creux de ma poitrine, insistante, pesante, comme si, soudain, on me déposait une enclume sur le thorax.

Non, Emâ, pas maintenant. Ne te noie pas dans tes souvenirs, c'est inutile, tu le sais bien, alors protège-toi.

Will

Lorsque j'arrive près de la couveuse de Nikki, je sors avec précaution le carnet de cuir de mon sac à dos, puis je prends une photo du visage fin posé sur le drap blanc. Au même moment, le bébé ouvre ses yeux et les fixe sur moi, avec un regard d'une intensité rare, si puissante que ses prunelles bleu myositis me clouent sur place et font immédiatement fondre mon cœur.

Hey, Nikki, comment vas-tu ? Tu es réveillée, petite puce ? Tu ne sais pas ce que tu fais là, pas vrai ? Moi, c'est Will et si tu veux, je vais te raconter une histoire, parce qu'il paraît que les enfants adorent ça. Quand j'étais petit, ma préférée c'était *De la petite taupe qui voulait savoir qui lui avait fait sur la tête*[53], parce que franchement, ça me faisait drôlement rire, toutes ces crottes ! Mais par-dessus tout, tu vois, je voulais absolument découvrir si la petite taupe aurait gain de cause et si elle découvrirait le coupable...

Nikki m'écoute, accrochée au son de ma voix, ne me lâche pas des yeux. Ce moment est si intense que soudain, je me sens intimidé devant ce petit bout de 49 centimètres emmitouflé dans une grenouillère en velours blanc sur laquelle est

53. Album pour enfants écrit par Werner Holzwarth et illustré par Wolf Erlbruch, traduit de l'allemand et publié pour la première fois en France en 1993 aux éditions Milan.

dessinée une maman pingouin câlinant son petit. Je me racle la gorge et reprends :

« Bon, comme tu n'es pas très bavarde, je vais donc te lire ce que j'ai écrit dans ton carnet et je collerai ta photo ici, celle de ton huitième jour sur terre. Je mettrai aussi ma photo et celle de Léonore, si elle est d'accord.

— D'accord pour quoi ? fait une voix derrière mon dos, me faisant sursauter.

— Pour rien.

— T'es chiant, Will, t'es muet comme une tombe. Non, t'es ennuyeux à mourir. T'as des amis ? Une vie ?

— Le chiant te remercie.

— Bon, tu voulais quoi ? Un selfie avec Nikki ? »

Je n'ai pas envie. Pas envie du tout que Léonore apparaisse à mes côtés près de Nikki, dans ce fragile équilibre que j'ai trouvé avec elle.

« Non, j'suis chiant, pas narcissique. »

Léonore lève les yeux au ciel, excédée, et s'en va. Je m'assure discrètement qu'elle ne peut plus me voir et prends Nikki en photo, toute pelotonnée contre la licorne blanche à la corne dorée que nous nous sommes cotisés pour lui offrir.

Puis je m'éloigne à regret de la couveuse pour démarrer la routine. Je prends connaissance du rapport quotidien, des gestes effectués pour chacun des vingt-cinq enfants que nous soignons, des hauts et des bas, des difficultés rencontrées avec certains parents, qui parfois s'effondrent, s'impatientent ou se désespèrent devant la lenteur des diagnostics. Moi, tout ce dont j'ai envie, c'est retourner m'asseoir près de Nikki, prendre sa main minuscule entre les miennes, lui chanter une comptine, la bercer.

Will, attention, tu t'attaches trop, me murmure une petite voix intérieure.

« Léonore, tu connais une chanson pour enfant ? Une chouette, hein, pas ces horribles chansons françaises écrites par de vieux tordus où l'on n'entend que de la violence ou du sexe, hein. »

Léonore me regarde en fronçant les sourcils.

« Heu, je ne te suis pas, là... De quoi tu parles, Will ?

— Tu veux que je te fasse un dessin ? Réfléchis bien au sens caché de la souris verte dans l'eau bouillante, de la chandelle morte, de l'hirondelle plumée, de petit-Jean qui danse, du Petit navire ou de la pêche aux moules... Tu vas vite comprendre. Torture, prostitution, cannibalisme, harcèlement sexuel... Tu en veux d'autres ? »

Elle éclate de rire, puis met sa main devant sa bouche :

« Non... je n'avais jamais réalisé... Finalement, j'aurais préféré que tu te taises, parce que quand tu parles, putain, c'est franchement dégueu ! Révoltant, même !

— Tu l'as dit. Donc, tu n'aurais pas en mémoire une vraie chanson pour bébé ?

— Ma sœur a un CD de comptines adorables... Quand je vais garder ses mômes, on l'écoute en boucle mais, tout de suite, ça ne me revient pas. Si tu veux, je lui poserai la question mais, pas maintenant, parce que, là, on a plein de boulot et je ne sais pas pourquoi tu traînes comme ça. Will, tu es sûr que ça va ?

— Ouais. »

Elle secoue la tête :

« D'habitude, tu es une tombe mais, là, en plus, on dirait que t'es shooté. C'est Nikki ? »

Je hoche la tête et elle s'approche de moi :

« Je ne dirai rien à la chef mais, si ça perturbe ton travail, je serai obligée de demander à ce que tu ne t'occupes plus de ce bébé.

— Et c'est moi qui suis chiant ? Toi, t'es psychorigide ! »

Léonore fronce les sourcils et me désigne d'un geste un peu plus brusque que d'habitude le tableau où sont affichés les soins à donner à chaque enfant cette nuit.

« Tu vas commencer par la 15, puis tu feras la 6 et la 23. Pour ce soir, tu oublies Nikki, s'il te plaît. Je vais m'en occuper.

— Léonore...

— Ne discute pas, Will, je t'assure, ce sera mieux pour elle et pour toi. Tu es déjà allé trop loin et tu le sais. »

Contrarié, je m'éloigne en direction de la chambre de Lalyta mais Léonore m'interpelle une dernière fois :

« Eh, Will ! Il y a une assoc' qui vient chanter dans quinze jours, je crois, pour nos patients. *Sing for Life*. Apparemment, ils sont géniaux. »

Brindille

Je suis dans un tunnel, je ne vois pas la fin et des mains invisibles me frappent et me frappent encore. Je voudrais trouver un endroit où m'abriter mais c'est impossible, je suis obligée d'avancer.

Mes joues, mon front, mon cou me font tellement mal que je finis par hurler :

« Arrêtez ! »

Le son de ma voix me sort de ce cauchemar et je réalise avec soulagement que je me trouve dans ma chambre, même si ce soulagement est de courte durée. Ma chambre, ce n'est pas une sécurité. Il me faut quelques minutes avant de réussir à émerger complètement et je passe lentement ma main sur les contusions de mon visage. J'ai mal à la tête, il faut que j'aille boire et prendre une douche. Nous sommes dimanche matin et ce qui s'est passé la veille est accroché à moi comme une couverture trop poisseuse.

Ensuite, j'irai me promener un peu dans le jardin, j'ai besoin de prendre l'air, de me sentir libre, un peu, de sortir de cette maison aussi.

Quelques instants plus tard, enveloppée dans le grand châle blanc de maman qu'elle ne porte plus depuis que Matthew lui a dit qu'elle ressemblait à sa grand-tante Dinah, apparemment très, très laide, je m'avance dans les allées soigneusement taillées. L'air est piquant, pourtant j'inspire et j'expire plusieurs fois jusqu'à l'étourdissement. J'imagine qu'il chasse et nettoie celui que je respire auprès de Matthew et de Vianney, cet air puant qui m'empoisonne et m'affaiblit.

Derrière le massif volumineux des rhododendrons, je tombe nez à nez avec Zachary.

Enfin, je vais pouvoir lui parler sans que Matthew n'assiste à la conversation et ne lui assène ses mots piquants à tel point qu'à la fin, on ne sait même plus ce qu'il faut comprendre, du style : « Zachary, dites-moi, je ne vous paie pas pour ramasser les corneilles tombées du nid, n'est-ce pas ? C'est peut-être votre *coutume,* de batifoler avec les animaux au lieu de travailler sérieusement mais ce n'est pas la mienne. Voyez-vous, moi, je bosse comme un fou, et regardez le résultat. Mais j'ai confiance en vous, vous allez y arriver, vous n'êtes pas *comme les autres,* vous, c'est bien pour cela que je vous ai embauché. Allons, montrez-moi ce dont vous êtes capable. »

Lorsqu'il m'aperçoit, Zachary a un mouvement de recul et je lis dans ses yeux une sorte de colère mêlée à une compassion sincère.

Il reprend la bêche qu'il avait posée par terre et l'enfonce vigoureusement dans le sol, plusieurs fois, comme s'il voulait écraser quelque chose. J'imagine avec jubilation que c'est la tête de Matthew ou de Vianney qui se trouve là-dessous et mes joues s'empourprent de honte.

« Bonjour Mademoiselle, vous désirez quelque chose ? »

Le son de sa voix me tire de la scène de film trash que je suis en train d'imaginer.

« Heu... non. Enfin... je ne sais pas. »

Il s'interrompt et croise ses bras sur le haut de l'outil.

« Vous allez mieux, Mademoiselle ? Je peux vous donner quelque chose pour vos blessures au visage, pour calmer la douleur. C'est ma sœur qui fabrique cette huile avec des plantes. »

« Je suis en danger, sortez-moi de là ! » ai-je envie de crier mais je comprends qu'il ne puisse pas faire grand-chose pour dénoncer ces violences. Qui le croirait ? Ce serait notre parole contre celles de Vianney et de mon beau-père, sans doute l'homme le plus influent de la ville, copain avec la moitié des policiers, comme il l'a si gentiment rappelé devant Tim. Et, qui plus est, Zachary perdrait son emploi et sans doute qu'il ne peut pas se le permettre ; apparemment il prend soin de sa famille. Matthew s'est un jour moqué de lui, dans la cuisine, en disant que notre jardinier ferait mieux de penser à lui plutôt que d'entretenir de vieux croulants.

Je secoue la tête :

« Non, merci, Zachary, c'est gentil mais je me soigne avec les médicaments que j'ai trouvés dans l'armoire à pharmacie. »

Il serre les poings imperceptiblement, puis souffle :

« Je les ai vus, Mademoiselle, et je ne comprends pas que l'on puisse faire du mal comme ça. Je voudrais... »

Ses mots s'arrêtent comme soufflés par la bourrasque glacée qui me fait frissonner et, l'espace d'un instant, je me sens réchauffée de l'intérieur, comme enveloppée par une couette chaude et douce. Pour la première fois, quelqu'un me comprend. Quelqu'un a vu, quelqu'un sait et il est de mon côté. Je ne sais pas pourquoi mais cet acte de bonté me tire des larmes. En une fraction de seconde, l'image de papa emplit ma mémoire et la douleur est si forte qu'elle me fait vaciller. Je me mords les lèvres pour ne pas pleurer tandis que Zachary, sans parler, m'inonde soudain d'un sourire si chaleureux que je m'y accroche comme un naufragé à une bouée de sauvetage.

Je repense à ma chère Jane lorsqu'elle fit la rencontre d'Helen Burns, dans ce terrible pensionnat où l'avait envoyée sa tante. « Elle leva les yeux sur moi. Quelle flamme étrange y brillait ! Quelle impression extraordinaire me produisit leur lumineux regard ! Je me sentis plus forte ; c'était un héros, un martyr, qui, passant devant une victime ou une esclave, lui communiquait sa force[54]. »

« Que fait votre maman ? reprend-il. Est-ce qu'elle sait ? »

Je chuchote à mon tour :

« Je pense que oui mais elle ne dit rien parce que... parce qu'elle a peur. »

---

54. Citation de *Jane Eyre,* chapitre VII.

Mahikan

Aci kan matcan[55]

Il fait nuit lorsque je me glisse à l'intérieur de la réserve. J'ai attendu cinq longs jours interminables et mon ventre crie famine : les quelques framboises de la fin de saison et un poisson n'ont pas calmé ma fringale.

Je sais que les hommes, dont mon grand-père, à l'ouïe si fine malgré son grand âge, entendraient une *amo*[56] voler à quelques mètres, aussi je retiens ma respiration et contourne prudemment les endroits où il y a trop de branches et de cailloux. Mon grand-père a refusé les murs en briques et les portes en bois trop modernes. Il aurait voulu garder les traditions des ancêtres, le tipi fabriqué avec des peaux d'animaux mais il n'en a pas eu l'autorisation. Cependant, notre maison est la seule à ressembler à une cabane, avec ses planches en sapin, l'unique compromis que mon aïeul ait pu obtenir.

« Pourquoi voulez-vous effacer qui vous êtes et le sang qui coule dans vos veines ? avait-il grondé, les yeux brillants de rage et de chagrin.

55. *Aci kan matcan* : je vais partir maintenant.

56. *Amo* : abeille.

— Nous devons aller de l'avant. S'obstiner à nier le progrès n'est pas bon pour nos jeunes, avaient rétorqué les autres anciens. Mais ne t'en fais pas, tu vois bien, nous leur apprenons à garder les activités des saisons et à vivre en harmonie avec la nature. Tout est bien. Rien n'est perdu.

— Ce n'est pas assez ! Certains oublient déjà nos coutumes... »

Mon grand-père avait bougonné, furieux, que savoir déboucher des canettes de Coca ne serait pas d'une grande aide pour la *Wecitorinaniwon*[57] ou la *Mackikiwapokaniwon*[58] et il était parti vers la rivière, dépité et malheureux, sentant que l'avenir allait à tout jamais entraîner sa descendance vers la perte de ce qu'il avait de plus cher.

Alors que je contourne la maison de ma tante, je vois les traces de l'activité de la journée. Mon grand-père et ses amis ont probablement tué et dépecé un orignal, sa peau est soigneusement tendue sur la corde, tout près de la maison, et ma mère s'en servira dans la semaine pour faire les raquettes. Mon cœur se serre à la pensée que je ne les verrai plus, que je vais m'exiler volontairement et pour combien de temps ? Ils ont déjà dû me chercher partout, s'inquiéter... Et que dire des policiers de la GRC ? Et surtout, des sœurs et du prêtre, au pensionnat ? Ils seront furieux contre moi !

Soudain, je me rends compte à quel point cette décision était irréfléchie mais c'est trop tard. Je ne veux plus revenir en arrière.

---

57. *Wecitorinaniwon* : réparation des canots.

58. *Mackikiwapokaniwon* : préparation des plantes médicinales.

Cette nuit, dans l'obscurité, je me suis remémoré tous les mauvais traitements que nous subissons toute l'année et que nos parents, nos grands-parents et tous les autres avant nous ont vécus aussi. Je revois les visages en colère des religieuses, leurs interdictions stupides, leur acharnement enragé à nous faire oublier nos racines et j'ai senti la haine monter en moi à nouveau. Je fêterai bientôt mes dix-sept ans, lorsque ce sera *Kenositc Pisimw*[59], c'est ma dernière année là-bas: eh bien c'est décidé, je la vivrai seul, ici, en ermite. Ma famille me pleurera, pensant que je suis mort et, à cette pensée, mon cœur se serre mais je ne peux faire autrement.

Pour qu'ils soient sincères dans leur douleur, ils doivent, eux aussi, croire que la forêt a pris mon corps.

Mes yeux se remplissent de larmes que je chasse furieusement lorsque le visage de mon grand-père et de ma mère apparaissent sans crier gare derrière mes paupières. Pleurer ? Il ne manquerait plus que ça !

J'entre sur la pointe des pieds dans ma maison. Elle me semble tellement vide, maintenant que mon frère et ma sœur l'ont quittée. Deux assiettes sont posées sur l'évier. Ce soir, ma mère et mon grand-père ont pris leur repas face à face, sans enfants bruyants autour d'eux, en se torturant l'esprit à mon sujet, et en suppliant nos ancêtres, censés veiller sur nous, de protéger les enfants. Et moi, je leur ajoute une peine supplémentaire...

59. *Kenositc Pisimw* : mois le plus long, janvier.

Je rassemble en hâte quelques affaires essentielles dans un sac : une corde, une lampe, une couverture, un pull-over et des chaussettes, mes bottes, une toile imperméable, des allumettes, la fronde que j'ai fabriquée avec mon grand-père, un harpon à poisson, de la *pasanowan*[60], des fruits. J'emporte aussi de quoi cuire des *baniks* : de la farine, de la poudre à lever, du sucre brun, du lait en poudre, du sel, de la cannelle. Une chance que Coweri m'ait appris à les fabriquer puis à les cuire sur le feu de bois. Au moment où j'ajoute quelques poignées de noisettes, ma mère surgit de sa chambre, les cheveux ébouriffés et une hache à la main. Je me dissimule vite, priant pour qu'elle n'entende pas ma respiration saccadée.

« Mahikan, mon fils, c'est toi ? »

Je vois ses paupières rougies mais je m'oblige à rester immobile alors que je n'ai qu'une envie : me jeter dans ses bras, me serrer contre elle, respirer son odeur comme lorsque j'étais tout petit. Mais cela ne servirait à rien : ma mère, c'est la soumission incarnée et si je lui parlais de mon plan, elle ne serait pas d'accord et m'obligerait à rejoindre le pensionnat. Lorsque j'avais dix ans, j'ai essayé de lui parler des mauvais traitements que je subissais mais j'ai lu tant de peur et de désarroi dans ses yeux que je ne lui en ai plus jamais touché mot.

Depuis toujours, les Blancs sont plus forts, c'est ainsi et ça ne se discute pas.

Elle inspecte rapidement la pièce, jette un dernier regard inquiet derrière elle, puis retourne se coucher.

---

60. *Pasanowan* : viande d'orignal fraîchement fumée.

Dix minutes après, je cours vers la forêt obscure qui m'ouvre grand ses bras, avec un inexprimable sentiment de liberté au creux des veines.

Emâ

Le blog d'Emâ
Wolves, Nature & Music
Le jour où j'ai remis ma vie à l'endroit,
j'ai retrouvé mon âmE

Jeudi 28 octobre

Une mère
Ça travaille à temps plein
Ça dort un œil ouvert
C'est garde comme un chien
Ça court au moindre petit bruit
Ça s'lève au petit jour
Ça fait des petites nuits.
C'est vrai
Ça crève de fatigue
Ça danse à tout jamais une éternelle gigue
Ça reste auprès de sa couvée
Au prix de sa jeunesse,
Au prix de sa beauté[61].

61. Extrait de *Une mère*, chanson de 2006 écrite, composée et interprétée par Linda Lemay.

Chères lectrices et lecteurs de ce blog,

Que d'émotion cette semaine !

J'ai été émue de lire vos messages sur ma rencontre avec la biche. Chaque fois que je constate que la douceur et l'émerveillement sont encore présents dans le cœur des humains, j'en suis chamboulée. Ne dit-on pas, parfois, que la douceur est une preuve de naïveté, voire de bêtise ? Je défends ardemment le contraire. La douceur est pour moi une grande force, ne la sous-estimons pas et méditons plutôt la phrase de Marc Aurèle, « la douceur est invincible ». En effet, ne faut-il pas une maîtrise de soi infinie pour résister à la colère qui, parfois, noue nos entrailles ? Et que dire de la force attractive d'un nouveau-né endormi, de ce qu'il éveille en nous dans son immense vulnérabilité ?

Bien, trêve de blabla, sinon vous allez penser que je vous fais un cours de psychologie bas de gamme, ce qui n'était pas du tout mon intention !

J'entre donc dans le vif du sujet. Sevan et moi étions en train de marcher en direction de ce fameux lac Wapizagonke pour relever les empreintes et changer la carte mémoire de la balise que Pat et moi avions posée la dernière fois.

Il commence à faire très froid par ici, nous entrons dans l'hiver et le vent nous cinglait les joues et le dos. Ce n'était pas franchement une promenade très agréable, malgré la beauté infinie de ce lieu sauvage où les roches se découpent, grises et arrondies, sur le fond sombre du ciel obscurci par l'orage tout proche. J'ai demandé à Sevan si nous ne ferions pas mieux de faire demi-tour mais il m'a répondu qu'on n'avait pas fait cette longue route pour rien. Effectivement, il n'avait pas tort sur ce coup-là mais peut-être que si nous avions pu prévoir ce qui allait se passer, nous aurions rebroussé chemin.

Lorsque l'orage nous est tombé dessus, nous n'avons pas eu d'autre choix que d'aller nous abriter dans une cavité creusée sous la pierre ; ce n'était pas à proprement parler une grotte mais il y avait assez de place pour y tenir à deux et même s'asseoir. Moi qui suis extrêmement frileuse, j'ai commencé à claquer des dents et là j'ai entendu Sevan me demander pourquoi je grognais...

Nous avons échangé un regard stupéfait et soudain, en une fraction de seconde, nous nous sommes rendu compte que le bruit sourd qui provenait du fond de cette cavité était celui du loup nous avertissant que nous étions en train d'empiéter sur son territoire et qu'il n'en était pas du tout ravi. Sevan et moi savions qu'il ne fallait surtout pas fuir devant lui ni faire aucun mouvement brusque susceptible de le terroriser, sans quoi il deviendrait violent et nous attaquerait. Nos yeux s'habituant à l'obscurité, j'ai fini par apercevoir, sur le sol, derrière le loup, un corps un peu moins grand.

« Sevan, il y a un jeune aussi. Et l'adulte n'est pas un loup, c'est une louve.

— Oui, je me suis fait la même réflexion. As-tu quelque chose dans ton sac qu'on pourrait lui donner ?

— J'ai emporté de la viande d'orignal séchée. Je vais essayer de la sortir discrètement. »

Je vous livre ici un dialogue bien pensé avec les mots alignés dans le bon ordre mais je pense que la conversation ressemblait plutôt à quelque chose de désordonné du genre « fais gaffe, y'en a un autre, merde oui j'ai vu, t'as pas un truc à lui filer, si, de la viande séchée, je vais la lui donner en espérant qu'elle me saute pas dessus, ok je surveille, fais pas le con, calme-toi, allez vas-y ».

Avec d'infinies précautions, j'ai défait les sangles de mon sac, fouillé dedans à la recherche du précieux trésor, tandis que la louve, babines retroussées sur les crocs, approchait de plus en plus... et malgré l'inconfort de la situation et mon stress, je L'ai reconnue. C'était ELLE, celle qui était venue tout près de mon habitation... Sevan a pris de mes mains le morceau de viande et l'a lancé vers le plus jeune, puis nous sommes sortis aussi calmement que possible pour nous abriter. J'étais ailleurs, je vous l'avoue, et tellement heureuse d'avoir mis un vrai « visage » sur ma visiteuse nocturne !

Nous sommes revenus le lendemain, sous un ciel éclatant et glacé, mais la louve avait fui de son refuge, bien sûr. Nous avons balisé la parcelle, installé une nouvelle caméra de surveillance et suivi les empreintes de la louve et du louveteau jusqu'à ce qu'elles franchissent un étroit ruisseau, ce qui nous a fait perdre leur trace. Nous avons baptisé la mère Louve-Grise et le jeune, Bari, en hommage au roman de Curwood [62], que j'avais adoré enfant (je suppose que vous le connaissez, si vous êtes amoureux des loups).

---

62. *Bari chien-loup,* roman américain de James Oliver Curwood, paru pour la première fois en français en 1925 aux éditions Crès.

Voilà, chers lecteurs, j'espère que cette histoire vous a plu ! Dommage que je n'ai pas d'autre photo à vous montrer que celle de la grotte vide et des empreintes de ce jeune loup et de sa mère qui lui apprend probablement à se débrouiller seul avant qu'il ne parte faire sa vie sans elle.

À bientôt pour d'autres nouvelles !

Emâ

8 commentaires

Vincent *franchement, l'expérience est géniale !!!*

Lina *Waouh, quelle histoire, Emâ ! Je n'ai jamais lu* Bari, *cela me donne envie !*

Laurathecat *Vivement une photo de Louve-Grise !*

Me and my children *j'imagine votre émotion et j'aurais fait comme vous je crois, je me serais avancée pour la caresser en oubliant toute prudence !*

Ana *Cette chanson, mon Dieu...*

Loving_wolves *J'aurais adoré être à vos côtés dans cette grotte !*

Fanny *Merci pour le partage de cette incroyable aventure !*

Anissa *comme Ana, je suis bouleversée par les paroles qui me rappellent ma maman !*

Au moment où je termine mon récit et rabats l'écran de mon ordinateur, je me demande pourquoi j'ai été autant effrayée contrairement à Sevan qui a su garder son calme et son objectivité. Pourtant, c'était comme si je retrouvais une amie disparue mais, parfois, dans l'urgence, lorsque nos émotions prennent le dessus, notre raison est réduite à peau de chagrin. Car après l'euphorie immédiate de la rencontre avec la louve, j'ai paniqué de façon imprévue et je me suis mise à trembler violemment. La voix de Sevan m'est parvenue de très loin, comme dans un brouillard, et j'ai soudain senti sa main m'arracher le bout de viande que je tenais dans la mienne, à un mètre à peine de la louve. C'est lui qui me l'a rappelé ensuite, car j'ai tout vécu dans un brouillard et je n'avais pas forcément envie de partager ça avec mes lecteurs. Peut-être parce que je n'avais pas du tout prévu que ma rencontre avec un loup se fasse de cette façon-là. Je l'avais rêvée, imaginée autrement, et cet enchaînement de circonstances m'a décontenancée. Car si je réfléchis bien, cette mère louve a fait ce que n'importe quel autre animal aurait fait, ou même, ce que n'importe quelle mère humaine aurait fait : protéger son petit à tout prix. Alors, pourquoi ai-je soudainement perdu conscience de ce qui m'entourait, pourquoi cette sensation d'étouffement, d'oppression, de mort imminente ?

Réfléchis. Tu sais bien pourquoi, Emâ.

Je chasse loin de moi les idées que je n'ai pas envie de toucher du doigt et je me concentre sur les souvenirs de la rencontre vécue il y a deux mois avec Lizzie, une âmE au courage hors du commun.

Lizzie, en balade dans le parc, pas très loin d'ailleurs du lac de Saint-Jean des Piles, avait eu la force incroyable de se battre contre l'ours brun qui venait de sortir de la forêt pour s'en prendre à son fils de trois ans. Elle s'était jetée sur lui, armée de son sac à dos et de sa gourde, pour lui faire lâcher prise et l'ours, assez jeune, avait fini par céder. Grièvement blessée, elle avait été transportée à l'hôpital et nous avions chanté *Une mère,* sans être tout à fait certains qu'elle nous entende, tant son état était grave. Et pourtant, surprise, lorsque nous étions revenus la semaine suivante, Lizzie nous attendait, assise sur son lit, soutenue par des oreillers, le visage encore tuméfié et le corps entouré de bandages mais vivante. « J'ai demandé à mon mari qu'il apporte une photo de moi avant l'agression, nous avait-elle dit d'une petite voix, parce que là, ça craint. »

Je lui ai demandé ce qu'elle avait ressenti au moment de défendre son fils et pourquoi elle n'avait pas hésité et elle m'a regardée, surprise par ma question. Puis, elle m'a dit ces mots : « Emâ, aucun ours brun n'est assez effrayant pour nous empêcher de défendre ceux qu'on aime. Je lis dans vos yeux que vous aussi, vous en avez un jour affronté un. Et que vous l'avez vaincu. »

Will

Une petite notification sur mon portable attire mes yeux encore embrumés par le sommeil. Adresse et nom inconnus… Le mail a été posté depuis la plateforme de *A Bottle in the Sea*. J'ai l'impression que je vais tomber dans le Grand Canyon, tout à coup. Mon cœur bat tellement fort, mes doigts tremblent tellement que je ne parviens pas à cliquer dessus.

Mes yeux voient trouble mais je finis par distinguer les mots suivants :

Bonjour, Will, votre annonce m'a énormément touchée. À vrai dire, je l'attendais depuis des années. Je pense savoir des choses mais je ne peux pas vous parler par mail et je ne peux pas non plus vous garantir à 100 % que ce soit bien votre mère dont je veux m'entretenir avec vous… Mais il y a de fortes chances. Je préfère que l'on se rencontre en vrai. Si vous décidez de venir, prévenez-moi, nous nous donnerons rendez-vous.

Est-ce un *prank* ?[63] Quelqu'un qui s'amuse à rire à mes dépens ? Comment est-ce possible que la solution soit là, à portée de mains, alors que je l'ai attendue si longtemps ? Qui est cette inconnue se targuant de détenir le secret de ma naissance qui n'appartient qu'à moi ? Je suis si dépassé par mes émotions que j'en oublierai presque que c'est moi qui ai lancé

63. *Prank* : canular en anglais.

cette bouteille à la mer, dans l'espoir d'avoir une réponse... Sauf que je n'avais pas envisagé que ce soit une tierce personne qui apparaisse sur le devant de la scène. Naïvement, comme un enfant, c'est le visage de ma mère que je pensais lire entre les lignes.

Rageusement, je réponds :

Madame, cela ne me fait pas rire, on ne s'amuse pas avec les sentiments des gens. Votre réponse est bien trop floue pour paraître véridique.

Quelques minutes après, un nouveau message apparaît :

Comme vous le sentez, Will. Je pense pouvoir vous aider mais je ne ferai rien à distance. Bonne chance dans vos recherches. Cordialement.

Je me sens perdu, soudain, alors je tente un dernier :

Pourquoi êtes-vous inscrite sur ce site, Madame ? Recherchez-vous quelqu'un, vous aussi ? Sinon, quel intérêt ?

Cette fois-ci, la réponse tarde un peu mais une heure après, je lis :

Will, je suis en effet inscrite sur différents sites de ce genre et, vous avez vu juste, ce n'est pas pour ma propre histoire. C'est la culpabilité et le désir de rachat qui m'ont poussée à le faire, depuis plus de dix ans déjà, dans un espoir un peu fou de mettre un terme à mes remords. Aujourd'hui, vous êtes peut-être — je dis bien, peut-être —, celui que j'attendais, celui dont je connais une bribe d'histoire. Mais si c'est trop violent pour vous, attendons un peu. Je peux l'entendre.

Culpabilité ? Désir de rachat ? Immédiatement, le pire des scénarios s'inscrit à travers les touches de mon ordinateur, me secouant de sanglots refoulés et je peine à écrire :

Madame, êtes-vous liée avec moi, de quelque manière que ce soit ? Avez-vous fait du mal à ma mère ?

Le cœur au bord des lèvres, je reste figé, accroché à l'écran, et soudain il me semble que j'ai cinq ans, que je suis redevenu un tout petit garçon. Je m'écroule, le corps tremblant, jusqu'à ce que la réponse arrive enfin :

Non, Will, nous ne sommes pas parents et je n'ai pas maltraité votre mère, si c'est clairement ce que vous voulez savoir (ce que je comprends) et si tenté que ce soit la vôtre. Il nous faudra en discuter ensemble mais je pense que j'aurai la réponse en vous voyant.

Lui ai-je fait du mal ? Oui, sans doute, mais pas comme vous le pensez. Prenez soin de vous et reparlons dans quelques jours, s'il le faut. Cette discussion est éprouvante pour vous comme pour moi, alors restons-en là pour aujourd'hui, si vous le voulez bien.

Il faut que j'aille courir, sinon je vais exploser sur place. J'enfile mon survêtement, mes chaussures et saute dans ma voiture. Quand je suis dans cet état, un seul endroit m'apaise, la chute à Magnan[64] près de Saint-Paulin. J'arrive dans le village

64. La chute à Magnan est l'une des quatre plus hautes chutes du Québec, située à 3 kilomètres du village sur la route 349.

quasi désert et me gare nerveusement. C'est un miracle que je n'ai pas eu d'accident. Une main de fer m'étreint la gorge et, malgré le temps menaçant, je m'enfonce entre les troncs des baumiers et des sapins aux reflets bleus dont l'odeur familière me rassure.

Un ping-pong s'engage dans mon cerveau, alternant les « j'y vais, j'y vais pas » et chacun de mes coups de talons dans la terre meuble rythme cet infernal questionnement. J'accélère, j'accélère encore et mes muscles se tendent à l'extrême, pour que la douleur physique prenne le pas et m'empêche de penser. En vain. Cette obsédante rengaine ne me lâche pas, comme une salamandre géante de Chine et ses soixante kilos de bave collante. Après deux heures d'une course effrénée, je finis par m'effondrer au pied d'une souche d'arbre mort, en larmes, crampes dans les mollets, gorge serrée, en proie à un mal-être qui me plie en deux. Je hurle ma colère et ma frustration, mes cris se perdent dans le fracas de l'écume qui frappe la roche de la rivière du loup.

Alors que les gouttes d'eau s'écrasent sur mon visage, je prends soudain la décision de retourner à La Bostonnais, où j'ai grandi, à une centaine de kilomètres de Shawinigan, près de La Tuque. Myriam sera ravie de ma décision, elle qui se plaint d'avoir un fils surbooké qui ne prend pas un seul jour de repos pour venir la voir. J'y serai ce soir et demain, samedi, j'irai faire un tour au lac Saint-Jean où je n'ai pas mis les pieds depuis quinze ans. Je donnerai rendez-vous à cette inconnue qui prétend savoir des choses sur ma mère et sur mon passé.

Soulagé d'avoir mis les choses au clair, je bois à large goulée, masse mes jambes endolories, puis reprends ma course folle.

Je ne vois que trop tard l'arbre frissonner, agiter ses grandes branches dans ma direction, puis s'incliner vers moi, comme au ralenti… Je n'ai pas le temps de l'éviter et en une microseconde, un coup violent m'envoie valser quelques mètres plus loin.

Je ressens une douleur intense dans tout le corps et, soudain, c'est le trou noir.

Brindille

Ma petite discussion de la veille avec Zachary m'a rassérénée et je pars au collège le lundi matin avec un sentiment étrange au creux de moi, comme si j'étais moins seule. Quelqu'un sait. Cela n'empêche pas qu'il me faudra avoir une vraie discussion avec ma mère, coûte que coûte. J'en ai besoin, après la violence de ce week-end. Lorsque je me suis levée, un paquet était posé devant la porte de ma chambre, avec un petit mot signé Matthew: « Ta mère m'a dit que tu avais craqué dessus, je te l'offre de bon cœur. »

Interdite, j'ouvre la boîte cadeau et découvre une superbe veste en cuir, celle que j'avais vue dans la vitrine en me promenant avec maman, enveloppée dans du papier de soie.

Ça, c'est du Matthew tout craché: après les coups, les cadeaux, comme si cette veste à deux cents dollars pouvait effacer les cicatrices qu'il a gravées dans mon cœur. Écœurée, je fourre la veste en boule et vais la planquer au fond de mon dressing, espérant qu'il ne m'en reparle pas.

Lorsque j'arrive à la grille, Louane m'attend, un sourire énigmatique sur les lèvres.

« J'suis amoureuse ! chuchote-t-elle en m'attirant vers elle.

— De qui ?

— De ton frère... J'en ai rêvé toute la nuit ! On faisait des tas de...

— Arrête ! »

Je hurle si fort que plusieurs têtes se retournent et des dizaines de paires d'yeux me fixent avec insistance ou moquerie. Je m'en fiche. Je ne veux pas que Louane ait prononcé ces mots qui m'insupportent et surtout, comment peut-elle être à ce point égocentrique pour ne pas remarquer l'hématome violacé qui a envahi la moitié de ma joue et mon œil gonflé ? Est-ce que les gens heureux font exprès de ne rien voir, ou est-ce qu'ils ne sont pas équipés pour ?

Je crache :

« Tu me dégoûtes !

— Mais enfin... Qu'est-ce qui te prend ? Arrête ! C'est ce que j'ai dit sur ton frère, ou c'est parce que c'est ton frère ?

— Les deux ! Et ce n'est pas mon frère ! Ce n'est rien qu'un sale con ! Et il a trois ans de plus que toi, c'est dégueu ! »

Interdite par autant de violence de ma part, moi qui ne dis jamais un mot plus haut que l'autre, mon amie reste un moment interdite. Je profite de sa stupeur pour foncer en direction des toilettes, où je fonds en larmes. Louane m'y rejoint quelques minutes après, hésitante.

« J'suis désolée mais j'ai toujours pas compris ce qui cloche. T'es trop coincée, ça t'arrive jamais de rêver que tu...

— Arrête ! Arrête, maintenant, arrête tout de suite ! »

Mes hurlements finissent par attirer Linda, la surveillante, qui nous intime de la suivre dans son bureau *manu militari.* J'ai beau lui expliquer que ce n'est rien du tout, une simple embrouille entre nanas, elle ne veut rien savoir. Elle finit tout de même par congédier rapidement Louane mais me retient gentiment par le bras.

« Que s'est-il passé ce week-end ? Pourquoi as-tu ces traces sur le visage ? »

J'inspire lentement, calmement. Je suis à deux doigts de tout dire mais le visage de Matthew m'apparaît soudain, si menaçant, que je frissonne involontairement. Les mots s'étranglent et forment une bouillie infâme que je ne parviens pas à avaler. Je bégaie misérablement la première justification, pourtant complètement stupide, qui me passe par la tête :

« J'ai fait une chute à vélo. »

Linda me dévisage, songeuse.

« Tu n'as rien aux bras, aux mains ni aux genoux ? C'est étrange, ça. D'habitude, quand on fait un vol plané, on a des égratignures sur tout le corps.

— J'en ai aux épaules, dis-je à voix basse tout en implorant “allez, pose-la moi, cette foutue question.” Je suis tombée sur le côté. »

La surveillante hoche la tête, satisfaite par ma réponse et surtout, très soulagée.

« Oh, je vois. Bien, n'hésite pas, si tu veux aller te reposer à l'infirmerie. »

Je m'éloigne, le cœur lourd de colère. L'espace d'un instant, j'ai vu dans les yeux de Linda qu'elle savait ce qui s'était réellement passé, qu'elle l'avait deviné. Il lui a manqué ce soupçon de courage et de grandeur d'âme pour oser plonger ses yeux dans les miens et aller plus loin pour connaître la vérité. Elle a préféré fuir lâchement et je ne parviens pas à le lui pardonner. Elle aurait dû me protéger, elle aussi.

L'espace d'un moment, je rêverais d'être emportée loin de toute cette vie qui m'insupporte, à l'autre bout de la Terre, avec Tim, simplement, pour retrouver mon papa et ma chienne Frida. Les mots de Jane me reviennent soudain ; « Je voudrais être seul avec vous sur une île bien tranquille, où il n'y aurait plus ni trouble, ni danger, ni souvenirs hideux[65]. »

Mais voilà, c'est impossible, du moins pour l'instant et je m'apprête à affronter une leçon de maths qui promet d'être insupportable.

Louane me regarde arriver, glisse son bras sous le mien, m'embrasse et murmure :

« J'suis désolée, je ne parlerai plus de Vianney. Tu me pardonnes ?

65. Extrait de *Jane Eyre,* chapitre XVII.

— Bien sûr.

— Tu viendras dormir chez moi vendredi soir ? »

Une idée fulgurante me traverse l'esprit :

« Oui, génial ! Tu voudrais bien demander à ta mère qu'elle appelle la mienne, pour lui demander ? Mon beau-père est assez à cheval sur les principes... »

Le sourire aux lèvres mais le cœur serré par la décision que je viens de prendre sans que Louane ne se doute une minute qu'elle me servira d'alibi, je m'assieds face à monsieur Frolot qui nous transperce de son regard bleu azur.

« Sortez une feuille. Devoir surprise.

— J'voudrais bien qu'il brûle en enfer, celui-là ! » marmonne Louane en obtempérant, furieuse.

Moi, c'est deux autres personnes que je rêverais de voir se tordre de douleur dans les flammes vengeresses.

La matinée terminée et mon repas avalé en quatrième vitesse, je rejoins avec délectation miss Birdie et ma bande d'amis du club lecture et je me fais la réflexion, après quarante-cinq délicieuses minutes, qu'au bout du compte, la vie sur Terre n'est qu'un subtil mélange d'enfer et de paradis qui alternent régulièrement tout au long de la journée. Miss Birdie me félicite pour ma chronique, me donne quelques petites pistes pour l'améliorer et nous propose quatre nouvelles lectures : mon instinct me pousse à choisir *Kazan*[66]. Est-ce parce que le résumé parle d'un chien-loup qui fuit les violences des hommes et qui s'enfonce dans la forêt du Grand Nord canadien, même si cela peut signifier la mort ?

Lorsque je rentre du collège, Zachary m'attend, l'air gêné, caché derrière les bouleaux blancs qui se dressent fièrement près du portail.

« Mademoiselle... J'ai ceci pour vous, de la part de ma sœur... C'est une poudre qu'elle fabrique elle-même et qu'il vous faudra diluer dans de l'eau, elle a noté les doses sur le sac en papier... mais n'ayez pas peur, ce n'est vraiment pas dangereux. Elle soigne ses enfants de cette façon quand... quand ils tombent des arbres ou de trottinette... Vous voyez ?

— Merci beaucoup, Zachary ! Vous remercierez votre sœur pour moi ?

— Oui, Mademoiselle. J'ai aussi quelque chose, pour votre petit frère. C'est une plume de paruline jaune. Je l'ai trouvée hier, en me promenant.

— Elle est superbe ! Merci beaucoup, c'est super gentil ! Tim sera drôlement content, on la collera dans son cahier... vous savez, j'aimerais qu'il puisse voir ces belles couleurs. Parfois, je... »

66. *Kazan*, roman américain de James Oliver Curwood publié pour la première fois en France en 1925 aux éditions Crès.

Je ne peux plus parler. Zachary baisse la tête, longtemps, puis me regarde avant de reprendre la parole :

« Parlez de ce qui s'est passé avec votre mère. Il le faut. Tout cela doit s'arrêter et vite. »

Mahikan

Te totanam?[67]

Je n'ai pas beaucoup dormi pendant cette semaine dans la forêt. J'avais peur que le loup aux pattes blanches me suive pendant mon sommeil. J'ai appris à grandir en harmonie avec les animaux mais je sais aussi que celui qui a faim peut attaquer l'homme. Je suis partagé entre une envie brûlante de le revoir et le désir d'être en sécurité.

J'ignore pourquoi mais dès que *Pisimw* s'est levé, je n'ai pas pu m'empêcher d'emprunter le sentier depuis la réserve de Wemotaci pour rejoindre Mashteuiatsh et le pensionnat de Pointe-Bleue, l'endroit que je déteste le plus au monde, pourtant. Cent vingt-neuf *miles*[68] en passant par le chemin de la Consolidated que je connais par cœur à force de l'avoir foulé aux pieds depuis huit ans. On dirait que mon corps et mon cerveau ne peuvent s'en détacher... ou peut-être que le remords et la culpabilité d'avoir laissé mes amis et mes frères et sœurs seuls face aux policiers me tenaillent.

67. *Te totanam?* Que fais-tu?

68. Cent vingt-neuf *miles*: 207 kilomètres, soit environ quarante-quatre heures de marche.

Pourtant, lorsque leurs paroles me reviennent en mémoire, leur souvenir s'enfonce dans mon cœur comme une flèche trop aiguisée.

Mahikan, tu es le plus abruti de tous les ours sans cervelle de la forêt, tu n'arriveras jamais à rien, tu n'es qu'un grand rêveur, tes idées sont stupides, tu n'as pas les pieds sur terre, tu ne comprends pas la vie...

Ah, je n'ai pas les pieds sur terre ? Ils vont bien voir. Je resterai caché ici, je survivrai au grand *pipon*[69] et à son froid mordant qui gèle tout sur son passage.

Ces pensées m'aident à m'ancrer dans la réalité. Pour survivre, j'ai besoin de trouver une cachette, une grotte bien protégée de la neige qui arrivera sans doute dès le début d'*Atikamekw Pisimw*[70]. Il faudra que j'y amasse des provisions, aussi. À cette pensée, une bouffée de bonheur inattendu m'envahit et une vivacité que je n'avais plus éprouvée depuis longtemps fait battre mon pouls plus rapidement. Au-dessus de ma tête volent, en rangs bien serrés, des centaines de *niska*[71] blanches, dans un joyeux bruissement d'ailes et de cris et leurs reflets miroitent à la surface du lac en contrebas. J'ai vu ce ballet aérien des dizaines de fois déjà mais il me procure à chaque fois le même sentiment d'immensité. J'aimerais, moi aussi, m'envoler loin d'ici avec elles.

---

69. *Pipon* : hiver.

70. *Atikamekw Pisimw* : mois où le corégone (poisson blanc) fraie : mois de novembre.

71. *Niska* : outarde ou oie sauvage.

Un jour, alors que nous les observions ensemble, j'ai dit à mon grand-père Coweri :

« Dis, crois-tu que ces *niska* vont à la cérémonie des premiers pas[72] ? Tu penses qu'elles vont chercher papa et grand-mère ? »

Il a souri tandis que ses yeux se remplissaient de larmes :

« Quelle belle image, Mahikan. Tu es un poète. Garde bien ce trésor en toi, tu me promets ? »

Je suis à nouveau reparti dans mes pensées, le jour avance et je n'ai toujours rien trouvé à manger, ni d'abri pour passer la nuit. La belle étoile, c'est bien joli mais je ne dors pas si bien que ça. J'ai toujours l'impression qu'un loup ou qu'un *maskwa*[73] me suit.

Mahikan est dans la lune, Mahikan n'est pas malin...

Ces phrases me collent à la peau, alors je me secoue, comme si je pouvais les faire tomber, et je m'élance vers les cascades. En général, les grandes roches grises abritent des cavités naturelles qui pourront sans doute me servir de cachette. Je ne

---

72. La cérémonie des premiers pas célèbre la première sortie sur le territoire traditionnel. Elle marque une nouvelle étape de la vie de l'enfant. Elle se déroule très tôt le matin dans une tente dont la porte est orientée vers l'est pour bien faire entrer la lumière. L'enfant sort avec sa marraine et son parrain, qui le font marcher sur des branches de sapins. On offre au petit garçon du gibier, une gibecière, un petit arbre décoré de ruban et une hache. Il tire pour la première fois un coup de fusil. À la petite fille, on offre un *Tikinakan* (un objet servant à transporter l'enfant sur son dos), qui symbolise le fait qu'elle pourra donner la vie. Les personnes présentes à la cérémonie s'engagent à aider l'enfant tout au long de sa vie.

73. *Maskwa* : ours noir.

suis pas très loin de l'une d'entre elles, le bruit me parvient au loin.

J'escalade avec agilité les rochers glissants en prenant bien soin de regarder où je mets les pieds. Je suis seul, mon sac est lourd et me déséquilibre : il suffirait d'un seul faux mouvement et je serais projeté violemment dans la rivière, plus de quinze mètres plus bas.

À cette pensée, je frissonne. C'est ainsi que mon père a péri, il y a des années, mais je ne tiens pas à avoir le même destin tragique. J'implore sa force de guider mes pas vers un abri sûr et à mon grand étonnement, quelques minutes après, je trouve cet espace, niché dans une étroite anfractuosité.

Prudemment, je braque ma lampe torche pour en explorer les moindres recoins : il ne s'agirait pas de déranger un animal sauvage endormi ! Mais non, l'endroit est libre, on dirait qu'il n'attendait que moi. Enfin ! Je me débarrasse de mes affaires, masse mes épaules endolories et souris, heureux de cette première victoire.

Mahikan est toujours le dernier, hé ho Mahikan, tu rêves ?

Ah, s'ils me voyaient, ils ne se moqueraient plus autant de moi et me regarderaient avec respect, pour une fois ! Ce soir, ils sont sans doute tous entassés dans la grande salle du pensionnat, assis sur les chaises en bois, en train d'écouter les prières interminables et si culpabilisantes de sœur Martha.

« Seigneur, ôte la malice et le péché du cœur des enfants assis autour de cette table. Dans ton immense mansuétude, accorde-leur ton pardon, ne les foudroie pas de ta juste colère.

Lave leur cœur obscurci par l'ignorance, efface de leur mémoire les coutumes impies de leurs parents, nettoie leur bouche salie par ce grossier langage qui ne te convient pas, Toi le seul vrai Dieu, envoie ta miséricorde... »

Je hurle face au torrent :

« Eh ma sœur ! Écoute, écoute bien tous les mots que je n'ai pas oubliés ! »

Pendant cinq bonnes minutes, je répète à gorge déployée : « *Mahikan nit icinikason*[74] ! »

Seul le hululement outré d'un *ohomisiw* solitaire, sans doute importuné par mes beuglements féroces, me répond. Je suis seul ! Libre ! Libre et seul !

La gorge enrouée de m'être égosillé, je m'active pour préparer mon lit après avoir soigneusement déposé les armes, mes vêtements et les quelques provisions dans le fond. La toile imperméable en guise de matelas et la couverture que j'ai emportées feront très bien l'affaire. Pour que ma couchette soit plus moelleuse, je m'en vais en quête de brindilles, d'herbe et de mousse, que je dispose à même le sol. Ce soir, elles sécheront près du feu que j'allumerai, pour qu'elles n'amènent pas d'humidité et ne fassent pas pourrir mes affaires.

Je dispose plusieurs grosses pierres en cercle à l'entrée de ma grotte, y ramène des branchages. Tout est prêt pour ce soir. Il ne me reste plus qu'à me mettre en quête de mon repas, un

74. *Mahikan nit icinikason* : Je m'appelle Mahikan.

bon poisson fera l'affaire. Avant d'entreprendre la descente périlleuse vers le torrent, je fabrique rapidement un collet et le dispose sur le sentier, à une cinquantaine de pas de la grotte. Grand-père Coweri m'a montré comment faire mais je ne pensais pas avoir à le faire un jour. Tuer un *wapoc*[75], ce n'est pas franchement ce que je préfère, même si c'est une question de survie.

Alors que je descends prudemment, je distingue soudain, près de l'eau, une forme qui semble me guetter. Le souffle court, je reste immobile et me dissimule maladroitement derrière un buisson de fougères dont les larges feuilles commencent à prendre des teintes automnales. Je risque un œil en direction des rochers en contrebas et je LE vois. Le loup. Il me regarde fixement, sans bouger, fièrement campé sur ses pattes, semblant me défier du regard.

Je frissonne. M'a-t-il suivi ? Que me veut-il ?

Suis-je en sécurité dans cette grotte ? Apparemment pas, car, c'est certain, il a repéré mon odeur.

Mon harpon à la main, je décide de m'avancer quand même, sous la clarté de la lune qui éclaire le sentier escarpé si fort qu'elle dessine des halos bleutés sur les crêtes des rochers, comme s'ils brillaient de mille feux. Le spectacle est féerique mais je reste aux aguets, les muscles tendus, prêt à bondir.

Je hurle :

---

75. *Wapoc* : lièvre.

« *Te totanam* ? »

Le loup tressaille, puis lève son museau et hurle, plusieurs fois.

Puis il disparaît aussi rapidement qu'il est venu.

Je sais bien, moi, que je le reverrai bientôt. Et malgré ma peur, j'ai hâte.

Emâ

Le blog d'Emâ
Wolves, Nature & Music
Le jour où j'ai remis ma vie à l'endroit,
j'ai retrouvé mon âmE

Dimanche 31 octobre

Quand la vie impitoyable
Vous tombe dessus
On n'est plus qu'un pauvre diable
Broyé et déçu.
Alors, sans la tendresse
D'un cœur qui nous soutient,
Non, non, non, non
On n'irait pas plus loin.
Un enfant vous embrasse
Parce qu'on le rend heureux
Tous nos chagrins s'effacent
On a les larmes aux yeux.
[...] Faites donc pleuvoir sans cesse
Au fond de nos cœurs
Des torrents de tendresse
Pour que règne l'amour

Règne l'amour
Jusqu'à la fin des jours[76]

Chers lecteurs et lectrices de ce blog,

J'ai vécu une chose incroyable aujourd'hui grâce à Sevan.

Nous sommes partis de très bon matin, à une bonne quinzaine de kilomètres au nord du lac Wapizagonke. L'année dernière, Sevan s'était occupé, avant mon arrivée au printemps, d'une portée de louveteaux dont la mère avait été mortellement blessée par des braconniers, juste avant de mettre bas. Ce qui arrive malheureusement assez fréquemment. Elle était sortie du parc pour chasser. La mise bas l'ayant beaucoup affaiblie, elle n'avait pas survécu à ses blessures. Pendant plus d'un mois, Sevan avait aidé ses petits à se nourrir avec des biberons de lait, puis, dès qu'ils avaient eu l'âge de manger de la viande, vers six semaines, il leur avait montré patiemment comment la déchiqueter. Il avait été là pour les laver, leur apprendre à faire leurs dents, les avait laissés mordre ses mains et l'empêcher de dormir des nuits complètes. Il avait joué avec eux des jours entiers, puis était venu le temps de les rendre à la nature, sinon les loups, devenus adultes, seraient trop dépendants de l'homme et ne pourraient plus se débrouiller seuls.

Sevan m'a raconté qu'il les avait amenés loin, au-delà du lac, et qu'il était reparti en camionnette, à vive allure, pour qu'ils ne puissent pas le suivre. Il avait pleuré pendant tout le

76. Extrait de *La Tendresse,* chanson écrite par Noël Roux et composée par Hubert Giraud, interprétée par Bourvil en 1963 puis par Marie Laforêt.

chemin du retour et une partie de la nuit. Deux des six loups étaient revenus près des habitations et il n'avait pas pu s'empêcher de les câliner mais il avait dû les chasser, la mort dans l'âme.

Neuf mois après, il souhaitait vérifier si la meute se portait bien et si les loups étaient capables de reconnaître un soigneur avec qui ils avaient passé les premiers mois de leur vie. Avant de relâcher les louveteaux, Sevan les avait équipés de colliers et l'un d'eux ne donnait plus signe de vie depuis plus d'un mois. Cela pouvait être lié à une panne technique ou bien parce que les loups sortent parfois des frontières du parc. Leurs signaux ne sont alors plus perceptibles. Sevan m'a proposé de l'accompagner. Vous pensez bien que je ne me le suis pas fait dire deux fois !

Nous avons donc décidé d'y aller à pied malgré la bonne trentaine de kilomètres qui nous séparent du lac et de passer la nuit là-bas. C'était une journée d'arrière-saison splendide, les couleurs étaient si lumineuses, si éclatantes, que j'avais l'impression qu'elles jouaient *L'Automne* de Vivaldi[77] rien que pour moi. Ces notes s'harmonisaient à merveille avec les érables à sucre, les hêtres et les bouleaux jaunes irradiant de couleurs. Tout était parfait et j'ai immortalisé cet instant pour vous, en photos.

Nous avons dépassé le lac vers midi, puis continué encore pendant trois bonnes heures avant que Sevan me fasse signe de ralentir. Nous avons déposé nos sacs à dos.

---

77. *L'Automne,* l'un des quatre mouvements des *Quatre Saisons* d'Antonio Vivaldi, concerto composé vers 1723.

Il a émis un drôle de bruit de gorge, assez guttural, puis, d'un sifflement, a appelé ses anciens amis. Et là, comme par magie, un loup à la fourrure grise et brune, si reconnaissable, est sorti des fourrés comme s'il avait toujours attendu ce moment. J'en ai déduit que c'était le loup alpha qui avait pris le rôle de chef de meute, sans doute parce qu'il était le plus costaud, l'aîné, ou le plus dégourdi de tous. Il s'est approché en gémissant, puis s'est élancé vers Sevan qui s'était accroupi sur le sol en lui tendant les bras. Il a posé ses deux pattes avant sur les épaules de son soigneur et l'a léché à grands coups de langue. Il a ensuite jappé brièvement et, à sa suite, trois puis quatre loups sont arrivés à leur tour, se disputant presque le droit de câliner Sevan que j'ai entendu grogner comme l'un d'eux. Ils se sont allongés et lui ont offert leur ventre en signe de soumission.

Je suis restée en arrière, si médusée que je me suis rendu compte, presque trop tard, que j'avais oublié de filmer et de prendre des photos. La magie de ce moment était si intense, l'émotion si vive... J'espère que vous me pardonnerez. J'ai tout de même réussi à en faire quelques-unes, les voici.

J'aurais voulu participer à la joie de ce moment hors du temps, caresser les fourrures douces mais je n'ai pas osé. Cela aurait été comme s'immiscer dans des retrouvailles complices entre de vieux amis. Ces loups étaient redevenus quasiment sauvages, ne m'avaient jamais rencontrée, cela n'aurait pas été prudent, même si j'en mourais d'envie.

Au bout d'une heure, Sevan a signifié aux loups que c'était terminé, en se levant et en s'éloignant d'eux de quelques mètres. L'un d'eux s'est assis et a hurlé, gorge tendue vers le ciel qui commençait à s'assombrir. J'ai eu le cœur serré par une émotion indéfinissable. Puis, les uns derrière les autres, ils sont repartis vers la forêt et Sevan est revenu vers moi, le visage rougi par les coups de langue et les micromorsures. Son anorak était gris de poussière mais je peux vous assurer qu'il était sur son petit nuage !

Ce moment de tendresse ravivera en vous, je l'espère, des souvenirs de rencontres heureuses.

Voilà, c'est tout pour ce soir, chers lecteurs ! À bientôt !

Emâ

10 commentaires

Liam What a wonderful moment! Such lovely pics, thanks!

Lina *J'ai pleuré en vous lisant, Emâ ! C'est si émouvant que je ne trouve pas les mots. Merci pour ces couleurs, pour votre récit et pour les photos de loups que j'adore !*

Angélique *Et cette chanson, mon Dieu ! Tout est parfait, si parfait !*

Me and my children *mes enfants ont voulu que j'imprime les photos des loups... ça y est, ils veulent devenir soigneurs, eux aussi, vous les avez convaincus ! Savez-vous que depuis que je suis votre blog, ils n'ont plus peur des loups ? Immense merci <3*

Mathilde and wolves *Je termine ma soirée le cœur en joie, mille mercis !*

Ana *Quel fantastique reportage ! Merci pour le partage ! Je vous ai lue en écoutant* La Tendresse, *c'était magique.*

Brandon *Juste waouh.*

Nature and freedom *Je pleure, je pleure, je pleure !*

Loving_wolves *Nous venons de réserver pour venir en Mauricie au printemps... hâte de voir cette faune et cette flore IRL.*

Anissa *Du pur bonheur à vous lire, merci infiniment.*

Ce que je ne raconte pas à mes lecteurs, c'est que j'ai beaucoup de mal à supporter la séparation entre les loups et Sevan. Je n'ai plus envie de les entendre l'appeler, ni de voir les larmes dans les yeux de mon ami, et je m'éloigne à quelques mètres de là...

Je découvre que Sevan a une âmE de consolateur.

Il me rejoint et nous nous asseyons côte à côte, sans parler, chacun plongé dans l'émotion de cette rencontre magique. Lorsque je frissonne, il pose sa veste sur mes épaules et, dans un élan que je ne m'explique toujours pas, moi qui fais si peu confiance d'habitude, je m'appuie contre lui.

« Il y a un autre endroit que j'adore, me dit-il doucement, sans doute pour m'apaiser. C'est le lac Saint-Jean, à cinq heures de route au nord, c'est pour ça qu'on t'a offert un petit séjour là-bas pour ton anniversaire. Une pure merveille. J'y passais mes vacances d'été, quand j'étais petit. J'ai le projet d'y retourner bientôt avec Pete, quand on aura un peu de temps. »

Au-dessus de nous passe un troupeau d'oies sauvages s'en allant vers les contrées chaudes. Elles savent que le danger est énorme, que la fatigue et l'orage les guettent mais, mues par leur instinct invincible, elles le bravent. Comme moi, sauf que je croyais avoir la force mais que je ne l'ai pas et que je suis en train de foncer droit vers le sol.

« Ma Chimère[78] m'écrase, murmuré-je en luttant contre les larmes.

— Je m'en doute, rétorque-t-il, mais, tu vois, tu en as conscience et c'est déjà un premier pas. Les hommes de ce poème, eux, ne la voient pas et c'est pour ça qu'elle reste accrochée et qu'elle leur pèse autant. Tu penses ne pas avoir les armes pour la combattre mais tu les as. Tu ne sais simplement pas où tu les as rangées. »

Je secoue la tête.

« Tu te trompes, je ne suis pas aussi forte que tu le crois.

---

78. Référence à *Chacun sa chimère,* poème en prose de Charles Baudelaire, issu du *Spleen de Paris,* recueil paru de façon posthume en 1869.
« Sous un grand ciel gris, dans une grande plaine poudreuse, sans chemins, sans gazon, sans un chardon, sans une ortie, je rencontrai plusieurs hommes qui marchaient courbés. Chacun d'eux portait sur son dos une énorme Chimère, aussi lourde qu'un sac de farine ou de charbon, ou le fourniment d'un fantassin romain. Mais la monstrueuse bête n'était pas un poids inerte ; au contraire, elle enveloppait et opprimait l'homme de ses muscles élastiques et puissants; elle s'agrafait avec ses deux vastes griffes à la poitrine de sa monture ; et sa tête fabuleuse surmontait le front de l'homme, comme un de ces casques horribles par lesquels les anciens guerriers espéraient ajouter à la terreur de l'ennemi. Je questionnai l'un de ces hommes, et je lui demandai où ils allaient ainsi. Il me répondit qu'il n'en savait rien, ni lui, ni les autres ; mais qu'évidemment ils allaient quelque part, puisqu'ils étaient poussés par un invincible besoin de marcher. »

— Peut-être... ou pas. Fais-toi davantage confiance.

— Je pensais qu'en accomplissant mon rêve de prendre soin des loups, ça guérirait tout mais, parfois, tu vois, certaines choses ressurgissent alors qu'on ne s'y attendait pas.

— C'est vrai aussi mais, Emâ, tu te trompes parfois de combat, tu es agressive envers des personnes qui ne cherchent pas à te nuire, parce que tes émotions prennent le dessus de façon incontrôlée.

— J'ai déjà été agressive envers toi ?

— Non mais avec d'autres personnes du staff, oui. Certains s'en accommodent, avec d'autres ça passe un peu moins.

— Je ne supporte pas certaines phrases ni certaines allusions.

— J'ai bien compris. Ça me faisait le même effet avant mais j'ai cheminé. »

Au loin, l'un des loups hurle à nouveau.

« C'est Storm, le chef de meute. Il m'assure qu'il ne m'oubliera jamais. Pourtant, il a perdu sa mère lorsqu'il était tout petit et c'était le plus malingre de tous mais regarde comme il est heureux, ici, comme il s'est épanoui. Il n'a rien oublié mais il vit sa vie de loup libre. Rien de ce que nous avons vécu dans le passé ne devrait avoir assez de force pour entraver notre avenir, tu ne crois pas ? »

J'écoute les bruits de la forêt et petit à petit, l'immensité calme et le bruit du vent apaisent mon esprit surchauffé.

« On va monter la tente, dit Sevan et puis je vais aller me changer parce que l'odeur des loups sur mon anorak, là, franchement, c'est juste...

— C'est clair mais je n'osais pas te le dire.

— Je ne sais pas comment j'ai réussi à dormir avec eux pendant toutes ces semaines... J'devais vraiment sentir le *swing*[79] mais personne ne me l'a jamais fait remarquer. Tu veux que je t'écœure un peu plus ? J'ai appris à décortiquer une carcasse avec eux, avec mes dents.

— Waouh. Tu l'as fait, chapeau. Je sais que c'est le protocole à suivre lorsque les petits sont orphelins mais je t'avoue que j'aurais hésité. »

Sevan rit et continue dans les détails :

« Et puis, comme tu le sais, dans une meute, tout est hiérarchisé et je n'étais pas le chef ; j'ai mis du temps à comprendre que je ne devais manger que les morceaux bas de gamme.

— Les bien dégueus, entre la cage thoracique et le sternum ?

— Exact. Je n'avais pas droit aux parties nobles, foie, cœur, poumons...

— Je me doute. Pete n'a rien dit, quand tu es enfin rentré chez vous avec une haleine de chacal et déguisé en homme des cavernes ?

79. *Sentir le swing* : sentir mauvais en québécois.

— On s'est rencontrés après et je ne le lui ai jamais avoué. »

On éclate de rire et je me dis qu'il est peut-être temps, en effet, que je commence à me délester de certains cailloux qui pèsent trop lourd dans mon sac à dos. Temps, aussi, de renouer avec ce passé, pour faire table rase et repartir du bon pied.

Will

Lorsque je reprends conscience, dans le camion des pompiers, un tensiomètre à l'avant-bras gauche et une perfusion dans le coude droit, je me sens très vaseux et je ne sais plus très bien où je suis ni comment je m'appelle. Une douleur lancinante irradie mon corps et je n'arrive pas encore à en déterminer l'origine.

« Voilà Madame, il vient d'ouvrir les yeux ! s'exclame l'un d'eux en s'adressant à quelqu'un à l'extérieur.

— Vous pensez que ça ira ? répond une voix inconnue.

— Il a l'air costaud, ça devrait le faire. Il est en hypothermie, avec un sacré hématome à la tête, une côte cassée et le poignet fracturé mais on s'occupe de lui. On l'emmène à l'hôpital. Voulez-vous qu'on vous ramène chez vous ?

— Non, je vous remercie, la pluie ne me dérange pas.

— Soyez prudente, dans ce cas. Merci beaucoup pour votre aide, Madame. »

Je balbutie comme un gosse de trois ans :

« Excusez-moi mais... à qui parlez-vous ?

— À la gentille femme qui nous a appelés parce qu'elle vous a trouvé sur le chemin, le front en sang; elle rentrait de promenade avec son chien. Une chance qu'elle soit passée par là. La grosse branche qui vous est tombée dessus à cause de l'orage aurait pu faire plus de dégâts, vous vous en êtes bien sorti mais elle vous a quand même fait une sacrée blessure. Vous aurez une belle cicatrice de guerre. »

Mes idées se remettent en place peu à peu et je m'écrie, horrifié :

« L'hôpital... Je dois aller bosser !

— Ah ça, on vous y emmène effectivement mais aux urgences ! Parce que vous allez avoir du mal à travailler, M'sieur ! Vous ne serez pas sur pied avant quarante-huit heures, très probablement, et en arrêt de travail pendant un petit moment. Mais ne vous inquiétez pas, votre collègue Léonore a appelé il y a deux heures en ne vous voyant pas arriver et on a pris l'appel pour la rassurer. Elle vous souhaitait bon courage et elle a dit qu'elle appellerait demain, après sa garde, pour avoir de vos nouvelles. »

Le pompier marque une pause pour me laisser digérer toutes ces informations, puis sourit, amusé :

« Très jolie voix, cette Léonore, très douce... Elle avait l'air de tenir à vous.

— Nikki...

— Ah, merde ! C'est elle, votre blonde[80] ? Vous voulez qu'on la prévienne ?

— Non, c'est... »

Je m'arrête, la gorge nouée.

Comment expliquer à ce pompier qui me regarde avec ses grands yeux bienveillants ce que représente ce tout petit bébé pour moi ?

Je n'ai pas la force de parler davantage et je ferme les paupières, épuisé par ma course, par l'accident, avant de me souvenir pourquoi j'étais parti tellement en rage. Le message de l'inconnue qui me disait se souvenir de ma mère... Je ne suis pas superstitieux mais on dirait pourtant que le destin s'en mêle et que ce n'est pas le moment de partir sur les traces du passé.

Je me rends compte également que mon cœur me fait mal à l'idée d'être séparé de Nikki, de ne pas la voir ce soir et, tandis que le camion prend la route et que la pluie crache avec fureur ses gouttes sur la vitre en dessinant des formes improbables, je me promets d'aller lui rendre visite demain, coûte que coûte. Par chance, c'est mon poignet droit qui est cassé et je suis gaucher. Je pourrai donc continuer à écrire dans son journal et je ne serai pas trop handicapé par cette fracture. Hors de question de me morfondre.

80. Une blonde : une petite amie en québecois (familier).

Plus tard dans la nuit, je suis enfin seul, allongé entre les draps de mon lit d'hôpital. Mon poignet et ma côte sont immobilisés et un énorme pansement autour de la tête me fait ressembler à une momie. Tandis que j'essaie de trouver une position où je ne souffre pas trop, mon téléphone vibre. Léonore me demande si je vais mieux, je réponds par l'affirmative et n'ose pas prendre de nouvelles directes de Nikki. Je contourne l'obstacle le plus habilement que je peux mais ma coéquipière n'est pas dupe longtemps.

Moi
Comment se portent mes petits patients ?

Léonore
Tu veux savoir comment va ta préférée, c'est ça ?

Moi
Si ça ne te dérange pas de me le dire ;-)

Léonore
Tu lui as manqué, elle n'a pas arrêté de pleurer ce soir
C'est une blague, lol, mais c'est vrai qu'elle est agitée

Moi
Je peux lui parler ?

Léonore
Ne me dis pas que tu vas lui chanter une berceuse

Moi
Si, mets le haut-parleur stp

Je commence tout doucement avec les paroles d'une chanson qui m'est étrangement revenue la nuit dernière et que je me souviens avoir apprise à l'école, quand j'avais trois ou quatre ans. Je l'adorais.

Ani couni chaouani
Ani couni chaouani
Awawa bikana caïna
Awawa bikana caïna
E aouni bissini
E aouni bissini[81]

Je la répète encore, plusieurs fois, et soudain Léonore murmure :

« Bon, tu as une fan. Nikki s'est endormie. Je raccroche, ok ? *Good night.* »

J'ai soudain l'impression d'avoir accompli quelque chose d'immense, qui me dépasse. Un miracle. Je m'allonge sur mon lit, puis sursaute, tiré de mes pensées béates par une nouvelle notification sur ma messagerie.

Bonsoir Will, je suis désolée pour ce message aussi tardif mais je n'arrive pas à dormir et j'ai peur de vous avoir blessé car je n'ai plus de nouvelles. Je me permets de vous envoyer la photo de la jeune fille dont je vous ai parlé, vous découvrirez qu'elle avait les yeux vairons. Parfois, c'est héréditaire. Je voudrais pouvoir vous

81. *Ani couni chaouani* : berceuse traditionnelle amérindienne. Traduction : « Tous les soirs les Indiens sont autour du feu / Tous les soirs les Indiens sont autour du feu / Ils écoutent la chanson de la nuit / Ils écoutent la chanson de la nuit / Pour aller coucher leurs petits / Pour aller coucher leurs petits. »

aider mais pas à distance, c'est trop compliqué. Il me semble que si je vous voyais, ce serait plus simple. Ne m'en veuillez pas.

Mon cœur bat à cent à l'heure, tout d'un coup, m'envoyant d'étranges pulsations dans tout le corps.

Moi aussi, j'ai les yeux vairons.

Brindille

Le mercredi suivant, pour suivre les conseils de Zachary, j'entre dans la chambre de ma mère, allongée dans son lit. La pièce est plongée dans la pénombre, alors qu'on est en plein milieu de l'après-midi, et elle est impeccablement rangée. Mon beau-père ne supporte pas le désordre ni la saleté. Selon lui, les paresseux, les peu soigneux et les incapables sont des parasites, des gens qui précipitent la société vers le chaos.

L'ordre, le rangement par le vide et la discipline, coûte que coûte, voilà le secret de la réussite selon saint Matthew.

J'ai l'impression que ce n'est pas ma mère que je vois devant moi. Celle qui riait, qui faisait tomber de la pâte à crêpes par terre, qui nous laissait, mes amis et moi, mettre de la peinture sur la table, nous barbouiller les mains de pâte à sel, sortir ses vieux vêtements de la malle à déguisement, nous maquiller, étaler nos Playmobil sur l'immense table du salon pour créer des décors de rêve. Ce n'est plus que l'ombre d'elle-même, une femme vidée de son énergie créatrice et de sa lumière intérieure. Les seuls moments où je la retrouve un peu, c'est lorsque Matthew part quelques jours pour un congrès... et encore. Avec son fouineur aux aguets, j'ai nommé Vianney Ier, l'arrogant et dégoûtant petit sous-chef, c'est loin d'être gagné.

« Maman, je dois te parler, maintenant. C'est important. »

Elle ne me répond pas et fait mine de dormir, ralentissant volontairement sa respiration mais je reconnais à d'imperceptibles signes qu'elle est complètement éveillée et ça me rend furieuse, furieuse contre elle, contre la vie qu'elle nous a choisie, avec Tim, et dont elle est incapable de se dépêtrer par amour pour nous.

« Très bien, Maman, tu veux jouer à m'ignorer ? Je serai plus forte que toi. »

J'ouvre avec fracas les portes de son immense dressing où sont alignés, par nuances de couleur, tous les costumes de Matthew, du noir corbeau au gris tourterelle. Je les attrape à pleines mains, les décroche de leurs cintres et les envoie valser à travers la chambre. Ils atterrissent en un gracieux vol plané sur l'épaisse moquette blanc cassé.

« Mais enfin ! Qu'est-ce qui te prend ? hurle ma mère, bondissant du lit comme si un diable lui avait piqué les fesses. Tu n'es pas folle ? »

Je m'assieds sur les costumes chiffonnés, le cœur au bord des lèvres, et relève la tête avec bravade, alors qu'au fond de moi, je ressens une peur terrible me vriller le ventre.

Pour ranger soigneusement les précieux trois-pièces avant que Matthew n'entre comme un fou furieux dans la chambre, ma mère devra me passer sur le corps mais, surtout, voir ce qu'il m'a fait, l'autre tordu. Elle ne pourra pas prétendre qu'elle n'a pas fait attention, qu'elle a dormi, qu'elle a été malade ou occupée. Les traces sont là, nous ne sommes que toutes les deux, alors quels mensonges va-t-elle pouvoir inventer, cette fois ?

« Pousse-toi !

— Non.

— Pousse-toi, je te dis !

— Maman, enfin, regarde-moi ! Pourquoi tu m'écoutes pas ? Tu as vu ce que Matthew m'a fait ou tu es aveugle comme Tim ? Enfin, façon de parler, parce que lui, au moins, ne fait pas semblant de m'ignorer ! »

J'ai presque craché ces derniers mots et je m'accroche à son bras.

Elle se retourne et son visage passe par des émotions si variées que pour une fois, moi qui la connais par cœur et qui ai pour habitude de décrypter les sentiments sur les visages, pour savoir à quoi m'attendre, m'en trouve désemparée. Ma mère a, depuis qu'elle vit ici, une fâcheuse tendance à détourner la conversation, à trouver d'autres sujets de discussion. On dirait qu'elle dévie du chemin sans arrêt et moi, je passe mon temps à lui courir après.

« Mais aussi, souffle-t-elle d'une voix lasse et angoissée, arrêtez de les provoquer, tous les deux ! Tu sais bien que Matthew a un caractère énergique et qu'il se met en colère facilement et aussi que Vianney est un ado emporté... très spécial... alors soyez sages, avec Tim. S'il te plaît. Je suis si fatiguée de toutes ces disputes.

— Maman ! Tu te rends compte de ce que tu dis ? Matthew et Vianney m'ont frappée, ce n'était pas une dispute ! Pourquoi tu ne leur as rien dit, hier soir au restaurant ?

— Tu exagères toujours tout, répond ma mère, affolée, en tentant de me déloger du tas de vêtements. Arrête de polémiquer maintenant et lève-toi de là.

— Ou sinon quoi ?

— Tu sais bien ce qui va arriver et ce sera ta faute ! Matthew déteste les bêtises et l'insolence. Il va te punir et il aura raison ! Pourquoi as-tu jeté ses costumes, enfin ?

— Je m'en fous de ces costumes ridicules ! Regarde ce que j'en fais ! »

Alors que je m'apprête à les balancer par la fenêtre, ma mère m'arrête d'un geste sec et me broie l'avant-bras :

« Maintenant, tu vas te calmer, jeune fille ! L'hystérie, ça suffit, je n'ai pas que ça à faire ! Ramasse tout ça et aide-moi à ranger.

— Jamais ! Plutôt mourir ! »

Maintenant que les vannes sont ouvertes, je ne retiens plus rien et je vocifère :

« Papa aurait honte de toi ! Honte de ce que tu es devenue et de ce que tu nous fais vivre ! Il te détesterait, il... »

Les yeux de ma mère s'agrandissent soudain et elle me fait signe de me taire. Le souffle court, elle attrape les pantalons, les chemises et les vestes chiffonnées et les balance dans le placard qu'elle referme *in extremis*.

« Que se passe-t-il encore, ici ? » s'exclame la voix de mon beau-père.

Matthew est rentré du travail, exceptionnellement plus tôt que d'habitude. Moi, j'ai l'impression qu'il est invisiblement connecté à tout ce qui se passe à la maison.

« Une dispute ? » reprend-il sèchement.

Derrière son épaule, ma mère me supplie silencieusement de ne pas ouvrir la bouche, puis elle murmure, d'une voix étranglée :

« Pas du tout. Dis, je voulais te parler de quelque chose, ça concerne nos prochaines vacances.

— Vous vous êtes fâchées à quel propos ? » reprend Matthew, ignorant totalement cette dernière phrase et s'approchant dangereusement du dressing que je m'efforce de ne pas regarder.

J'ai vu ça une fois dans un film policier : en général, le coupable regarde toujours en direction de ce qu'il veut dissimuler au *profiler* ou à la police mais, avec Matthew, c'est pire, on dirait qu'il sent toujours ce qui cloche ou ce qu'on cache. Comme s'il possédait un horrible sixième sens de chien renifleur. Alors, je m'approche de la fenêtre, l'air de rien, ce qui fait dire instantanément à mon beau-père :

« Pourquoi elle est ouverte, cette fenêtre ? C'est toi qui paies les factures de chauffage, peut-être ?

— Non, Matthew, je sais bien que c'est toi qui nous entretiens et que sans toi on serait à la rue.

— Tu te fous de moi ? Ne sois pas arrogante.

— Je ne suis pas arrogante, je répète ce que tu nous dis tout le temps. »

Ses mâchoires se serrent et il referme le poing convulsivement, puis, estimant que mon visage est suffisamment marqué, il se retourne vers ma mère, l'air mauvais :

« Franchement, Astrid, je me retiens, là, je suis *niveau cinq* et cette petite garce le sait très bien. Tu as vu les conséquences d'une éducation trop laxiste ? Elle est insupportable et, toi, tu la laisses faire ! »

Ah, le fameux « niveau cinq » de Matthew... une expression qui sonne douloureusement à mes oreilles pour dire qu'il ne contrôle plus ses nerfs, ni sa colère, et que la phrase d'après le fera très probablement éclater.

La petite voix de Tim nous interrompt à ce moment suspendu entre peur et haine et nous sauve la vie :

« Matthew, c'est Zachary, il veut te voir pour le jardin. »

Alors que mon beau-père s'éloigne rageusement en claquant la porte derrière lui, je défie ma mère du regard, puis contemple le visage innocent de Tim qui retient ses larmes et frotte nerveusement l'intérieur de ses avant-bras. Je crache, furieuse :

« Vendredi soir, j'irai dormir chez Louane. Sa mère a dû te prévenir. Je n'en peux plus, de cette maison.

— Tu dramatises toujours tout.

— Non ! C'est toi qui refuses de regarder la réalité en face ! J'ai déjà vu Matthew te faire du mal, à toi aussi ! Te pousser, te jeter contre le mur, te tordre les bras, te menacer... Sans parler des mots qu'il t'envoie à la figure ! Pourquoi tu ne dis rien ?

— Tu veux bien te taire ! chuchote ma mère, en me saisissant par le poignet. Tu interprètes tout de travers, tu ne connais pas le contexte. Arrête de hurler, je n'en peux plus. Sors de là, maintenant.

— Quel contexte, Maman ? Qu'est-ce qu'il te faudrait pour réagir ? Que Tim et moi soyons morts ? »

La gifle claque et je regarde ma mère, interdite, qui n'a jamais levé la main sur moi et qui vient de le faire pour la première fois.

C'est fini, il n'y a plus de maman ni de souvenirs auxquels me raccrocher : je vais partir définitivement de cette maison et emmener Tim, comme je le lui avais promis.

Je pense à nouveau à Jane, mon amie invisible, car il n'y a plus qu'elle désormais à qui je peux me raccrocher et ses mots me donnent de la force. « Dans le courant de l'après-midi, je relevai la tête, et, regardant autour de moi, je vis sur la muraille le reflet du soleil couchant. Je me demandai : “Que dois-je faire ?” Une voix intérieure me répondit : “Il faut immédiatement quitter Thornfield”[82]. »

Moi, c’est à Saint-Jean des Piles que je tournerai bientôt le dos.

82. Extrait de *Jane Eyre,* chapitre XXIV.

Mahikan

Tante wir?[83]

Mon harpon à la main, je termine ma descente et atteins les rochers en contrebas. Il est encore un peu tôt en saison, les touladis[84] ne sont pas encore là et il me faudra attendre *Namekosa Pisimw*[85] mais peut-être que je trouverai d'autres poissons.

Au bout de longues minutes, victoire ! J'ai réussi à en attraper deux gris de taille moyenne. Je ne connais pas leur nom, si mon *kimocominook* était là, il me l'aurait dit. Il connaît chaque animal, chaque plante qui vit et respire ici. Pour ne pas sombrer dans la tristesse, je préfère me souvenir des récits qu'il me raconte, qui m'aident à me sentir fier et relié à ma famille et qui me font regarder les arbres de la forêt autrement.

J'ai l'impression d'être entouré de ma famille et de mes amis et, tout en vidant les poissons (ce n'est pas la chose que je préfère faire mais ma mère m'a obligé à m'en occuper depuis que j'ai dix ans et je la remercie aujourd'hui, tout comme je suis reconnaissant à ces poissons de me permettre de manger), j'entends les paroles de Coweri se glisser en moi...

---

83. *Tante wir?*: où est-il ?

84. Le touladi est une truite grise.

85. *Namekosa Pisimw* : mois où le touladi fraie, c'est-à-dire octobre.

« Regarde, mon fils, comme les arbres semblent se tenir par la main... comme leurs racines sont importantes. Elles symbolisent les liens que nous tissons avec ceux qui nous entourent et avec *Aski,* notre monde. Entourés de l'eau, de l'air, du feu et de la terre, c'est ainsi que nous trouvons notre équilibre, comme les arbres. Réfléchis toujours, pense à chacun de tes gestes, pour qu'il soit en harmonie avec eux, avec ton clan. »

Je sens le malaise s'infiltrer. Est-ce que ma fuite est une bonne action pour ma communauté ? N'est-ce pas du pur égoïsme ? Mais pourquoi, dans ce cas, les mauvais traitements et les humiliations ne sont pas dénoncés par notre peuple, puisqu'ils l'affaiblissent ?

Je ne comprends pas.

Quelques minutes après, un feu clair s'élève au creux de la forêt envahie par les bruits nocturnes. J'ai accroché les poissons vidés sur une branche souple de *Maskominanatikw*[86] et l'odeur qui s'en échappe me donne des crampes au ventre tant j'ai faim. J'ai récolté un plein panier de fruits rouges : ce ne sont pas mes préférés car ils sont trop amers pour moi mais je ne fais pas le difficile et, en attendant que mon repas soit prêt, j'en engloutis deux poignées.

Le poisson est prêt, enfin. Je me brûle presque les doigts lorsque je détache la chair rôtie à point et il me semble que je n'ai jamais rien mangé d'aussi bon.

86. *Maskominanatikw* : sorbier, un arbre aux vertus médicinales reconnues chez les Atikamekw.

Assis au bord de ma grotte, l'estomac rassasié, le torrent miroitant de mille éclats d'argent sous mes pieds et le vent caressant mon visage, je me sens si heureux que les larmes me viennent aux yeux. Si seulement j'avais pu prévenir ma mère et mon grand-père pour ne pas qu'ils s'inquiètent pour moi, mon ravissement serait complet. Je réfléchis au moyen de leur faire savoir, dans quelques jours par exemple, que je suis vivant et en bonne santé.

Un petit indice, qu'eux seuls comprendront et qui leur permettra de garder espoir.

Je pense aussi à mon frère et à ma sœur et je me fais la promesse de m'approcher, de loin, du pensionnat pour surveiller ce qui s'y passe. Avec un peu de chance, je les apercevrai et cela me fera du bien de savoir qu'ils sont en bonne santé. S'inquiètent-ils de moi ce soir ?

A-t-on lancé des recherches ? Je m'empresse aussitôt d'éteindre le feu pour ne pas donner l'alerte. J'ai peut-être été imprudent mais tant pis : ce délicieux repas en valait la peine.

Je m'allonge sur ma couchette de fortune, pas très moelleuse, mais suffisante pour reposer mes membres fatigués. Dehors, les bruits de la forêt s'amplifient. Je ne me suis jamais autant senti en harmonie avec elle.

Au loin, le hurlement d'un loup, à nouveau. Est-ce lui qui m'appelle, mon étrange compagnon de fortune ? Que veut-il ?

Je glisse dans le sommeil et dans mes rêves, je poursuis le loup loin, très loin, mais ne parviens jamais à le rattraper.

Emâ

L'épisode avec la meute de loups et Sevan près du lac m'a perturbée et j'ai mal dormi malgré la beauté émouvante de cette rencontre. Aujourd'hui, nous consignons dans nos fichiers toutes les données que nous avons pu recueillir. Mes photos et la vidéo enregistrée sont très utiles et nous recensons soigneusement les renseignements sur les loups observés.

Il y a deux femelles, Taïga et Pecan et trois mâles, Storm, Yucky et Toronto. Un seul loup, Batiscan, manque à l'appel, son collier n'émet toujours aucun signal, ce qui contrarie et attriste Sevan qui décide de partir à sa recherche près de l'endroit où le signal a été émis la dernière fois, à une dizaine de kilomètres plus au nord encore.

« Tu tiendras le choc ? me demande-t-il alors qu'il me tend une tasse de café bouillant, préparé sur le petit réchaud portatif.

— C'est pas parce que je suis une femme que je ne suis pas résistante. J'en ai vu d'autres, au cas où ça t'intéresserait. »

Il me regarde en fronçant les sourcils :

« Je n'ai jamais insinué ça, Emâ. »

Je rougis.

« Ok. J'ai cru que... tu voulais dire...

— Je sais ce que tu as compris mais ce n'était pas mon intention. Prête ? »

Autour de nous, la nature a décidé de faire exploser ses couleurs et je comprends pourquoi je me sens bien ici malgré les ombres du passé qui parfois, voudraient masquer le présent. Je suis en vie dans un paysage d'une beauté à couper le souffle. Que demander de plus pour aujourd'hui ?

Une heure après, nous cheminons entre les sapins baumiers, les hêtres et les érables rouges. Une merveille. Je marche le nez en l'air. Sevan se moque gentiment :

« Si tu avances à cette allure, on n'arrivera pas avant la nuit !

— Pars en avant, je te rattraperai. Je suis hyper forte au sprint.

— Tu parles... Avec ton sac de quinze kilos sur le dos ! »

Les plaisanteries de Sevan ne m'empêcheront pas de m'extasier devant les couleurs mordorées, les rayons de lumière filtrant à travers la dentelle des feuilles. Cette palette qui se déploie du vert sombre à l'ocre en passant par le doré, le miel ambré, le pourpre et l'orangé incandescent, je ne m'en lasserai jamais.

Sevan marche d'un bon pas, à quelques mètres déjà devant moi, je suis sa silhouette longiligne et athlétique qui grimpe sans effort sur le chemin et nous continuons pendant deux bonnes heures encore avant de nous décider à faire une halte.

Dans un peu plus d'une heure, nous aurons rejoint l'endroit où la balise n'a plus envoyé de signal. Je sens Sevan plus inquiet et nerveux que d'habitude et je commence à craindre le pire, moi aussi.

Lorsque nous atteignons enfin le lieu, à deux kilomètres environ de la frontière nord du parc, il ne nous faut pas longtemps pour comprendre. Batiscan, ou plutôt ce qui en reste, gît dans l'herbe, le corps à moitié dissimulé entre les racines d'un sorbier et les fruits rouges semblent l'entourer, comme pour lui offrir une joyeuse sépulture malgré la tristesse froide qui se dégage.

Les sanglots me montent à la gorge. Je ne m'habituerai jamais à la mort d'un animal, même sauvage, et surtout pas d'un loup. J'ose à peine regarder Sevan dont les épaules raidies dévoilent la colère et le désarroi. Le flanc du loup, béant, et les trous sanguinolents sur son pelage montrent clairement qu'il a reçu plusieurs coups de fusil de chasse. Je réprime un haut-le-cœur, je pense à mon Shawni et m'imagine que c'est lui, allongé dans l'herbe : j'ai l'impression qu'un coup de poignard me transperce la poitrine.

Les couleurs de la forêt semblent soudain s'éteindre, comme soufflées par une injustice au goût âcre et pesante. Je ne sais que dire, recule de quelques pas pour laisser Sevan exprimer sa douleur à son ancien ami, celui à qui il a donné des jours et des jours de soin, d'attention et de tendresse, avec qui il a partagé des heures de jeux et de complicité, celui dont il a sauvé la vie.

Merde !

Pourquoi les hommes ne respectent-ils jamais rien? Pourquoi les plus forts prennent-ils d'office le droit d'user de leur force pour assouvir leur soif de pouvoir au lieu de la mettre à profit pour protéger ceux qui en auraient besoin? Les mots d'*Earth Song*[87] font écho aux miens, lourds de questions sans réponse. Je m'éloigne encore et soudain, entre les troncs serrés, je crois apercevoir deux silhouettes d'enfant passer. Mon cœur s'accélère et je me mets à courir dans leur direction. Que font-ils si loin des sentiers, seuls? Sur une branche, un geai bleu fait entendre son cri strident et les feuilles tourbillonnent de façon menaçante. Qui essaie-t-il de prévenir?

De très loin, j'entends la voix de Sevan:

« Emâ, où tu vas? »

Je ne réponds pas et fonce comme une dératée, oubliant les branches qui me griffent le visage et les bras. Je m'enfonce toujours plus loin dans la forêt mais dois me résoudre à l'évidence: ils ont disparu! Hors d'haleine, Sevan me rejoint. Il a pleuré.

« Qu'est-ce qui se passe? Tu as vu quelqu'un?

— Oui, il y avait... ben... je n'en sais rien, en fait.

— Dis-moi!

— Je crois... je crois que j'ai vu deux gamins courir par là.

87. *Earth Song*, chanson de 1995, écrite, composée et interprétée par Michael Jackson.

— Seuls ?

— Oui. Enfin, je crois... »

Je suffoque tout à coup, ma gorge se rétrécit, je ne parviens plus à respirer. Les mots de Sevan me parviennent de très loin, je ne les entends plus, je ne comprends plus rien. Des taches noires piquent mes paupières et une pression de fer s'exerce sur mon front.

Lorsque je reviens à moi, je vois flou, puis je finis par distinguer le visage de mon ami qui essuie son front où la sueur et la poussière ont laissé des traces sombres et je murmure, penaude :

« Qu'est-ce que je fais par terre ?

— Tu as fait un malaise. C'est... la fatigue et... le loup. »

Sa voix flanche.

« Je suis si désolée pour Batiscan...

— Je t'en prie, Emâ, tu n'y es pour rien et la vie d'un loup en liberté, c'est aussi prendre le risque qu'il lui arrive... ça. Sinon on les foutrait dans un putain d'enclos et on les surveillerait. Mais là, franchement, j'ai la haine, si tu savais.

— Je te comprends. Je l'ai aussi. »

Sevan me tend une barre de céréales :

« Il faut que tu manges un peu. Tu es sans doute en hypo. Tu veux qu'on cherche les deux gamins ? »

Il a hésité sur les derniers mots, comme s'il ne me croyait pas.

« Oui, on peut marcher un peu... »

Nous nous enfonçons vers la forêt et au bout de quelques minutes, Sevan me désigne un groupe de hêtres.

« Tu sais, les habitants des Premières Nations qui vivent encore ici, les Atikamekw, pensent que les arbres sont d'anciens humains qui se sont transformés pour aider et encourager leurs descendants. Je trouve cette légende d'une infinie beauté, d'un réconfort précieux. Au Japon, on pratique même le fameux "bain de forêt", le *Shinrin-Yoku,* censé redonner de la vitalité. Tu veux t'appuyer un peu contre leurs troncs ? Je sais, ça fait un peu chamane guérisseur mais ce n'est pas une blague. Je crois en la force des arbres, pas toi ?

— C'est clair que je préfère les arbres et les loups aux humains.

— Tu n'as pas tort mais permets-nous d'avoir grâce à tes yeux, Reine Emâ. Donc, je disais que le hêtre, c'est un peu toute la sagesse du monde, l'énergie, dans sa force intérieure et sa délicatesse. On raconte aussi qu'il apprend aux hommes comment se protéger et faire respecter ses limites. »

Je m'apprête à riposter mais les mots de Sevan m'apaisent et pendant qu'il parle et que, dans mon dos, je ressens les aspérités de l'écorce rugueuse, je respire mieux.

Soudain, le visage d'une femme que j'ai si souvent chassé de ma mémoire apparaît derrière mes paupières fermées et, pour la première fois, je l'accueille avec sérénité.

Will

Le choc est rude, la révélation l'est tout autant. Cette fille qui est, d'après cette inconnue, peut-être ma mère, a les yeux vairons. Je prends mon téléphone portable et examine sous toutes les coutures mon visage que je connais pourtant par cœur.

J'ai bien les yeux différents, l'un marron et l'autre quasiment gris clair. Je savais que cette hétérochromie pouvait être le résultat d'une anomalie héréditaire mais est-ce le petit détail qui va bouleverser mon existence ? Suis-je en train de tirer des conclusions trop hâtives, ou bien ai-je définitivement trouvé le bout de la pelote de fil qui me conduira, dans quelques jours sans doute, à travers le labyrinthe de mon passé ?

Je tremble violemment et me décide enfin à ouvrir la photo jointe au message. Un visage juvénile à la peau très claire, aux cheveux blonds soigneusement coiffés en une queue-de-cheval apparaît et je reste accroché à ce regard pendant de longues minutes. Il me transperce, me gêne, m'émeut, provoque en moi un séisme d'émotions. J'observe la bouche rose finement dessinée, les pommettes marquées, le cou gracile, les longs cils qui ombrent les paupières et leur donnent un air mystérieux. Plus je regarde ce portrait, plus j'acquiers l'intime conviction que l'innocence plaquée sur ce visage cache un monde lourd de secret. Je le devine à l'imperceptible pli au coin des lèvres, à cette contrariété dissimulée sous un sourire de complaisance, comme on en fait tous face à un objectif.

Suis-je face à ma mère biologique ? Quelle est l'identité et le lien avec l'expéditrice des messages ?

Je dois en parler à quelqu'un mais réveiller Myriam à une heure pareille ne serait pas correct. Je n'ai plus qu'une solution, répondre à cet interlocuteur mystère qui s'amuse à jouer avec mes nerfs, ma patience et mon cœur.

Votre révélation m'a fait l'effet d'un coup de poing car j'ai les yeux vairons. J'ai eu un accident hier soir, je suis à l'hôpital de Shawinigan avec un poignet cassé, donc je vais avoir du mal à conduire jusqu'à vous. Je ne sais d'ailleurs même pas où vous souhaiteriez que l'on se rencontre... Mais il le faudra sans doute.

Je repousse le téléphone loin de moi et le pose sur la tablette à côté de mon lit d'hôpital. C'est étrange d'endosser le rôle du patient et de recevoir des soins. Je n'ai pas l'habitude de me sentir vulnérable. Je me sens fiévreux, nauséeux. C'est l'effet de ce maudit cocktail indigeste d'antalgiques et de trop-plein d'émotions. Je glisse dans un sommeil agité : une femme en manteau sombre s'introduit dans la salle où dort Nikki, débranche sa perfusion et tente de l'enlever en sautant par la fenêtre. J'ai beau tenter de la retenir, mes mains glissent, mes jambes sont molles et ne me portent plus.

« Bien dormi ? » me demande ma collègue Rosa en ouvrant les persiennes vers 7 h 30, interrompant ainsi ma cavale nocturne au pays des rêves.

Les yeux gonflés de sommeil et l'estomac au bord des lèvres, je marmonne :

« Pas trop. »

Après une douche revigorante, je décide d'aller rendre visite à Nikki et à mes autres petits patients. Léonore n'est pas là, son service de nuit est terminé, et Mandy m'accueille, tout sourire. Son visage couleur de pain d'épice au miel est un vrai soleil et elle illumine le service encore plus lorsqu'elle porte ses robes colorées au lieu de la traditionnelle blouse blanche. De tout le personnel soignant, ce serait elle, à la rigueur, avec qui j'aurais envie de discuter. Sa gentillesse et sa spontanéité m'inspirent confiance.

« Ta p'tite protégée va bien. Et toi, Will, comment tu te sens ?

— Patraque.

— Je comprends, tu ne devrais pas être là, d'ailleurs. »

Je m'approche de la couveuse où Nikki, le visage tranquille, suçote avec application le majeur de sa minuscule main gauche. Le duvet sur son crâne est fin comme de la soie, ses joues ont repris de la couleur et elle fait des mimiques attendrissantes. Je chuchote :

« Comment vas-tu? Ta nuit s'est bien passée? Moi, c'était pas top. Tu veux écouter la petite berceuse ? Léonore m'a dit que tu l'avais aimée. »

C'est dingue: au son de ma voix, Nikki a tourné la tête et m'écoute avec une attention soutenue, rare chez un nourrisson aussi jeune.

« Tu lui plais », sourit Mandy, beaucoup moins à cheval sur les règles que Léonore — avec qui elle ne s'entend pas très bien, d'ailleurs : elle la trouve trop coincée et trop protocolaire.

Je commence à chanter à voix basse :

« *Ani couni...* »

Contre toute attente, Nikki tord sa minuscule bouche, fronce les sourcils puis fond en larmes. Ses cris perçants envahissent la salle et font accourir Mandy :

« Que se passe-t-il ?

— Je... J'en sais rien, j'ai juste commencé à... »

L'infirmière tourne rapidement la tête pour vérifier que personne ne nous observe, puis souffle :

« Bon, allez, on dira que je n'ai rien vu et que tu n'as rien fait. Tu vas faire un peau à peau[88].

— T'es folle ?

— Ce bébé en a besoin, affirme Mandy, péremptoire. On n'a pas le temps de s'en occuper assez, nous, les soignants, et tu le sais bien... Les autres enfants bénéficient tous des heures

---

88. Le peau à peau a souvent lieu juste après la naissance. Cette pratique est recommandée pour tous les nouveau-nés. Le bébé est alors posé nu (ou en couche) sur sa mère, poitrine contre poitrine. Si la mère n'est pas en état de pratiquer le peau à peau, le père peut la remplacer. Le bébé et le parent peuvent aussi être recouverts d'une couverture chaude. Lorsque le bébé est en peau à peau, il ressent la chaleur de son parent, il sent son odeur et perçoit la douceur de sa peau. Ces sensations déclenchent des comportements innés chez lui qui faciliteront entre autres la prise du sein. Le peau à peau peut aussi être pratiqué après la sortie de l'hôpital. Son effet relaxant est bénéfique pour les bébés agités et qui ont des difficultés à prendre le sein.

et des heures de peau à peau avec leurs parents ! Mets-toi là-bas dans le coin, si tu es d'accord, bien sûr...

— Mais... je n'ai jamais fait ça... Et ce n'est pas mon enfant !

— Et alors ? Tu as oublié les notions de parentalité ? Si la mère est absente, il faut bien un parent de substitution, non ? Et en attendant ses parents adoptifs, elle t'a, toi. Pour moi, c'est une évidence ! Même les membres de la famille peuvent le faire, si la mère est trop faible ! »

Mandy ne me laisse pas le choix. Son savoir-faire, sa ferveur et sa bienveillance ont raison de ma résistance et de mes inquiétudes.

Je m'installe avec précaution dans le large fauteuil de cuir, Mandy m'aide à ôter mon T-shirt avec douceur, prenant soin de mon poignet cassé et de ma côte fêlée. Le moindre mouvement est douloureux mais, une fois calé contre le dossier, je suis prêt à accueillir Nikki.

« On y va ? »

Mandy dépose le petit corps hurlant au creux de mes bras et je sens une extraordinaire sensation m'envahir. Le bébé se calme instantanément, blottit sa minuscule tête entre mon cou et ma clavicule, agrippe mes doigts et ne bouge plus.

« Doux Jésus, murmure Mandy. C'est... c'est superbe. Allez, je vous laisse, à tout à l'heure. »

Je suis attentif à chacun de mes sens au contact de ce petit corps fragile : l'odeur du savon pour bébé qui vient de ses cheveux, son souffle si léger que je dois tendre l'oreille pour m'assurer qu'elle respire, la couleur de sa peau de lait, de ses cheveux, de ses tout petits ongles légèrement nacrés, le bruit de son cœur qui bat vite, vite, et de sa bouche qui déglutit avec un petit bruit de succion.

Je fonds. Je suis littéralement en train de fondre de l'intérieur et celle qui en est la cause, c'est cette petite môme de cinquante centimètres avec des chaussons blancs aux pieds.

Lorsque j'ouvre les yeux, Mandy me regarde, attendrie.

« J'ai fait une photo ! J'ai cru que tu t'étais endormi... ça fait presque une heure que vous êtes là sans bouger, tous les deux.

— Mandy, je ne vais pas supporter qu'elle parte. Je m'y suis déjà trop attaché.

— Je sais bien, mon fils. Ne pense pas à demain, il viendra bien assez vite. Concentre-toi plutôt sur le présent ! Prends ce qui vient aujourd'hui, comme disait ma mère, parce qu'on ne sait jamais ce qui va nous tomber sur le coin de la tête...

— Je sais et ça me fait bien chier mais, pour le moment, je dois retourner en chambre sinon ils vont déclencher le plan alerte rouge pour enlèvement.

— Je remets la puce dans son berceau, ne bouge pas. »

Au moment où Mandy repose Nikki sur le drap immaculé, le bébé ouvre les yeux et un sourire de contentement passe sur son visage, nous arrachant un « ooooooh » un peu niais mais si attendrissant que Mandy me pousse gentiment :

« Allez zou, la séance doudou, c'est fini ! Laisse-moi travailler maintenant.

— Tu m'enverras la photo ?

— C'est déjà fait. »

Lorsque je rentre dans ma chambre, je saisis, à défaut de journal, la feuille de règlement hospitalier posée sur la table de nuit : je ne veux rien perdre de ce moment précieux gravé au fond de ma mémoire et sur les pores de ma peau.

Le journal de Nikki

Lundi 1er novembre

Petite Nikki, tu viens de vivre ton premier peau à peau avec moi, même si je ne suis pas ton papa. Mandy, l'autre infirmière qui s'occupe de toi, et moi, avons trouvé injuste que tu n'y aies pas droit, comme chacun des bébés de ce service.

Sais-tu que je t'ai parlé de l'eau qui court sur les rochers, des feuilles d'automne pourpres et orangées, du vent, des rayons du soleil qui caressent chaque branche d'arbre, du vol des oies sauvages, qui sont parties vers les pays chauds... Tu m'as écoutée avec beaucoup d'attention et tu as préféré ce discours à ma berceuse, que j'avais pourtant soigneusement répétée et chantée la veille au téléphone, pour t'endormir.

Je ne sais pas si ton corps gardera le souvenir de ce moment précieux : apparemment, oui.

Merci pour la tendresse que tu m'as donnée sans le savoir. Tu sais, Nikki, je suis sur le point de découvrir, peut-être, qui est ma mère biologique. Je ne sais pas si toi aussi tu partiras à la recherche de la tienne un jour mais, si tu le souhaites, je serai là pour t'aider.

Lorsque j'ouvre mes messages, il y a la photo bouleversante envoyée par Mandy, je l'imprimerai dès que je serai rentré chez moi mais aussi des SMS de ma mère et de Léonore qui me demandent des nouvelles et puis ce mail.

Will, je suis désolée pour votre accident. Quelqu'un pourrait-il vous conduire ? J'habite près du lac Saint-Jean.

Brindille

Fuir, fuir... ce n'est pas si simple. Ce soir, dans la maison silencieuse, j'alterne entre les moments d'euphorie où tout me semble possible et ceux où ma raison prend le dessus et m'assène que ce n'est vraiment pas une bonne solution, que c'est beaucoup trop dangereux et irresponsable d'entraîner Tim là-dedans.

Je suis allongée, les yeux fixés sur le jardin envahi par la pénombre et les quelques halos de lumière produits par des lanternes habilement dissimulées sur la pelouse impeccablement tondue. L'ambiance est féerique. Pourquoi Matthew et Vianney viennent-ils tout gâcher ?

Le pépiement d'un roselin familier, posé sur l'une des branches du plus grand pin du jardin, tout près de ma fenêtre, me pousse à me lever. J'ai presque envie d'aller réveiller Tim pour qu'on l'écoute ensemble. Sous la clarté de la pleine lune, j'observe son ventre dodu poudré de plumes roses et son petit bec court et têtu. Demain, je le dessinerai et Tim trouvera une jolie petite phrase. Avec un peu de chance, l'oiseau aura perdu une plume que je collerai dans le cahier.

Je reste une dizaine de minutes à le contempler, puis le sommeil me gagne et je me couche avec délice sous ma couette. Alors que je sombre dans le sommeil, je sens soudain une présence : mon beau-père se tient dans l'embrasure de la porte et sa silhouette musclée, que je connais par cœur, m'envoie une bouffée d'angoisse incontrôlable. Je fais mine de dormir mais il n'est pas dupe et s'approche de moi.

« Lève-toi. »

Je continue maladroitement à faire semblant de dormir mais il me saisit par le bras, me cogne violemment contre le montant du lit et vocifère :

« Je t'ai dit de te lever ! T'es sourde ? »

J'ai tellement peur que mon cerveau se bloque complètement. Je me tiens debout face à lui, en chemise de nuit qui laisse entrevoir ma poitrine à travers le tissu. Je déteste ça et croise maladroitement les bras pour la cacher, ce qu'il interprète aussitôt comme un signe d'arrogance envers lui.

« Décroise-moi ces bras tout de suite ! Ta mère m'a dit que tu t'étais plainte de moi ? »

Je sens mon cœur descendre dans mes pieds, comme si le sang s'en retirait brusquement. Il cogne si fort que mes oreilles bourdonnent, j'ai l'impression d'être entrée dans un monde parallèle.

« Pour qui tu te prends ? poursuit Matthew. Sa voix enfle et enfle, me semble venir de loin, très loin. Tu crois que tu es quoi, ici ? Tu me dois tout et tu n'es rien ! Tu n'es là que pour m'éloigner de ta mère, parce que tu ne supportes pas qu'elle m'aime ! T'es une moins que rien, tu n'as pas de vie ! Moi qui suis si altruiste, si généreux avec tous les gens qui m'entourent... Tout le monde le dit à mon boulot, tout le monde, sauf toi, que j'ai recueillie, hébergée ! On te paie une école qui coûte les yeux de la tête ! Tu vis dans une villa de luxe, les pieds dans l'eau et je viens de t'offrir une veste hors de prix ! Tu ne m'as même pas remercié ! »

Lorsque Matthew est en fureur comme ça, il débite des mots et des phrases qui roulent comme un torrent déchaîné, incontrôlable et que l'on ne peut pas stopper. Cela peut durer des heures. Ce soir, je n'ai pas la force de l'écouter, peut-être parce que dans ma tête, j'ai décidé que tout devait s'arrêter, alors je tente un misérable :

« Merci pour la veste mais ce que j'ai dit à maman ne te regardait pas. »

Le visage de Matthew vire au rouge foncé. Il s'approche de moi, me broie l'avant-bras, puis me postillonne au visage :

« Tout me regarde ici ! Je suis chez moi et je n'accepterai pas que quelqu'un d'autre fasse la loi et anéantisse tout ce que j'ai construit ! Surtout pas une morveuse de treize ans !

— Je ne suis pas une morveuse. »

Il me secoue si fort que mes dents claquent les unes contre les autres, puis me met un coup de tête qui m'envoie valser sur le chambranle de la porte. La douleur est telle que j'en perds conscience quelques secondes et tombe sur l'épaisse moquette du couloir. Dans un brouillard, j'entends la petite voix de Tim qui hurle et me demande si tout va bien, puis le bruit d'une gifle, suivi de sanglots.

« Rentre dans ta chambre, le pisseux ! Tu crois que j'ai pas vu votre manège, à tous les deux ? Fous le camp ou tu vas t'en prendre une autre ! »

Prostrée, je ne bouge plus, mon front enfoui dans mes avant-bras que j'ai posés sur mes genoux relevés. Je suffoque de terreur et de colère tandis que Matthew s'abaisse vers moi :

« Tu ne m'as pas laissé le choix, tu es beaucoup trop insolente. Mais si tu te calmes et que tu me demandes pardon, je ne dirai rien à ta mère de notre petite dispute de ce soir. »

Comme je ne réponds rien, il insiste en me soulevant le menton :

« C'est moi qui devrais être fâché, pas toi ! Te rends-tu compte que... »

Sa voix s'adoucit.

« Que tu as osé déplacer mes costumes et les jeter par terre ? Tu sais combien je tiens à ce que tout soit impeccablement rangé dans la maison, alors pourquoi tu as fait ça, hein ? Tu voulais me mettre en colère ? Me dire que je ne suis qu'une merde de beau-père ? Bravo, tu as réussi, regarde dans quel état m'a mis ton manque de respect ! Tu n'as rien à dire ? »

Je ne veux pas lui répondre. Ma tête me lance si fort que je n'ai pas envie de discuter pour rien, juste de vomir sur lui et son discours de gros pervers.

Il ajoute d'une voix plus mielleuse encore :

« Je ne voulais pas t'en parler pour éviter de te faire de la peine mais tu m'y obliges. Ta mère est tellement déçue de toi et de ton attitude provocatrice qu'elle m'a avoué ce soir qu'elle n'avait plus aucun sentiment pour toi. Nous te mettrons en pension l'an prochain. Un éloignement nous fera le plus grand bien, à elle et à moi, car franchement, tu nous épuises. »

Le coup a porté. Net, direct, tranchant comme une lame de scalpel. Pendant le cours de SVT, madame Mirone nous a fait disséquer une patte de grenouille et je n'ai pas pu. Voir la lame déchiqueter la chair m'est intolérable, j'ai imaginé la souffrance de cette grenouille décérébrée et j'ai refusé. J'ai eu zéro, tant pis.

Là aussi, je viens d'avoir le plus gros zéro de toute ma vie. Jamais ma mère ne prendra ma défense, ma dernière illusion vient de s'envoler.

Je me relève lentement et bégaie :

« Bonne nuit, je vais me coucher, j'ai mal à la tête. »

Étrangement, il ne répond rien. Forcément, il croit avoir gagné. Sauf qu'il ignore qu'il n'a gagné qu'une bataille mais perdu la guerre parce qu'après-demain, vendredi, Tim et moi serons loin.

Alors que mon cœur s'apaise un peu, je repense avec jubilation à ma chère Jane : « Je ne pense pas que vous ayez le droit de me donner des ordres simplement parce que vous êtes plus vieux et que vous connaissez mieux le monde que moi ; votre supériorité dépend de l'usage que vous avez fait de votre temps et de votre expérience[89]. » Et en ce qui concerne Matthew, il n'a aucune légitimité parce qu'il passe son temps à mépriser, à écraser les gens et que la seule expérience qu'il ait jamais eue n'est pas d'avoir aidé l'autre mais d'avoir essayé de lui faire croire qu'il ne valait rien. Donc, je ne lui dois rien et il a encore moins le droit de me demander de lui obéir.

Je ne dors pas. Je ne peux pas dormir, je dois établir un plan d'attaque. Partir comme ça à l'aventure et de façon précipitée serait irresponsable et Tim, qui ne voit rien, va ralentir ma marche. Non, il faut qu'on aille quelque part où on sera en sécurité. Après deux heures de réflexion, allongée dans le noir, une idée lumineuse jaillit de mon cerveau et je commence à voir enfin le bout du tunnel. Matthew possède un chalet en bois près du lac Saint-Édouard. Nous y allons parfois passer un week-end, très rarement, mais je sais qu'il est assez bien équipé. Je regarde le nombre de kilomètres sur ma carte: vingt-cinq exactement et je calcule que si Tim et moi marchons environ huit kilomètres par jour (je pourrai faire davantage mais pas Tim, même s'il adore les balades), il nous faudra trois ou quatre jours pour y arriver, si on doit faire des pauses. Maman et Matthew auront sans doute appelé la police entre-temps, il nous faudra donc être très prudents.

Au collège, je suis super forte en course d'orientation, je sais me repérer avec une boussole et un plan et je connais un peu la forêt. J'ai peur mais si je veux faire réagir ma mère, je n'ai pas le choix. On ne tiendra pas très longtemps dans la forêt, Tim et moi, surtout à l'approche de l'hiver, mais je ne sais pas comment faire autrement pour l'instant. Je pense à papa ; s'il

---

89. Extrait de *Jane Eyre*, chapitre XIV.

était encore là, rien de tout ça ne serait arrivé, maman n'aurait jamais rencontré cet homme horrible. J'en ai longtemps voulu à mon père de nous avoir laissés tout seuls mais, aujourd'hui, il me manque plus que tout. Je pleure dans mon oreiller, puis oblige mon esprit à se fixer sur les jours qui viennent.

Je dois préparer un sac avec les affaires de Tim et les miennes. Demain, en sortant du collège, j'irai à l'épicerie de Shawinigan. Au chalet, il y a des boîtes de conserve et pas mal de choses, ça nous suffira, du moins au début.

J'allume ma lampe torche et j'écris :

Ma liste de survie

- *Un gros sac à dos pour moi, un petit pour Tim*
- *Nos chaussures de marche*
- *Si je trouve de l'argent dans le porte-monnaie de maman, je le prendrai aussi*
- *La clé du chalet !*
- *La couverture de survie rangée dans le garage et deux couvertures*
- *La toile de tente (sans les piquets, trop lourds) et un tapis de sol*
- *Une serviette de toilette*
- *Nos cartes de bus*
- *Nos cartes d'identité et nos passeports (commode de maman)*
- *Des fruits, surtout des bananes*

- *Des barres de céréales, des galettes de riz, des compotes*
- *Des gourdes en plastique (l'eau des cascades)*
- *Le carnet de Tim et son poinçon*
- *Nos anoraks*
- *Des vêtements de rechange (prendre deux pyjamas pour Tim et son doudouloup)*
- *Lampe torche, allumettes, corde, lingettes, savon*
- *Nos gants, écharpes et bonnets*
- Jane Eyre, Kazan *et* Le Petit Prince

Je n'en suis pas au point de ma chère Jane, tout de même, qui n'était partie qu'avec le strict nécessaire : elle a failli mourir de faim et je n'ai pas l'intention que ça nous arrive... La gorge secouée de sanglots, je relis : « Je fis un paquet des autres choses, je mis dans ma poche ma bourse qui contenait vingt shillings (c'était tout ce que je possédais), j'attachai mon châle et mon chapeau ; je pris mon paquet et mes souliers, que je ne voulais pas mettre encore, puis je sortis de ma chambre[90]. »

Mon cerveau complètement surexcité n'arrive plus à trouver le sommeil. Je repasse mentalement le plan dans ma tête, encore et encore.

Demain soir après l'école (jeudi), trouver l'argent, faire les bagages et les cacher dans le jardin ou près de la maison pour ne pas attirer l'attention. Prévenir Tim au moment du coucher. Vendredi, faire semblant de partir au collège et à l'école, comme si de rien n'était. Appeler l'école de Tim pour prévenir qu'il sera absent et demander à Louane de le faire

---

90. Extrait de *Jane Eyre*, chapitre XXIV.

pour moi. Cela nous laissera une journée complète pour fuir avant que maman ne se rende compte, dans l'après-midi, que nous ne sommes pas rentrés à la maison. Et partir.

Mahikan

Aci nit ican[91]

Trois semaines s'écoulent, où *Pisimw* accomplit paisiblement sa course lente et régulière derrière la frondaison des *wikwasatikw* et des *irinatikw*[92]. Il se lève de plus en plus tard et se couche plus tôt, je sens que *Namekosa Pisimw* s'approche sur la pointe des pieds. *Takwakin*[93] est définitivement là.

Chaque matin, mon petit rituel est identique : je pêche le corégone avec mon filet, je cueille les derniers fruits de saison que je trouve et je cuis ma *banik* sur le feu de bois, deux fois par semaine. Après avoir préparé la pâte avec la farine et les autres ingrédients que j'économise soigneusement, je la sépare en quatre parties égales, que j'enroule sur une branche d'arbre dont j'ai ôté l'écorce. Je la tourne au-dessus du feu, jusqu'à ce que la pâte soit bien dorée, et la déguste tiède, ou parfois brûlante, quand je suis trop affamé pour attendre.

Il paraît qu'on se lasse de ce qu'on mange tous les jours : pas moi. Pour l'instant, cela me permet de survivre, alors je suis reconnaissant à la Terre-Mère pour tout ce qu'elle m'offre.

---

91. *Aci nit ican* : j'y vais maintenant.

92. *Wikwasatikw* et *irinatikw* : bouleaux blancs et érables.

93. *Takwakin* : l'automne (septembre et octobre).

Chaque jour, je pars courir en longeant la rivière tout en observant les couleurs de l'automne envahir la forêt. Cette beauté remplit mon cœur de sensations qui m'étouffent de joie. Je m'améliore, encore et encore: ma montre, celle que j'ai reçue pour mes seize ans, possède un chronomètre que j'ai appris à utiliser et je vois que mon aller-retour est de plus en plus rapide. Je me rapproche du lac Saint-Jean et du pensionnat, comme s'il m'attirait invariablement, mais j'attends encore un peu pour aller y rendre une petite visite. Ce serait bien trop bête de se faire attraper!

Ma famille me manque mais je crois en l'intelligence de ma mère et de mon *kimocominook* pour avoir remarqué la disparition de la nourriture et des objets que j'ai emportés. J'espère de tout mon cœur qu'ils ont compris que j'étais parti pour me sauver du pensionnat et qu'ils ne condamnent pas mon geste et, surtout, qu'ils n'ont pas été inquiétés par la GRC.

Le moment n'est pas encore venu de retourner les voir; pour cela, il faut que j'attende d'avoir dix-sept ans. Bientôt.

Le loup aux pattes blanches me rend visite très souvent, toujours le soir lorsque la lune se lève. Il reste à bonne distance, m'observe, hurle longtemps, le museau dressé vers les étoiles, puis repart. Peut-être a-t-il faim? Je décide de lui laisser un morceau de poisson, à bonne distance de ma caverne, mais assez près pour que je puisse tout de même l'observer. Qui sait ce qui se passe dans la tête d'un loup? Si j'avais un vœu à exaucer ce soir, hormis le fait de rassurer ma famille, je choisirais de devenir loup pour une nuit. Je m'imagine, bondissant de rocher en rocher sur mes pattes agiles, traquant l'orignal avec ma meute, dormant à côté de ma compagne, celle que j'aurais choisie pour la vie, appelant la lune, franchissant la forêt, infatigablement, tous mes sens en éveil...

Je pars dans mes rêveries et soudain, un craquement de branches imperceptible se fait entendre. Il est là, juste là, il hume le poisson posé sur le rocher, lève la tête dans ma direction, l'échine courbée, la queue basse, sur la défensive.

Je murmure à nouveau:

« *Kwei...* »

Ce simple mot le fait déguerpir à toute allure et, malgré ma déception, j'ai l'absolue certitude qu'il reviendra bientôt, lorsqu'il sera prêt à m'accorder sa confiance.

Alors que je m'allonge sur ma couchette moelleuse, je songe à ma vie future, à ma vie d'homme et une vague de nostalgie m'envahit tandis qu'une lourdeur douloureuse serre mon bas-ventre. Je n'ai jamais connu l'amour et les autres jeunes se moquent bien de moi à ce sujet. Les loups choisissent leur compagne très tôt, souvent la première année de leur vie, et se montrent loyaux et tendres avec elle et avec leur portée. Ils sont fidèles entre eux et n'abusent jamais de leurs petits, comme le font d'autres animaux ou même, horreur absolue, certains humains. Si l'un est blessé, l'autre reste à côté de lui et lèche ses blessures jusqu'à ce qu'il se rétablisse. Un loup ou une louve pourrait mourir pour l'autre, Coweri me l'a déjà raconté. Il a une grande admiration pour cet animal, c'est d'ailleurs pour cela que je porte son nom. Mahikan. C'est si beau, si noble, cela me fait rêver, je me dois d'être fidèle aux valeurs de mon totem.

Ce loup a-t-il une compagne ? Ou bien l'a-t-il perdue ? Pas encore trouvée ? Où est sa meute ?

Je murmure :

« Loup, j'espère que tu voudras être mon ami. Je suis si seul, ici. »

Quelques jours passent encore, dans le même rituel, et un matin je me réveille alors que les rayons de *Pisimw* éclairent la caverne d'une lueur rosée. Les branches des arbres sont couvertes des premières gelées, un brouillard léger flotte sur le torrent en contrebas, le cri victorieux d'un *Mikisim*[94] fend l'air. Cela me donne envie de me retrouver dans un *Pow-wow*[95], d'arborer les plumes, les peintures, les couleurs des *regalia*[96] de mon peuple, fièrement et la tête haute, puis d'entendre résonner le chant du tambour, qui rappelle les sons provenant du ventre de notre mère, et d'invoquer silencieusement la voix des ancêtres. Moi qui parfois me sens exclu ou différent de ma communauté, j'entre en résonance avec elle dans ces moments-là, dans ces instants de communion de l'esprit où nous ne faisons qu'un, où nous exprimons notre gratitude.

Alors que je me tiens debout, à l'entrée de ma caverne, observant cette nature qui change de jour en jour, la musique

94. *Mikisim* : aigle.

95. *Pow-wow* : fêtes traditionnelles des habitants des Premières Nations où l'on danse et chante pour honorer la nature et entrer en communion avec les ancêtres.

96. *Regalia* : vêtement traditionnel des Premières Nations pour la danse *Pow-wow*, notamment.

de la Grande Entrée[97] résonne dans ma tête et je sens que c'est aujourd'hui que je dois aller au pensionnat. La brume légère qui masque les silhouettes des arbres me sera très utile pour éviter que l'on me remarque. Je prépare mon sac. J'en ai approximativement pour cinq heures de marche pour y arriver, je ne serai donc pas rentré avant la nuit. Mieux vaut être prudent et prendre de quoi boire, manger et me couvrir. J'observe soigneusement les cônes des *cikopi*[98] : ils sont ouverts, ce qui signifie que le soleil percera malgré tout ; Coweri me l'a appris. S'ils étaient fermés, cela signifierait que la pluie ne tarderait pas à venir, ce serait risqué de se mettre en route.

Quelques minutes après avoir pris mon repas et fait ma toilette dans le torrent, je suis prêt à partir. Que vais-je trouver là-bas ? J'espère n'y voir rien qui me rendra triste ou en colère et, pourtant, mon cœur s'y prépare invariablement.

Je marche à vive allure, déterminé, accompagné par le cri d'un *kekekw*[99] solitaire.

Lorsque les larges plaques grises du toit du pensionnat et les murs épais percés de fenêtres rectangulaires apparaissent à l'horizon, je sens mes jambes trembler, autant de peur que de fatigue. Je ne pensais pas que cette seule vision me troublerait autant, ni que la nausée me forcerait à m'asseoir dans l'herbe. Je saisis ma gourde pour me désaltérer, espérant faire cesser les vertiges et les visions du passé qui envahissent mes

---

97. Grande Entrée : première danse inaugurant le *Pow-wow.*

98. *Cikopi* : sapin.

99. *Kekekw* : faucon.

pensées comme si les centaines de piquants du *kakw*[100] me labouraient la peau.

Sois courageux, Mahikan. Tu es venu là pour observer, alors regarde.

Je saisis une galette et une poignée d'amandes, m'accroupis dans les hautes herbes et ouvre attentivement les yeux. Dans la cour du pensionnat, en rang, les garçons, en pantalons gris et pull-over marron, sont en train de faire de l'exercice physique sous le regard d'une sœur dont je ne parviens pas, de si loin, à reconnaître le visage. Les jambes se lèvent en cadence, les bras battent le ciel, ils tournent comme des animaux en cage, au lieu d'être en train de courir dans la forêt librement.

Mon cœur se serre à la vue de ce que les Blancs obligent les enfants de mon peuple à subir, sous prétexte de les purifier et de les civiliser. Est-ce donc si civilisé de battre un enfant ou de le priver de nourriture ?

Je m'approche encore, espérant reconnaître Cariar et les autres, mais en vain. Soudain, la sœur s'approche de l'un des enfants et le secoue violemment. Mes poings se serrent et la nourriture, dans ma bouche, prend un goût de terre sèche. Penaud, le puni s'en va dans un coin de la cour et s'agenouille, mains sur la tête. Il restera là un bon moment, sans doute, bien après que les autres sont rentrés pour le cours suivant et même si les muscles de ses bras le brûlent.

100. *Kakw* : porc-épic.

J'ai tant de fois été réprimandé de cette façon-là que je devine sans peine, du coup, l'identité de la tortionnaire : sœur Geneviève, la plus cruelle de toutes, que je n'ai jamais vu s'attendrir.

Je reste encore quelque temps mais la cour se vide et le pensionnat ne donne plus de signe de vie. Tout ça pour ça. Je n'ai vraiment rien vu, si ce n'est, encore une fois, la confirmation de la violence qui sévit là.

Je repars, tête basse, cœur alourdi, et le ciel me semble gris, voilé, menaçant, à l'image des sentiments qui m'agitent. Je reprends ma route et décide de longer le torrent. Le clapotis de son eau, son chant sur les rochers m'apaiseront sans doute, comme ils l'ont toujours fait.

Et là, je la vois.

Une forme blanche aux bras écartés, semblables à ceux d'un oiseau, surplombant les remous au-dessus du vide.

Emâ

Je rentre de l'expédition avec Sevan le moral complètement à plat. La vision de Batiscan ne me quitte pas et l'intense fatigue liée à la marche de ces plusieurs jours a eu raison de moi. Il me faudra au moins vingt-quatre heures pour récupérer mon énergie et John, notre chef, m'accorde gentiment un jour de repos.

« Tu es certaine que ça ira ? demande Sevan.

— Je n'en sais rien, franchement, mais les coups de cafard, j'ai l'habitude, ils font partie de moi. Je t'assure. Je vais toucher le fond, puis donner un coup de talon pour remonter et ce sera reparti comme avant !

— Tu m'appelles si tu sens que tu perds pied ? »

Je ne lui réponds pas et entre dans mon cottage avec un petit geste désolé de la main. Après une douche brûlante, je fonce dans mon lit.

Je dors quatorze heures d'affilée et me réveille le vendredi, vaseuse, sans aucune envie de rien. Et ce n'est pas l'orage fouettant les vitres de mon cottage qui va me donner envie d'aller faire mon jogging dans le parc. Je reste enfouie sous ma couette avec un plateau-repas, blottie contre Cyrulnik qui en ronronne d'aise, mais un appel en visio de Jade et Louison me tire soudain de ma léthargie. Louison a dessiné un loup d'après la photo que je lui ai envoyée, elle est fière et sautille d'excitation dans la pièce, si bien que je ne parviens pas à voir un seul bout de son dessin.

« Arrête de bouger, ma puce, je ne vois rien du tout ! Où est sa tête ?

— Mais... là, enfin ! Tatie, mets tes lunettes ! s'exclame-t-elle, outrée.

— Ah, oui... waouh, félicitations dis donc !

— J'ai même écrit son prénom : S, T, O, R, M, c'est le chef, comme tu m'as dit !

— Bravo !

— Moi aussi veux dessiner loup ! répète Jade, acharnée comme d'habitude à lécher l'écran pour m'embrasser.

— Tu mets *Crazy Love*[101] ? demande soudain Louison, euphorique.

— Zy lof ! » hurle Jade en tapant dans ses mains.

Je glisse un coup d'œil vers Camille, espérant échapper à Beyoncé. Pourquoi ai-je eu le malheur de faire danser ma petite-nièce sur cette musique l'an dernier ? Depuis, elle en est complètement fan...

---

101. Allusion à *Crazy in Love*, chanson de 2003 interprétée par Beyoncé et Jay-Z, écrite et composée par Beyoncé, Eugene Record, Rich Harrison et Shawn Carter.

« Heu... c'est le moment d'aller vous coucher, je ne suis pas certaine que...

— Allez, une seule fois », les prévient Camille en me faisant un clin d'œil.

Leur énergie est si communicative que je finis par sortir de mon lit ; je mets la musique en route et bientôt, les filles, dans leur maison bretonne à des milliers de kilomètres de là, et moi, nous déhanchons en bondissant, hurlant des « *crazy* » toutes les dix secondes. Cyrulnik pousse un miaulement outré et s'enfuit dans la cuisine, loin de mes cris intempestifs.

Ce petit moment a pour effet de me rebooster et lorsque Katherine de *Sing for Life* m'appelle pour me demander si je serai OK pour chanter le lendemain soir à l'hôpital dans le service des enfants, je lui réponds positivement alors que je pensais annuler.

Je termine cette soirée du vendredi en visionnant *Une année polaire*[102] qui m'embarque dans le Grand Nord au côté des Inuits. Sevan m'en avait parlé, il y a longtemps que je voulais le voir et me voilà embarquée avec Anders, cet enseignant danois qui part au Groenland, à Tiniteqilaaq, un petit village de quatre-vingts habitants. La vue de ces étendues immaculées et de ces chiens de traîneau, son émouvante rencontre avec le petit Asser, à la vie cabossée auprès d'un père alcoolique, me confortent dans ma décision d'avoir consacré la mienne à la sauvegarde des loups.

102. Film de Samuel Collardey, sorti en 2018, qui raconte l'arrivée d'un instituteur danois dans un village inuit au Groenland.

Je m'endors plus rapidement que d'habitude, apaisée.

Le lendemain, lorsque nous pénétrons dans le couloir peint en bleu ciel et décoré de mobiles floconneux et de doudous, je sens mon cœur se serrer. La souffrance des enfants est insupportable, elle ne devrait pas être.

Une femme noire nous accueille avec un sourire aussi radieux qu'un soleil d'été et chasse instantanément tous mes doutes. Elle me fait penser à Octavia Spencer, une actrice que j'adore et qui me donne la pêche rien qu'en la regardant.

« Quel bonheur de vous recevoir, vous ne pouvez pas vous imaginer ce qu'on est impatients de vous entendre... Certains parents sont restés exprès, ils sont ravis. Je m'appelle Mandy, venez, je vous conduis. Nous avons une vingtaine d'enfants, dont de tout petits, ici, dans les couveuses ou les berceaux, jusqu'aux plus grands, qui ont une dizaine d'années. Qu'avez-vous prévu de chanter ? »

Tandis que Katherine lui présente notre répertoire, je me dirige vers les couveuses, impressionnée par le matériel déployé autour des petits corps. Les bébés sont plutôt calmes, sauf une, qui hurle à pleins poumons. Je me demande depuis combien de temps elle pleure et pourquoi personne ne la tient dans ses bras.

Une jeune femme, occupée à terminer un dessin avec sa fillette, répond à mon interrogation muette :

« Nikki n'a pas de parents, sa mère l'a abandonnée à la naissance.

— Pauvre puce !

— Vous faites partie de la chorale ? C'est super gentil de venir chanter pour nos enfants. Le temps est long pour eux, vous savez, et on a beau se relayer, ce n'est pas une vie tout à fait normale.

— Je me doute bien.

— Emâ, tu viens ? » m'appelle Perrine, l'une des bénévoles. On est prêts !

Je m'approche de Katherine et lui murmure :

« J'ai une requête : est-ce qu'on pourrait chanter près de la petite Nikki, le bébé qui pleure, là-bas ? Elle est orpheline... Personne n'est là pour elle aujourd'hui.

— Ça marche. Hé ho, vous tous, on se déplace par là-bas ! Nous avons un p'tit ange esseulé, alors on va l'entourer un peu ! » s'exclame notre chef de chorale.

Nous nous rassemblons autour de la couveuse tandis que les parents, tenant leurs enfants dans les bras, s'asseyent tout autour pour écouter. Il ne faut pas plus de trois phrases pour que, miraculeusement, la petite Nikki cesse de hurler et je la regarde s'apaiser.

Tiens bon, Nikki. Tu verras, dans la vie, on peut être heureuse même s'il nous manque une maman. Tu y arriveras. Tu croiseras sur ta route des personnes qui la remplaceront, je te le promets.

Le blog d'Emâ
Wolves, Nature & Music
Le jour où j'ai remis ma vie à l'endroit, j'ai retrouvé mon âmE

Dimanche 7 novembre

Chers lecteurs et lectrices de ce blog,

Je ne vous ai pas oubliés ! Il s'est passé tellement de choses encore cette semaine, que je n'ai pas réussi à me poser devant mon ordinateur... Mais enfin, me voici !

J'ai assisté à un événement terrible cette semaine et il m'a fallu plusieurs jours pour m'en remettre : je crois que vous le comprendrez en lisant les lignes suivantes.

Sevan et moi avions décidé de vérifier si les louveteaux d'une fratrie qu'il avait soignée il y a quelques mois étaient en bonne santé, nous les avons donc suivis et, malgré la bonne nouvelle (quatre d'entre eux sont en parfaite santé), nous avons découvert que l'un d'eux, Batiscan, avait été abattu par plusieurs balles, sans doute par les braconniers ou les chasseurs qui s'en prennent aux loups de l'Est dès qu'ils franchissent les frontières du parc. Nous avons retrouvé son corps à la frontière, Batiscan a dû se traîner là pour tenter de rejoindre sa meute et mourir.

J'ai la gorge serrée en vous écrivant et je sais que vous, amoureux des loups, ressentirez comme moi l'injustice et la violence de cet acte. Mais après le temps de la tristesse, vient celui de la détermination et, plus que jamais, l'équipe du parc se mobilisera pour défendre les loups et sensibiliser le public à leur cause !

Pour rester positive, je voudrais vous raconter mon intervention à l'hôpital, hier, avec *Sing for Life,* dans le service pédiatrique. Nous avons interprété *Chanter*[103] avec une émotion plus intense que d'habitude face à ces bébés endormis. Un pur bonheur, même si voir de jeunes enfants atteints par la maladie n'est pas réjouissant en soi.

Mais ils dégagent une telle force, une telle énergie radieuse (je vous précise tout de suite que ces petits patients-là ne sont PAS en fin de vie), que je suis repartie le cœur regonflé à bloc !

Il me semble important de chanter pour ceux qui sont malmenés si jeunes et qui ont intégré, dans leur vocabulaire d'enfance, des mots qu'ils n'auraient jamais dû connaître si tôt, tels que douleur, sonde, piqûre, prise de sang, contrôle et, même, pour certains, solitude, comme la petite Nikki, une âmE abandonnée.

Ce bébé de quelques semaines (trois, je crois) a été abandonné par sa mère à la naissance : loin de moi l'idée de juger cet acte et cette personne qui a sans doute ses raisons mais je peux vous dire que le personnel soignant fait des miracles, en attendant que cette petite merveille trouve, je l'espère, des parents adoptifs ! Nous avions choisi cette chanson qui exprime tant de choses et cette petite fille, très agitée à notre

---

103. *Chanter,* chanson de 1998 écrite par Lionel Florence, composée par Pascal Obispo et interprétée par Florent Pagny.

arrivée, s'est assoupie en nous écoutant. Cela m'a beaucoup émue : de quoi d'autre a besoin un enfant ?

Voilà, prenez soin de vous et à bientôt !

Emâ

11 commentaires

Lina *Oh, Emâ, quelle tristesse que ce post, malgré tout l'espoir que vous vous efforcez d'y mettre ! J'ai eu la gorge serrée du début à la fin... Je partage votre émotion. Prenez soin de vous !*

Anissa *Quelle honte ! Abattre un loup sans défense ! Je suis indignée... Et merci, au nom de tous les enfants abandonnés, de ce que vous avez fait pour Nikki hier soir. Courage !*

Angélique *je ne trouve pas les mots, au risque d'être vulgaire ! Je suis si en colère ! Est-ce que la police peut vous aider à traquer ces chasseurs ?*

Me and my children *Merci, Emâ, pour ce post courageux qui dénonce une triste réalité. L'histoire de Nikki m'a bouleversée, j'ai pensé à mes enfants et les ai câlinés toute la soirée... Vous avez fait un très bon choix de chanson.*

Liam What a shame!!!!!

Nature and freedom *J'ai été abandonnée à la naissance, votre post m'a émue aux larmes. Merci pour ce moment d'amour envers Nikki.*

Loving_wolves *Au nom de tous les défenseurs des loups, continuez, Emâ ! Merci pour votre engagement ! Je partage votre post !*

Brandon *après de tels témoignages, comment croire encore en la bonté humaine, franchement ? Bravo, Emâ, de résister encore...*

Laurathecat *Oui, bravo Emâ, j'imagine votre désespoir en voyant Batiscan et puis, cette petite Nikki <3*

Pierre *Toutes mes pensées de force !*

Fanny *Courage, Emâ, continuez à y croire, vous avez raison ! Je partage votre post aussi !*

Will

Je reviens de ma balade autour du pâté de maisons (les balades en forêt, c'est encore un peu trop tôt et risqué), lorsque je reçois un appel visio de Mandy.

« Écoute ça, Will, c'est superbe ! »

Je tends l'oreille et reconnais le célèbre *We are the World*[104], porté par une très belle harmonie de voix. La chorale dont m'avait parlé Léonore, sans doute.

Mandy balaie la pièce avec son téléphone, s'arrêtant alternativement sur les choristes, regroupés autour d'une couveuse, puis sur les visages des enfants et de leurs parents. Je regrette de ne pas être là pour partager ce moment avec eux. La caméra s'approche et je remarque avec une grande émotion qu'ils entourent Nikki, dormant paisiblement, bras écartés, en totale confiance.

Lorsque la chanson s'arrête et que les applaudissements éclatent, je m'exclame :

---

104. Référence à *We Are the World,* chanson chorale coécrite en 1985 par Michael Jackson et Lionel Richie et interprétée par un groupe composé de nombreux chanteurs américains en faveur de la collecte de fonds pour lutter contre la famine en Éthiopie.

« T'es géniale, Mandy, de leur avoir demandé de chanter près d'elle.

— C'est pas moi, mon fils, c'est cette nana-là, à gauche, avec la tunique à fleurs, qui a eu l'idée. »

Je ne distingue pas bien les visages, l'écran est minuscule et Mandy ne filme pas correctement du tout, la caméra bouge dans tous les sens ; j'ai l'impression d'être sur un paquebot ballotté en plein cap Horn.

La chorale reprend avec une chanson inconnue. Ses mots expriment mieux que je ne pourrais le dire, tout ce que je ressens pour cette petite Nikki qui a croisé mon chemin et que je ne peux me sortir de la tête.

Comme un printemps sur mon trajet
Un diamant tombé d'un coffret
[...]
Et quoi que tu fasses
L'amour est partout où tu regardes
Dans les moindres recoins de l'espace
Dans le moindre rêve où tu t'attardes
L'amour comme s'il en pleuvait [...]
Le ciel prétend qu'il te connaît
Il est si beau c'est sûrement vrai
Lui qui ne s'approche jamais
Je l'ai vu pris dans tes filets[105]

105. Extrait de *Je t'aimais, je t'aime et je t'aimerai*, chanson de 1994 écrite, composée et interprétée par Francis Cabrel.

Mandy filme de moins en moins bien, je vois flou, la caméra virevolte au hasard sur le plafond, les fenêtres, les chaussures ou les lits, alors je ferme les yeux et me laisse porter par la mélodie et les paroles qui me retournent de l'intérieur. Finalement, heureusement que je ne suis pas là-bas, je n'aurais pas été très digne. Fondre en larmes devant mon équipe, les patients, les parents, les choristes... Moi qui écoute peu de musique, sauf celle du vent dans les arbres ou des gouttes de pluie sur mon toit, je suis complètement déstabilisé.

La communication coupe quelques secondes et cela me laisse le temps de revenir à moi. Je ne comprends pas cette réaction, complètement disproportionnée par rapport à l'évènement; sans doute est-ce lié à Nikki, à cette émotion d'avoir vu toutes ces personnes l'entourer et lui donner tant d'amour.

Parfois, alors que je doute du genre humain, des évènements comme celui-ci me redonnent confiance. Je m'empresse de prendre le carnet et de noter tout ce qui me vient en tête. Le visage de Mandy réapparaît à l'écran:

« Will, t'es toujours en ligne?

— Oui... Donne-moi les titres des chansons s'il te plaît! »

Tandis qu'elle s'exécute, les paroles de Lennon envahissent le service et mon salon par la même occasion.

You may say I'm a dreamer
But I'm not the only one

I hope someday you'll join us
And the world will be as one...[106]

Le journal de Nikki

Samedi 7 novembre

Petite Nikki, aujourd'hui, tu as assisté à ton premier concert live ! Je n'étais pas là car je n'ai pas encore repris le travail mais tu as été si bien entourée que je suis très ému en t'écrivant.

Une chorale appelée Sing for Life *est venue chanter, pour toi et pour tous tes amis du service, Adrian, Lalyta, Benji...*

Voici les titres qu'ils ont interprétés : We are the World, Je t'aimais, je t'aime et je t'aimerai, Chanter, La Tendresse *et* Imagine. *Sais-tu qu'ils ont entouré ta couveuse et que tu as dormi pendant tout ce temps ? Leurs paroles ont dû te bercer, t'apaiser – il faut dire qu'ils chantent beaucoup mieux que moi !*

C'est terminé, les enfants se jettent sur les choristes pour les embrasser, les parents se lèvent, remercient et ma petite Nikki, imperturbable malgré le brouhaha, continue à dormir.

« Ils vont revenir, me souffle Mandy. On a tous adoré, c'était génial. Je dois te laisser, il faut que j'aille les remercier.

---

106. Extrait de *Imagine*, chanson de 1971, composée, écrite et interprétée par John Lennon.

— Bien sûr. »

Mandy s'approche du groupe et j'ai juste le temps d'apercevoir le visage de la « fille à la tunique à fleurs »: une peau lisse, des cheveux châtains lâchés sur les épaules et un grain de beauté sur la joue gauche mais c'est surtout son sourire que je remarque. À la fois triste et solaire, profond en tout cas. Impitoyable, la caméra de ma copine infirmière s'éteint, me laissant planté comme un piquet au milieu de mon salon, avec l'impression d'être entré dans une maison où je n'étais pas invité.

Les paroles de la chanson restent dans ma tête, entêtantes, me rappelant mon attachement surprenant à Nikki.

Comment vais-je gérer son futur départ, son adoption? Je n'ai pas envie d'y penser ce soir et, pourtant, cette question revient inlassablement me tourmenter.

Je file prendre une douche pour me changer les idées, lorsque mon téléphone m'indique que j'ai reçu un nouveau message.

Bonsoir Will, vous ne m'avez pas répondu et je le comprends. J'espère que votre état s'est amélioré. Je vous demandais s'il serait possible que quelqu'un vous conduise au lac Saint-Jean? Ou bien préféreriez-vous que je vienne? Cordialement, Eulalie.

Je m'accroche stupidement à chaque nouvel indice de ce jeu de piste qui me tient en haleine malgré moi. Yeux vairons. Jeune fille blonde. Lac Saint-Jean. Eulalie. Je tricote, petit à petit, le canevas de la vie de ma mère, si tant est que je sois sur le bon chemin; je repousse loin de moi l'idée que ce puisse être faux, me raccrochant à cet espoir qui grandit de jour en jour et pianote :

Bonsoir Eulalie, je vais mieux et vous tiens au courant très vite, dès que j'aurai pris le temps de la réflexion, merci, Will.

Cette phrase me donne un délai dont je n'ai pas besoin. La décision est déjà actée solidement au fond de moi : je partirai au lac Saint-Jean dès que je pourrai.

Au moment où je m'apprête à envoyer un message à Myriam pour lui demander ses disponibilités afin de me conduire là-bas, je reçois un SMS.

Numéro inconnu
Bonsoir Will,
Je m'appelle Emâ et je fais partie de la chorale Sing for Life. *Mandy, votre collègue, m'a donné votre numéro de téléphone et j'espère que vous ne m'en voudrez pas de vous envoyer ce message, sinon, supprimez-le ou bloquez-moi ;-)*
J'ai appris que vous étiez très proche de Nikki mais que vous n'aviez pas pu être présent aujourd'hui. J'ai pris quelques photos de votre petite protégée (qui a dormi à poings fermés tout du long) et je voudrais les partager avec vous. Il y a également une petite vidéo pendant que nous interprétions La Tendresse, *l'une des chansons que j'adore. J'ai également saisi un moment très furtif où Nikki a « souri aux anges », connaissez-vous cette expression française ? Cela signifie que le bébé est dans un bien-être absolu.*
Elle était si craquante ! Enjoy *et bonne soirée :-)*

Moi
Bonsoir Emâ, votre message est hyper sympa, très touchant, je vous remercie ! La vidéo est superbe, merci

infiniment (j'adore Mandy mais, honnêtement, elle ne sait pas filmer). En fait, je tiens un journal pour Nikki, dans lequel je raconte tout ce qui s'est passé depuis qu'elle est arrivée ici, dans ce service. Je vais imprimer vos photos et les y collerai.

Je ne sais pas ce qui me prend, tout à coup, mais j'ajoute quelques lignes.

Ce que vous avez fait pour nos petits patients est génial, franchement. J'espère vous croiser la prochaine fois. Étant un enfant abandonné, votre démarche me touche beaucoup. Bonne soirée.

Brindille

Je mène mon plan de fugue tambour battant.

Je profite d'être seule à la maison, miraculeusement, pour chercher tout ce dont j'ai besoin. Matthew est au boulot, Vianney au lycée, Tim encore à l'école et maman est sortie faire des courses. Une aubaine !

Tout à l'heure, avant de prendre le bus, je suis passée à l'épicerie de Shawinigan pour prendre des galettes de riz, des allumettes, une corde fine, des lingettes, un paquet de chips et d'autres bricoles : j'avais l'impression que la caissière lisait dans ma tête ce que je m'apprêtais à faire et mes joues sont devenues brûlantes lorsqu'elle m'a dit : « Tu pars faire un pique-nique en forêt ? ». J'ai bredouillé quelque chose d'assez incohérent et suis sortie presque en courant.

Une fois rentrée chez moi, je suis allée chercher les sacs à dos et, munie de ma liste, j'ai rassemblé tout en me répétant les mots de Jane comme un mantra : « Je pris dans mes tiroirs un peu de linge, un bracelet et un anneau [...], du pain et de l'eau, car j'allais peut-être avoir une longue course à faire[107]... »

Je me délecte de pénétrer pour la première fois de ma vie dans la chambre du petit con pour farfouiller. Tim a parlé

---

107. Extrait de *Jane Eyre*, chapitre XXIV.

d'une boîte que je trouve au fond du placard sous un amoncellement de sous-vêtements sales, de chaussettes de sport, de canettes de Coca, de photos de filles nues et j'en passe. Écœurée, j'ouvre le Graal du bout des doigts. La chance! Matthew vient probablement de renflouer la caisse de son fiston chéri — alors que Tim et moi n'avons jamais rien — et je me sers avec délectation, priant pour qu'il ne vérifie pas le contenu de cette fichue boîte avant demain soir, quand il sortira avec sa bande de copains.

Je m'avance vers le miroir de sa penderie et je contemple toutes les marques que sa violence a laissées sur mon corps, puis murmure, entre condescendance et dédain:

« Peut-être un jour, lorsque tu ramperas, tel un ragondin puant à mes pieds pour implorer mon pardon, que je te l'accorderai, si la vie t'a suffisamment puni et que d'aventure, tu en es réduit à manger tes crottes de nez pour survivre... Alors je te rendrai les... »

Je compte rapidement les billets dans ma main et poursuis:

« ... Les trois cent cinquante dollars que je t'ai volés un jour. Mais dans le cas contraire, tu n'auras rien, misérable brute! Ni ma colère, ni mon mépris, ni ma tristesse. Je te balaie de ma vie, je t'efface, tu ne fais plus partie de mon univers! »

Je quitte la pièce la tête haute, puis me dirige vers la chambre de ma mère et de Matthew. Je dois faire appel à tout mon courage pour ne pas flancher cette fois. L'odeur fleurie de ma mère flotte encore dans l'air, elle a dû se parfumer avant de sortir. Je m'approche de son oreiller et le hume une dernière fois. Ne pas se retourner, rester fidèle à ce que l'on s'est promis.

Je touche du bout des doigts la bosse douloureuse que le coup de tête de Matthew a imprimée sur mon front et immédiatement, la colère resurgit. Non, je ne dois pas m'apitoyer, ma mère ne m'a pas défendue et n'est pas prête à le faire, jamais. Elle trouvera toujours un moyen de minimiser, justifier, excuser. Complice mais pas coupable, c'est si facile.

J'ouvre les tiroirs de son bureau, fouille quelques minutes et finis par trouver les précieux documents, pièces d'identité et passeports. Je ne sais pas s'ils seront utiles, car franchement, quelle compagnie accepterait de faire voyager deux si jeunes enfants ? Mais je m'en fiche. Dans un autre tiroir, je mets la main sur des albums photos où s'étale notre vie d'avant avec papa, insouciante et joyeuse. Je décolle quelques photos de lui, Tim, moi et Frida, notre chienne, et je sors de la chambre sans me retourner. Le plus dur est fait.

Je fais quelques allers-retours de la maison au garage pour y entreposer mes affaires. Dans l'entrée, je décroche la clé du chalet sur le porte-clé représentant une tête de caribou, la remplace par la clé du cadenas de mon casier au collège, puis la mets dans ma poche. J'ai toujours le sentiment que Matthew voit tout, qu'il sait tout, que son regard inquisiteur, froid et implacable surveille mes moindres faits et gestes comme les fétiches sur le toit de la sorcière Karaba[108] ; n'a-t-il pas menacé de mettre des caméras dans nos chambres ?

---

108. Karaba est le personnage de la sorcière dans le film d'animation de Michel Ocelot, *Kirikou et la Sorcière,* sorti en salles en 1998.

Je suis presque certaine que s'il manque un porte-clé, il le verra. Pourtant, le jardin est tranquille, hormis les bruits de quelques sittelles ou de l'oiseau moqueur dans le grand érable, mais dès que le vent soulève une brassée de feuilles mortes derrière moi, je me retourne en sursautant, le cœur aux aguets.

Ce n'est que lors de mon dernier aller-retour, au moment où je soulève les deux sacs à dos remplis à craquer pour les camoufler à l'extérieur de la villa, sous une bâche, dissimulée sous un buisson de fougères, que je ressens une présence derrière moi.

Je sursaute si violemment que le sac de Tim tombe à mes pieds dans un petit bruit tout mou. Zachary me regarde, de ses yeux de jais, fixement, sans parler. Il secoue la tête, puis rentre dans le jardin. Une effroyable crainte me saisit et j'ai l'impression qu'une main de fer me serre la gorge. Je cache le sac, puis me précipite derrière lui et supplie :

« Je vous en prie... Ne dites rien.

— Mademoiselle, c'est impossible ! Que comptez-vous faire ? Vous partez ?

— S'il vous plaît ! Je ne veux pas rester là... Je ne veux plus... J'ai parlé avec ma mère, hier, elle n'a rien voulu entendre, elle ne m'écoute pas. S'il vous plaît ! Ne me dénoncez pas... Je survivrai dans la forêt, je sais où aller, je suis forte ! Je vous en prie... »

Le jardinier tressaille et, au moment où il s'apprête à me dire quelque chose, la rutilante voiture noire de Matthew pénètre dans la propriété. Je crois mourir de terreur et supplie une dernière fois, « je vous en prie... », avant de disparaître dans la maison et de foncer dans ma chambre. Je jette pêle-mêle mes cahiers et mes stylos sur mon bureau et m'assieds, tremblante, craignant que les bruits sourds des battements de mon cœur ne s'entendent dans toute la villa. Pour me calmer, je me force à visualiser Moustache, le gentil jardinier de *Tistou les pouces verts*[109], qui avait un air bourru, ne parlait pas beaucoup mais avait su garder un très grand secret, ou de celui du *Jardin secret*[110], Ben Weatherstaff, tout aussi revêche mais avec un cœur d'or. Oui, certainement, un homme qui aime autant les plantes ne pourrait trahir une ado malheureuse. Penser à ces deux personnages de roman m'apaise et je me promets de parler du rouge-gorge à Tim lorsque nous serons dans la forêt.

Quelques minutes plus tard, les pas de Matthew résonnent dans le couloir et il entre sans frapper, comme d'habitude. Je m'exclame :

« Bonsoir, tu as passé une bonne journée ? »

Ma voix est presque trop enjouée pour sembler sincère mais mon beau-père ne relève pas puisque je suis d'une politesse parfaite et que je m'intéresse à lui en prenant de ses nouvelles.

---

109. Roman de Maurice Druon publié en 1957, racontant l'histoire de Tistou, petit garçon au pouvoir magique qui fait pousser des fleurs avec ses pouces.

110. Roman américain de Frances Hodgson Burnett publié pour la première fois en France en 1921, racontant l'histoire de Mary, orpheline, qui part en Écosse et se lie d'amitié avec un enfant handicapé, un jeune garçon de la lande et un rouge-gorge.

« Tu me rangeras ce bazar, répond-il avant d'ajouter, mes collègues de travail m'ont demandé des photos de mes enfants mais je n'ai pu leur montrer que celles de Vianney. Déjà, tu comprends, Tim et toi n'êtes pas les miens, même si je m'occupe de vous aussi bien que le ferait un véritable père... mais surtout, franchement, je n'ai trouvé aucune photo où tu étais présentable. C'est dingue. Bon, on mange quand ? Ta mère est où, encore une fois ? Encore à traîner dans les boutiques ? Elle a une penderie pleine mais elle se plaint tout le temps qu'elle n'a rien. Et moi je bosse, je bosse mais elle s'en fout.

— Je pense qu'elle est allée faire des courses puisqu'elle a récupéré Tim après son cours à la piscine.

— Eh ben alors, tu ne pouvais pas t'occuper du repas, toi ?

— Je ne sais pas ce que vous voulez manger.

— Je ne sais pas ce que vous voulez manger, répète-t-il en m'imitant grossièrement. Non mais quelle mal dégourdie ! C'est ce que je disais. Tu me fais honte. Va au moins dresser la table ! »

Il quitte la pièce. Ses mots font mal mais tout ce qui compte pour l'instant, c'est que Zachary ne lui ait rien dit, qu'il ait gardé le secret. Je m'approche silencieusement de la fenêtre et sursaute. Le jardinier a levé la tête vers moi et me contemple aussi fixement que tout à l'heure. Interdite, je recule d'un bond, puis me dirige lentement vers la cuisine, avec l'impression qu'une épée de Damoclès est suspendue au-dessus de ma tête.

Ma mère rentre quelques minutes après et nous nous affairons à préparer le repas. Tim, fatigué par sa séance de piscine, somnole à moitié dans le fauteuil.

J'ai beaucoup de mal à avaler mon repas. Vianney profite que ma mère soit partie chercher les desserts dans la cuisine pour se moquer d'une fille de sa classe qu'il trouve « moche, avec un gros cul et des nichons de vache », il la traite de tous les noms, de p*** et de s*****, devant Tim qui tressaille chaque fois que cet idiot crache ses insultes. Lorsque mon demi-frère ricane en disant que ce genre de nana devrait disparaître de la surface de la Terre, je crois que je vais cracher ma bouchée de lasagnes sur la table et je ne peux pas m'empêcher de dire :

« Ça se dit pas ce genre de choses, vous faites peur à Tim.

— La sainte-nitouche ! s'exclame Matthew en adressant un clin d'œil complice à son fils. Il faut bien que jeunesse se passe... Et puis apparemment, cette fille allume tous les gars en mettant des décolletés et des jupes courtes. Qu'elle s'habille décemment et on pourra la respecter ! Après, ce genre de fille s'étonne de se faire violer dans un coin...

— C'est clair ! Ils ont prévu de lui faire sa fête, à cette pétasse, pendant la soirée de Ronny, demain soir !

— T'avise jamais à t'habiller comme ça, ou je te vire de la maison... Les garçons ont leurs hormones, faut pas les provoquer, hein, Vianney ?

— Regarde-la ! pouffe ce dernier en me montrant du doigt. Elle est chooooquée !

— Forcément, côté seins, elle a encore des progrès à faire, ricane mon beau-père. Hé, ne te vexe pas, d'accord? Il n'y a que la vérité qui fâche ! »

Ils s'écroulent de rire et, moi, j'ai envie de leur balancer leur verre de bière à la figure mais je n'ose pas, j'ai peur qu'ils se mettent en colère. Si jamais leur prend l'envie de me frapper, je ne pourrai plus m'enfuir.

Je me lève donc calmement, commence à débarrasser plats et assiettes, puis annonce :

« J'ai un devoir de maths à finir, je monte me coucher. Bonne nuit. »

Mon beau-père se lève immédiatement, puis se dirige vers moi :

« Tu ne fais pas la gueule, au moins ?

— Ben non, pourquoi ?

— Que se passe-t-il ? demande ma mère, interdite, avec le saladier de compote d'airelles dans les mains. Tu ne finis pas ton repas avec nous ? »

Matthew pose ses mains sur mes épaules d'une voix conciliante et paternelle :

« Laisse, Astrid, je m'en occupe. Et toi, appelle-moi, si tu as besoin d'aide pour tes devoirs. Les maths, ça me connaît, et je sais que ce n'est pas ton fort, donc... n'hésite pas, OK ? »

J'avale la grosse boule coincée dans ma gorge; mon cerveau n'arrive plus à réfléchir, je voudrais simplement qu'il cesse de me toucher et de me parler d'aussi près. J'acquiesce, « Ça marche, merci! », alors que j'ai envie de hurler: « Laisse-moi, laisse-nous tous tranquilles! ».

En m'éloignant, je l'entends dire à ma mère:

« Elle fait des progrès. Je la trouve beaucoup plus agréable depuis quelques jours, pas toi? »

Des pas rapides, derrière moi, ne me laissent pas le temps de méditer sur cette phrase dégoulinante d'hypocrisie: Vianney m'a rejointe juste avant que j'entre dans la salle de bains pour faire ma toilette. Il me pousse contre le mur, écarte ses bras de chaque côté de mon corps à hauteur des épaules et me souffle:

« Dis-le, que ça t'excite en fait, hein?

— Je vois pas de quoi tu parles. Tu peux me laisser?

— Fais pas ta bloquée. Ce week-end, je te montrerai des trucs d'adulte et tu verras, tu vas aimer. Et si tu veux pas, j'pourrai toujours aller voir Tim... »

Il pose sa main sur ma poitrine et m'embrasse à pleine bouche. D'un mouvement désespéré, je me baisse et passe sous son bras, puis cours m'enfermer dans ma chambre. Je me sens souillée par ces mots menaçants et ces gestes déplacés; je tremble qu'il ne me suive. Ma chambre ne ferme pas à clé, celle de Tim non plus. Rageusement, je prends un mouchoir en papier, l'imbibe avec la bouteille d'eau posée sur ma table de nuit et me frotte la bouche, les seins, les joues.

Il est plus que temps, oui, plus que temps que mon petit frère et moi quittions cette maison.

Je reste un moment immobile, figée devant mon bureau, avec mes idées qui s'entrechoquent. Les mots dégoûtants de Vianney résonnent, s'imposent à mon souvenir et me donnent la nausée. Je me souviens aussi de toutes ces fois où Matthew nous a humiliés, de ses colères noires où il a frappé dans les murs et les portes, balancé les objets, arraché nos cahiers et même, une fois, mon anorak. De ses phrases assassines, qu'il évite de dire devant ma mère ou devant ses amis, même s'il trouve toujours le moyen de nous rabaisser ou de se moquer, de quelque façon que ce soit.

J'étouffe, soudain.

J'ouvre la fenêtre et me raccroche au chant d'une tourterelle grise, dont j'écoute chaque note, chaque trille, chaque variation et peu à peu, mon rythme cardiaque ralentit, je respire mieux.

Lorsque Tim monte se coucher, j'attends quelques instants avant de le rejoindre, à pas de velours, et je m'allonge à côté de lui, dans l'obscurité, puis chuchote :

« On part demain ! On s'en va de la maison, pour échapper à Matthew et à Vianney.

— C'est vrai ? Tu le jures ? s'écrie mon petit frère.

— Oui mais chuuuut, c'est un très gros secret !

— Un joli que je peux garder ?

— Oui, voilà, celui-là, tu peux le garder », je répète pour le rassurer.

J'avais fait jurer à Tim que si un jour « quelqu'un » le forçait à garder un secret et que celui-ci était laid, lui faisait peur ou le faisait pleurer, il devait me le dire. « Quelqu'un » désignant principalement Matthew ou Vianney, bien entendu.

« On va où ?

— Je ne sais pas encore, j'y réfléchirai demain, d'accord ? »

Je mens un peu, je préfère que Tim ne sache rien du tout au cas où notre fugue tournerait mal. Je le préviendrai une fois que nous serons loin, dans la forêt.

« Tu as préparé mes affaires ? reprend-il à voix basse. Je peux emporter mes doudous ?

— Oui, ne t'en fais pas, j'ai caché deux gros sacs avec des provisions et des vêtements. J'ai aussi pris ton carnet pour qu'on dessine les oiseaux, et un seul doudou, parce qu'on est chargés.

— Lequel ?

— Doudouloup. »

C'est à cet instant que je réalise à quel point la vie de mon petit frère repose entre mes mains et à quel point il me fait une confiance absolue. Tim ne s'est pas inquiété de savoir si j'avais pris de l'argent, comment nous traverserions la forêt et où nous nous abriterions pour dormir.

Alors que ses yeux se ferment, je sors de sa chambre, entre rire et larmes, soulagement et frayeur, et je me répète les paroles de Jane, pour ne pas flancher : « Je me relevai, aussi résolue que jamais à gagner la route[111]. »

111. Extrait de *Jane Eyre*, chapitre XXIV.

Mahikan

Tan e icinikasoin?[112]

Cette silhouette me semble d'abord irréelle et je me raisonne : « Mahikan, tu as une vision, il n'y a personne sur ce rocher: tu es fatigué, inquiet de ce que tu as vu au pensionnat. Ferme les yeux et lorsque tu les ouvriras, tout aura disparu. »

Pourtant, je ne rêve pas. Alors, je me demande si c'est une forme humaine ou un très grand *pirecic*[113], qui représente, dans les *Kitci Atisokanak,* les récits fondateurs, le pouvoir de l'air et des sons.

À moins que ce ne soit les deux à la fois? Beaucoup de personnes, à la réserve ont rapporté leurs expériences avec les *anicinabecic*[114], ni vraiment oiseaux, ni vraiment humains, qui attirent les enfants dans les forêts, les empêchant de réfléchir par eux-mêmes. L'un d'eux a même un nom, *Mikmwesu,* et il joue de la flûte magique.

Une partie de moi me souffle que tout ceci n'est que légende, l'autre veut y croire vraiment, et puis Coweri m'a raconté

112. *Tan e icinikasoin*? Comment tu t'appelles?

113. *Pirecic*: oiseau.

114. *Anicinabecic*: êtres de la forêt.

cette histoire sur un ton si sérieux que j'ai envie que ce soit vrai.

Malgré une légère inquiétude, je m'approche de plus en plus près si bien que je finis par distinguer une fille, vêtue d'une simple robe blanche. Ses cheveux sont très clairs, « blonds », comme disait sœur Martha lorsqu'elle nous montrait les visages des enfants blancs, nous expliquant que leur couleur de peau si claire, leurs yeux verts ou bleus et leurs cheveux blonds démontraient leur supériorité sur notre peuple. Je m'étais toujours demandé pourquoi elle répétait ça en boucle, comme une mouche tournant en rond sur un tas de crotte, puisque ses cheveux étaient aussi bruns que les nôtres, qu'elle avait d'immenses yeux noirs et qu'elle se pensait bien plus intelligente que tous les enfants du pensionnat réunis. Cela étant, je n'étais plus à une incohérence près dans le discours des sœurs de Pointe-Bleue.

À force de l'observer, je me dis que cette fille n'est pas une semi-humaine ; en tout cas, si elle l'est, elle le cache bien. Ses bras et ses jambes sont tout à fait normaux et aucune plume ne pousse sur son corps.

Elle se tient debout, les yeux fermés, les bras étendus ; je me demande si elle offre une prière à *Pisimw* ou à son dieu, le « Dieu des chrétiens, le seul, vrai et unique » comme nous martèle sœur Martha inlassablement, et, du coup, je n'ose pas la déranger. Ce serait inadmissible, très incorrect.

Alors, je continue à me rapprocher encore mais en silence, comme je sais si bien le faire et je distingue enfin son visage ; ce que je vois me bouleverse : ses joues sont couvertes de larmes qui roulent jusqu'à son cou, son nez est rouge, tout dégoulinant et ses épaules sont secouées de sanglots. Le torrent couvre les sons mais maintenant que je suis près, je l'entends. Sa plainte ressemble à celle d'une louve blessée, elle m'étreint le cœur et je ne parviens plus à avancer d'une semelle. Ses lèvres bougent toutes seules, puis elle pousse un cri déchirant et semble prête à s'élancer dans l'eau impétueuse qui rugit en contrebas.

En un éclair, je comprends ce qu'elle s'apprête à faire. Cette fille n'est pas ici pour se recueillir face au Tout-Puissant, non, elle est là pour mourir.

Alors je cours, cours, de toutes mes forces, je dévale le sentier me conduisant au torrent et je hurle aussi : « Arrête ! Ne fais pas ça ! Non, ne saute pas ! »

Au début, je pense qu'elle ne m'a pas entendu mais elle tourne brusquement la tête vers moi et ses yeux s'agrandissent de peur. Elle recule, met ses bras en croix sur sa poitrine comme pour se protéger, puis crie : « Ne me touchez pas ! Laissez-moi ! »

En quelques bonds, je gravis les rochers où elle est réfugiée, puis m'arrête à deux mètres environ, histoire de ne pas la pousser à faire un geste de trop. Je lui parle doucement :

« Je ne veux pas te faire de mal. Ne saute pas ! »

Elle essuie ses yeux et son regard me fusille. J'ai presque envie de repartir d'où je viens, parce que j'ai l'impression de me sentir jugé, comme lorsque les autres jeunes se moquent de moi et qu'ils me trouvent idiot.

Elle bredouille alors que ses joues rougissent :

« Je ne vais pas sauter. »

Puis elle reprend avec agressivité :

« Tu crois que je ne t'ai pas vu ? Tu faisais quoi, là-bas, près du pensionnat ? Tu espionnais, c'est ça ? C'est toi le jeune dont ils parlent tous, celui qui a "disparu" dans la forêt, d'après ta famille ? »

Elle a dit le mot « disparu » en levant les mains vers moi, avec deux doigts en l'air, et je ne sais pas ce que ça veut dire, on dirait qu'elle me menace. Et puis surtout, elle sait que je suis un fugitif ! Jamais je n'aurais dû m'approcher d'elle, c'était vraiment une très mauvaise idée.

Il ne me reste plus qu'une seule chose à faire : fuir, fuir et fuir le plus rapidement possible. Je suis si rapide qu'elle ne me rattrapera jamais. Je lui tourne le dos et m'élance pour partir, lorsque je l'entends pousser une exclamation : elle est tombée par terre, assise sur le rocher trempé.

Le vent s'est levé, elle frissonne et claque des dents. J'ôte ma *papikiwan* et la pose sur ses épaules, elle ne la repousse pas. Moi aussi, je grelotte mais toutes mes affaires sont restées dans la forêt, à quelques mètres de là.

« Je ne me sens pas bien, murmure-t-elle.

— J'ai des *baniks* dans mon sac, tu en veux ? »

Pas de réponse. Elle a posé son front sur ses genoux repliés qu'elle a entourés de ses bras. C'est à ce moment que le ciel se déchaîne : l'orage, qui menaçait depuis un moment, s'abat sur nous en trombes d'eau diluviennes, nous giflant violemment le visage et les membres.

Je grelotte :

« Je vais... y aller... au revoir. Tu... vas rentrer... chez toi ?

— Pas tout de suite. Je dois me calmer d'abord, je suis trop en colère.

— Je comprends. La forêt va t'aider. »

Elle secoue la tête en soupirant :

« Alors toi, tu me sembles être un grand naïf. Tu penses qu'il suffit de respirer l'air vivifiant pour que toute la laideur du monde disparaisse ? Crois-moi, il n'y a pas grand-chose qui puisse m'aider. »

Ses mots me font mal, alors je repense à ce que mon grand-père Coweri, l'homme-médecine, me dit toujours : « Mon fils, quand quelqu'un m'attaque sans raison, c'est qu'il est blessé. Alors, je cherche pourquoi et je le soigne. »

Je reprends doucement :

« Tu vas rester ici cette nuit pour dormir ? C'est... dangereux.

— Tu dis ça parce que je suis une femme ? Tu crois que je n'en suis pas capable ? Tu dors bien dans la forêt, toi, alors pourquoi pas moi ?

— Non, je dis ça parce que je me suis... préparé... avant et que je connais... la forêt. »

Le tonnerre gronde et elle frissonne. J'écarte mes cheveux mouillés qui font un rideau devant mes yeux et je dis :

« Demain, je... reviendrai et t'apporterai... des choses, si tu veux te cacher aussi.

— Pourquoi tu ferais ça pour moi, on ne se connaît même pas ? Si tu savais qui je suis, tu ne m'adresserais pas la parole. Et puis, est-ce que je t'ai demandé de l'aide ? Laisse-moi. »

Je n'ai aucune réponse à cette question et je n'aime pas le ton brusque de cette fille. Toute la colère de son cœur s'échappe dans ses mots comme le venin d'un *kinepikw*[115].

Je hausse les épaules et je répète :

« Tant pis mais demain, je serai là quand même. *Matcaci*[116] ! »

Je bondis de rocher en rocher sans me retourner, attrape mon sac que je brandis dans sa direction en criant :

115. *Kinepikw* : serpent.

116. *Matcaci* : au revoir.

« Dedans, il y a des *baniks* et des... amandes, je les laisse pour toi ! »

Je cours comme un dératé et remonte le sentier terreux; la boue s'infiltre dans mes *maskisina*[117], les rendant lourdes et gluantes, mais j'ai si froid que je refuse de m'arrêter pour les vider. J'arrive à ma grotte, tout dégoulinant et claquant des dents, et j'enlève aussitôt tous mes vêtements, que je remplace par une *papikiwan* bien sèche. Je pense à la fille blanche sur son rocher et j'espère qu'elle est quand même rentrée chez elle se mettre à l'abri.

Je m'affaire à déposer les brindilles et les petites branches sèches et bien craquantes que j'avais entreposées contre un mur de la grotte, en prévision. Quelques minutes après, les flammes claires s'élèvent et lèchent les parois de leur clarté mouvante. Mon esprit se met en route immédiatement; je vois dans ces ombres un homme dansant, un *maskwa* bedonnant, un *tciman*[118] emporté sur l'eau, un *wikwasatikw*[119] dont les branches souples ondulent dans le vent. J'ai toujours été fasciné par le feu et, maintenant que je suis à l'abri, bien au chaud, je peux me laisser aller à mes rêveries tout en cuisant la *banik*.

Au loin, le loup hurle et je souris : je suis presque certain qu'il guettait mon retour et cela me fait plaisir. Il me reste un peu de *pasanowan* mais si je veux la lui apporter, je vais devoir

117. *Maskisina* : chaussures.

118. *Tciman* : canot.

119. *Wikwasatikw* : bouleau blanc.

y aller tout nu, pour pouvoir ensuite dormir dans des vêtements secs.

J'ôte donc mes vêtements et, sous la pluie battante, je m'aventure vers le loup alors que les gouttes ruissellent sur ma peau. Je dépose mon offrande au loup sur le même rocher que d'habitude et ses yeux jaunes me fixent de loin, dans l'obscurité. Je me sens rougir :

« Oui, loup, je suis aussi nu qu'un ver, nous sommes aussi vulnérables l'un que l'autre, désormais. Je n'ai pas assez de vêtements secs, tu vois ! J'espère que tu as passé une bonne journée. Moi, j'ai rencontré une fille près d'un rocher et ce qui me dérange, c'est qu'elle sait que je me cache, que je suis vivant, et j'espère qu'elle ne me dénoncera pas aux gens du pensionnat... Elle semblait les connaître. »

Le loup s'assied, tout en gardant ses distances. Je continue :

« Je l'ai rencontrée près du torrent, là-bas, elle pleurait et elle porte beaucoup de colère. Elle a un point commun avec toi : je ne connais pas votre nom, ni à l'un, ni à l'autre. »

Emâ

Je suis émue par l'aveu de cet infirmier que je ne connais pas du tout et qui me livre de façon imprévue un petit morceau de lui. Je réponds en pesant mes mots :

Votre confidence me touche et j'imagine bien pourquoi vous vous êtes attaché à Nikki. Ravie que mes photos se retrouvent dans son carnet, vous avez eu une très belle idée :-) Au plaisir de vous rencontrer un jour, belle soirée, Emâ.

J'ignore pourquoi mais cette séance avec les enfants m'a fait beaucoup de bien, m'a adoucie, aussi, comme si sentir la bienveillance des adultes envers les plus fragiles me rassurait, venait consoler quelque chose d'enfoui en moi.

Aujourd'hui, lundi, c'est notre jour *off* et Pat insiste pour m'emmener faire un petit tour à Shawinigan : ma copine a repéré une boutique un peu chic dans laquelle on trouve de ravissants coffrets de toilette ; elle veut en prendre un pour l'anniversaire de sa mère. Je ne suis pas fan de shopping mais depuis quelques jours elle m'en parle tellement que je cède pour lui faire plaisir. Et puis, ce que m'a confié Sevan concernant le fait que je sois toujours sur la défensive me reste dans un coin de la tête : je veux prouver à Pat que je peux passer un moment avec elle sans me renfermer dans ma coquille.

Nous nous garons sur le parking du centre-ville.

« Pat, j'en ai pour deux minutes, je te rejoins mais avant je dois acheter des croquettes pour Cyrulnik.

— Ça marche. »

Je pénètre dans l'épicerie la plus proche et soudain, mon sang se fige devant les boîtes de conserve, de papier toilette et de bocaux de sauce tomate. Je frissonne et m'appuie contre l'un des rayons.

« Vous allez bien, Mademoiselle ? s'inquiète une employée vêtue d'un tablier, occupée à déballer des cartons de bouteilles de jus de fruits.

— Oui...

— Pourtant on ne dirait pas, vous voulez vous asseoir ? »

Devant moi, la silhouette d'une toute jeune fille, assez frêle, aux traits anxieux, s'approche du comptoir pour régler ses achats ; ses mains tremblent, elle semble inquiète et mal assurée. C'est celle que j'avais croisée dans le restaurant la dernière fois.

« Mademoiselle ? Tenez, un verre d'eau, insiste la vendeuse.

— Merci. »

Chancelante, je quitte la boutique et rejoins Pat, dans le magasin de l'autre côté de la rue. Mon amie est perdue dans le rayon odorant des flacons de sels pour le bain, crèmes pour les mains ou le visage.

« C'est bon ? Cyrulnik ne mourra pas de faim ?

— C'est pas vrai, quelle idiote ! J'ai oublié ! »

Surprise, mon amie me dévisage :

« Mais tu es bien allée là-bas pour acheter des croquettes, non ?

— J'ai croisé... J'ai vu... »

Je n'ose pas parler de cette ado à Pat : que dire pour expliquer mon trouble lorsque je l'ai croisée ?

« Tu as revu un ex, c'est ça ? s'écrie Pat en me serrant le bras. Oh merde, ma chérie, t'en fais pas, ça m'arrive aussi... Laisse tomber, viens, on va s'offrir un *carrot cake* au petit salon de thé là-bas, ça te remontera le moral. Tu as mauvaise mine. Un petit coup de sucré ne te fera pas de mal, viens. »

Là, tout de suite, je voudrais partir en courant, je ne peux pas supporter que Pat s'imagine que la vue d'un ex puisse me mettre dans tous mes états, qu'elle soit si loin de la vérité. La colère monte mais je me retiens.

Elle n'y est pour rien, elle ne sait pas. Calme-toi, Emâ.

« Tu as raison, je meurs de faim. »

Nous entrons dans le *coffee bar* très cosy, choisissons une table et nos boissons. Peu à peu, je me détends en écoutant Pat, très volubile, me parler de sa vie de famille. Elle est en couple avec un homme de dix ans plus âgé qu'elle, qui a la garde de ses trois enfants un week-end sur deux.

« Franchement, parfois, j'ai envie de le larguer, lui et sa tribu de fous furieux, mais que veux-tu, je l'ai dans la peau... »

L'écouter parler d'amour me fait sourire, puis rire et, finalement, je ne regrette pas de l'avoir accompagnée, malgré la scène dans l'épicerie dont je me serais bien passée.

Je repars réconfortée et lorsque je me retrouve seule, au cottage, je reçois un message de Katherine, me confirmant que toute l'équipe du service de soins pédiatriques a adoré notre prestation et qu'ils nous demandent de revenir ce samedi après-midi.

Je m'apprête à lui répondre, lorsqu'on frappe à la porte. Sevan me propose de se joindre à lui dans trois jours pour faire une nouvelle expédition: il voudrait observer Louve-Grise et Bari afin de s'assurer qu'ils ont trouvé un habitat définitif. Avec l'hiver qui approche, il s'inquiète un peu pour cette mère solitaire et son petit; il préférerait qu'ils fassent partie d'une meute, surtout parce que les loups sont très solidaires les uns envers les autres, se défendent, se protègent.

« Je n'en ai pas le courage, je crois que je vais faire ma ronde habituelle avec Pat.

— Tu es marquée par ce que tu as vu la dernière fois ?

— Je crois, oui, ce n'est pas encore absorbé ; j'ai peur de...

— Je comprends très bien mais, Emâ... »

Il s'interrompt quelques secondes.

« Je ne te poserai aucune question indiscrète mais je sens bien que tu portes quelque chose de très lourd. C'est étrange, car tu me sembles quelqu'un de battant et courageux, et pourtant on dirait que tu fuis. Affronte, Emâ. Confronte-toi à tout ça ; je t'assure, tu en sortiras plus forte, et ce ne sont pas de piètres mots qu'on dit à la va-vite. Je le pense vraiment et je sais de quoi je parle. J'ai longtemps fui, moi aussi, et tu sais ce qui s'est passé ? À force de courir, je suis revenu au point de départ, parce que la Terre est ronde.

— T'es con.

— Il fallait bien que je trouve une phrase un peu débile pour te faire rire. Allez, sèche tes yeux et viens avec moi jeudi. Tu ne le regretteras pas. »

Le blog d'Emâ
Wolves, Nature & Music
Le jour où j'ai remis ma vie à l'endroit, j'ai retrouvé mon âmE

Vendredi 11 novembre

Chers lecteurs et lectrices de ce blog,

Comment allez-vous ? Bien, j'espère, malgré le froid de novembre qui s'intensifie et les journées moins colorées.

Le parc est quasiment fermé aux visiteurs maintenant, nous sommes entrés dans notre période creuse et nous nous occupons principalement de la surveillance des loups et des autres animaux ; il n'y a plus d'animations pédagogiques et il est encore un peu tôt pour que les gens viennent faire du ski de fond.

Aujourd'hui, je voudrais vous parler de Louve-Grise et de Bari : vous souvenez-vous de cette louve que nous avions délogée de sa caverne en nous abritant de la pluie ?

Mon ami Sevan m'a proposé de retourner sur ses traces pour s'assurer qu'elle va bien à l'approche de l'hiver. Ici, les habitants des Premières Nations ont un très joli mot pour ce moment qui indique que l'hiver arrive : le *Pitcipipon ni*. Imaginez un paysage planté d'arbres à perte de vue, troué de lacs couleur ardoise et de rochers : le flamboiement des couleurs a disparu et il se dégage de cet endroit une sensation de calme presque trop intense. Le ciel est chargé de nuages gris, lourds et cotonneux; les sapins se reflètent dans le miroir de l'eau, leur donnant une apparence fantomatique.

Lorsque nous sommes partis, assez tôt, une brume montait de la terre et malgré mes bottes fourrées et mon anorak, j'ai ressenti le piquant du froid dès que j'ai mis un pied dehors. Et pourtant, nous sommes loin d'être au cœur de l'hiver!

Nous avons donc retrouvé les traces de Louve-Grise à environ un kilomètre de la grotte où nous avions fait sa rencontre. Nous l'avons surprise au moment où sa silhouette fine et musclée, dont la couleur se fondait avec la nature, rejoignait son nouvel abri: une grotte creusée sous un rocher plat.

Nous avons sorti nos paires de jumelles pour l'observer et mon cœur a battu plus vite en découvrant qu'il n'y avait pas un mais deux jeunes qui suivaient leur mère à la même cadence, avec cette grâce et cette agilité naturelle que possèdent ces animaux. Ils avaient sans doute chassé un orignal, un castor ou un autre animal et s'apprêtaient à prendre leur repas. Les jeunes se sont jetés dessus avec avidité, couinant et se battant pour obtenir le meilleur morceau, mais j'ai été émue de constater qu'ils laissaient la meilleure place à leur mère, en signe de respect. Je vous mets en lien, ci-dessous, la vidéo de cet instant et quelques photos, prises de très loin. Nous n'avons pas voulu déranger Louve-Grise mais avons installé une balise avec caméra, qui nous permettra de la surveiller à distance. Sevan et moi sommes infiniment heureux de savoir que trois loups de plus peuplent désormais cette réserve.

J'espère que ce post vous donnera autant d'énergie positive que la louve m'en a donnée !Elle pourrait montrer l'exemple à bien des mères humaines. Connaissez-vous la chanson *Glory*[120] ? Ce père fou d'amour pour son enfant m'a fait penser à Louve-Grise.

Prenez soin de vous,

Louvement vôtre,

Emâ

9 commentaires

Loving_wolves *je fonds définitivement ! Suis scotchée devant l'écran et regarde votre vidéo en boucle !*

Mathilda and wolves *mais que c'est a-do-ra-ble !!!! Je suis fan, merci Emâ !*

Slovenia What a cutie !

Me and my children *OOOOH que c'est beau ! Mes enfants (3 et 5 ans) n'arrêtent pas de regarder votre vidéo et, maintenant, ils jouent aux loups dans le salon ! Il faudra donner un prénom au deuxième louveteau, on vous suggère donc tout simplement « Wolf » !*

Nature and freedom *Ces paysages… cette Louve-Grise… ces bébés…*

---

120. *Glory*, chanson de 1992 composée, écrite et interprétée par Jay-Z.

Camille, Jade et Louison *plein de bisous, ta vidéo est trop trop belle, on l'adore !*

Anissa *votre vidéo + cette chanson = bonheur pur, merci !*

Fanny *quoi de plus beau qu'une mère et ses enfants, franchement ?*

Lina *j'ai regardé votre blog après une journée pourrie au boulot et ça m'a redonné foi en la vie : M.E.R.C.I !*

Sevan avait raison : la visite à Louve-Grise m'a apaisée. Cette mère louve si courageuse, infatigable, partant chercher de la nourriture pour sa progéniture illustre de façon douce ce que devrait être toute relation maternelle. Hélas, cela fait longtemps, pourtant, que j'ai du mal à y croire : j'ai découvert trop d'histoires laides à ce sujet que je voudrais bien ne jamais avoir entendues.

De retour de notre expédition, je me prépare, impatiente, à aller chanter. Lorsque j'arrive dans la salle, plusieurs choristes sont déjà là, en grande conversation avec un infirmier au bras en écharpe — sans doute ce fameux Will — et Mandy. En m'apercevant, cette dernière s'approche de moi, tout sourire, vêtue d'une robe bleu nuit imprimée de fleurs d'hibiscus d'un rouge flamboyant :

« Vous voilà ! Venez, Emâ, que je vous présente Will. »

Nos regards se croisent et je me sens bizarre, d'un seul coup ; la gorge me serre sans que je n'en comprenne la raison.

Emâ, tout va bien.

« Bonjour, Will, enchantée !

— Bonjour, Emâ. Je suis très impatient d'entendre votre chorale. »

Je suis si troublée que je ne me rends pas compte que je le dévisage intensément, plus que je ne le devrais, sans doute, car il me demande, soucieux :

« Tout va bien ? Ai-je une tête de zombie ?

— Heu... Non, pourquoi ?

— Parce que vous me regardez comme si j'allais vous dévorer. Je vous assure, je ne mords pas, bien que ma charmante collègue Léonore me dise que je suis un ours mal léché.

— Pardon, je ne voulais pas être gênante... C'est... je pense que vous me rappelez quelqu'un. Cependant, c'est très flou et comme je ne suis pas très physionomiste, cela me prendra un certain temps, sans doute, avant que la mémoire me revienne.

— Du moment que ce n'est pas quelqu'un d'odieux, un prof qui vous aurait traumatisée, ou quelque chose de ce genre...

— Emâ n'est pas d'ici, elle vient de Bretagne, nous interrompt Katherine ; donc, aucune inquiétude de ce côté-là ! Bon, *hurry up friends, let's go singing* ! Comme la dernière fois, on s'installe autour de notre petite mascotte Nikki ?

— Ça marche ! s'exclame Mandy avec son rire contagieux. J'ai une faveur, pouvez-vous nous réinterpréter *La Tendresse* ? »

Je suis moins concentrée que la dernière fois; le visage de Will, en face de moi, m'interpelle sans que je réussisse à en comprendre la raison. Lorsque nous terminons notre récital, sous les applaudissements de notre public adorable, je sors prendre l'air quelques minutes dans le couloir et Will m'y rejoint, un carnet à la main.

« C'est le journal de Nikki, dont je vous ai parlé. J'y consigne tout ce que je peux pour qu'elle puisse savoir comment se sont déroulées ses premières journées de vie. Merci encore pour vos photos.

— Je vous en prie... N'en parlons plus, ça m'a fait plaisir. »

Sa considération pour le bébé, sa grande réserve et sa timidité sont émouvantes.

« Nikki le gardera sans doute toute sa vie comme un trésor. C'est un très beau cadeau. »

Nous restons quelques instants face à face sans savoir quoi dire, puis Will reprend :

« Et donc, Emâ, à part chanter bénévolement dans les hôpitaux, vous faites quoi, dans la vie ?

— Je soigne les loups dans une fondation qui leur est consacrée, une réserve naturelle, à quelques kilomètres d'ici.

— Sans blague ? C'est un métier génial !

— Je l'adore.

— Et ça consiste en quoi ? »

Lorsqu'on me branche sur ma passion, ma timidité naturelle s'envole et je deviens plutôt intarissable, si bien que je finis par dire au bout de dix minutes :

« Vous devez en avoir marre de m'écouter ! Désolée, quand je parle des loups, ça peut durer des heures.

— Pas du tout, au contraire c'est passionnant !

— Vous mentez mal ou bien vous me flattez.

— Aucun des deux, je suis sincère, je vous assure. Je suis très attaché à la nature, je fais beaucoup de course à pied : c'est d'ailleurs comme ça que je me suis blessé.

— Pas de chance. Vous en avez encore pour longtemps ?

— Au moins un mois, donc vous voyez, j'ai besoin de m'occuper l'esprit.

— Je tiens un blog, si vous voulez... Tout y est encore mieux expliqué, avec des vidéos et des photos.

— J'irai voir. »

Puis il ajoute, en hésitant :

« Vous savez, Nikki est en train de guérir. Je devrais être heureux, sauf que...

— ... ça veut dire qu'elle va partir ?

— Oui. Dans une pouponnière, dans un premier temps, puis dans une famille d'adoption, si tout va bien pour elle. C'est si injuste, de démarrer dans la vie comme ça, vous voyez... Oh, désolé, franchement, je ne sais pas pourquoi je vous raconte tout ça ! C'est l'effet... de la musique, peut-être ! L'ours sort de sa grotte... »

L'homme en face de moi semble au bord des larmes. On ne se connaît pas assez pour que je sois certaine de ne rien dire de blessant. J'improvise :

« Je vais peut-être être indiscrète mais vous avez été heureux, vous, dans votre famille d'accueil ? »

Il sourit, s'efforçant de reprendre une contenance :

« Honnêtement, j'ai été plus que choyé, rien à dire. Même pas sûr que ma mère biologique aurait fait mieux, d'ailleurs, puisqu'elle m'a abandonné.

— Alors, espérez que Nikki vivra la même chose que vous... C'est ce que je lui souhaite en tout cas. Et puis, parfois, une maman de substitution, c'est mieux qu'une mère biologique, j'en sais quelque chose. »

Alors que son regard se pose sur moi, à la fois interrogateur et soucieux, ma mémoire éparpillée en mille morceaux se reconnecte dans un éclair fulgurant : c'est comme si je recevais un coup de poing dans le sternum. Je sais enfin à qui Will me fait penser.

Will

Les jours se traînent lorsqu'on ne travaille plus. Mon rythme quotidien s'est étiré comme un élastique trop lâche ; je me lève plus tard, je ne vais plus courir et mes placards se vident sans que j'aie envie de les remplir. Mes pensées s'envolent vers Nikki et je n'arrive pas à les dompter, comme un troupeau de chevaux sauvages qui s'échapperait de mon crâne pour courir sur les grandes plaines sans but précis.

Je fais mentalement le compte à rebours des jours où ma petite protégée sera encore dans le service. La pédiatre nous a annoncé qu'elle serait définitivement prête à partir dans deux semaines.

Hier, je suis passé dans le service pour lui dire bonjour ; Mandy donnait son bain au petit Benji, qui sort définitivement de l'hôpital demain matin, avec sa technique bien à elle : je n'ai jamais vu de bébé aussi heureux, aussi relaxé que lorsqu'elle accomplit ce rituel quotidien. Elle installe une serviette chaude et humide pour éviter le contact avec le lavabo froid, chantonne tout en massant les tempes et le front du bébé tandis qu'elle laisse couler un filet d'eau tiède sur ses joues. C'est aussi doux à observer qu'à faire, je suis en train de me former à ses côtés avec un poupon en plastique mais n'ai pas encore essayé. Je n'ai pas sa dextérité, fruit de longues années d'expérience sur ses huit enfants et ses petits patients.

J'aimerais que Nikki, lorsqu'elle n'aura plus besoin de sa couveuse et de sa perfusion, puisse en bénéficier aussi. Bientôt... En attendant, je suis resté à côté d'elle, je lui ai massé les pieds et les mains, en chantonnant tout doucement. J'ai soudain entendu un bruit de pas derrière moi : c'était Mandy portant Benji, tout emmitouflé, contre sa poitrine volumineuse. Le bébé affichait un sourire ravi, extatique même, complètement détendu après son bain. Mandy m'a fait un clin d'œil :

« Tu vocalises bien, dis donc ! Tu ne voudrais pas t'inscrire à la chorale, mon fils ?

— Heu... Non, vaut mieux pas, je ferais tomber la pluie dans la chambre...

— Ne dis pas de sottises. Bon, je fais une photo en souvenir ? Tu prends Nikki contre toi, pour un peau à peau ? Elle a encore beaucoup trop pleuré.

— Ok. J'ai apporté un album pour enfant que je vais lui lire. Je l'adorais quand j'étais petit. »

Je suis reparti une heure après, l'aiguille de mon baromètre intérieur fixée sur « grand beau temps » mais me suis heurté à Léonore qui venait prendre son service de nuit et qui m'a fait les gros yeux, comme si j'étais un gamin de cinq ans pris en faute les mains dans un paquet de bonbons.

« Ne me dis pas que tu es là pour Nikki, encore une fois ? Will...

— Je suis venu dire bonjour à Mandy et aux enfants. Ils me manquent. Toi aussi, d'ailleurs.

— C'est ça, embrouille-moi le cerveau avec tes mots mielleux: je n'y crois pas une seconde. Si Nikki n'existait pas, jamais tu n'aurais bougé ton joli petit cul de ton fauteuil pour venir.

— Merci pour le compliment.

— Sois sérieux deux minutes, Will ! Nikki va s'en aller bientôt et tu le sais, alors ne nous fais pas une dépression quand ça arrivera, OK ?

— Je pensais que toutes les femmes étaient empathiques mais voilà un joli contre-exemple. »

Ma collègue me fusille du regard.

« Tu te crois drôle ?

— Non et toi ? Franchement, quelque chose te dérange dans le fait que je me sois attaché à Nikki ? Je suis humain, putain, pas seulement infirmier ! »

Nos éclats de voix ont attiré Mandy, en train d'ôter sa blouse blanche et de ranger ses affaires avant de rentrer chez elle.

« Eh, vous deux, pas d'ondes négatives devant les enfants, ok ? Allez vous disputer ailleurs.

— Pas la peine, je m'en vais. Salut les filles, à bientôt, Mandy.

— Will ! Écoute-moi ! a crié Léonore dans mon dos.

— Pas le temps, je rentre poser mon petit cul dans mon fauteuil préféré. »

La rencontre avec Eulalie me hante et mon poignet cassé ne fait qu'en retarder l'échéance : je ne le supporte plus. Je décide de lui envoyer un mail, lui demandant si elle serait d'accord pour venir à Shawinigan, vu que je ne peux pas me déplacer avant quelques semaines. Trente minutes après, elle me répond qu'elle est disponible lundi après-midi et je lui donne l'adresse d'un *coffee bar* pas très loin de chez moi. Les heures vont me sembler interminables. Je passe de l'espoir fou d'avoir retrouvé ma mère à un sentiment de désespoir si cette piste se révèle fausse : j'y ai mis beaucoup trop d'attentes mais mon cœur ne parvient plus à faire machine arrière. Tel un train lancé à grande vitesse que le conducteur affolé ne parvient plus à stopper, je roule vers une nouvelle voie d'aiguillage, sans garde-fou ni barrières protectrices.

Une heure après, installé devant mon plateau-repas, je reçois le message de Mandy avec la photo promise. Nikki a les yeux fixés sur moi pendant que je lis et l'intensité de son regard m'impressionne. Je m'empresse d'imprimer le cliché sous le texte que je viens d'écrire.

Le journal de Nikki

Mardi 23 novembre

Ma petite Nikki, je suis revenu aujourd'hui pour te chanter Je t'aimais, je t'aime et je t'aimerai, *parce que pour moi, ces mots sont exactement le reflet de ce que je ressens pour toi: tu es « un diamant tombé d'un coffret, un printemps sur mon trajet ». J'écoute cette chanson en boucle depuis que je l'ai découverte grâce à la chorale et je ne parviens pas à croire que tu vas bientôt t'en aller de ce service. Pourtant, je devrais m'en réjouir... Peut-être que lorsque tu liras ces lignes, dans quelques années, tu te diras « ben d'accord, ce vieux relou, il était même pas content pour moi que je guérisse, sympa le mec ! » et tu auras raison... Quel égoïste je fais. Donc je travaille sur moi, je te le promets !*

En attendant, je t'ai lu L'Arbre sans fin[121], *un album que je connais par cœur tellement je l'ai lu et relu quand j'étais petit. Apparemment, l'histoire d'Hippolène qui perd sa grand-mère et qui grandit t'a beaucoup plu car tu n'as pas décroché tes yeux de moi pendant que je te parlais. Mandy, mon adorable amie infirmière, a fait une photo que voici. Tu en penses quoi ?*

Je feuillette distraitement les pages précédentes du journal et tombe sur les photos envoyées par Emâ. Cette fille est attirante avec sa passion de dingue pour les loups et la conversation avec elle était intéressante. Parfois, j'ai l'impression que certaines rencontres ne sont pas le fruit du hasard, comme le

121. *L'Arbre sans fin* est un album de Claude Ponti paru en 1992 à L'École des loisirs.

dirait ce cher Einstein. Dieu se promènerait, incognito, derrière chacune des rencontres que nous faisons et qui ont du sens. Je trouve ça très poétique.

Emâ m'a donné le nom de son blog et je reste un moment devant ses photos que je trouve artistiques, à la fois empreintes de nostalgie et de lumière. C'est exactement ce que j'ai ressenti en la regardant, d'ailleurs: comme si la tristesse et la joie étaient intimement liées et qu'une émotion remplaçait l'autre en quelques secondes seulement.

Je ne sais donc quelle étrange force me pousse à lui envoyer un SMS, que je regrette aussitôt une fois qu'il est parti.

Bonsoir Emâ, merci pour la conversation de la dernière fois. Je suis passé voir Nikki aujourd'hui et je lui ai chanté la chanson de Cabrel que j'ai découverte grâce à Sing for Life. *J'avoue, ce n'était pas à votre niveau mais elle n'a pas pleuré;-)*

J'espère que vous allez bien, ainsi que vos loups. Votre blog est extra et votre partenaire de chant adorable!

Quelques minutes après, son message me parvient:

Hello Will, heureuse de vous lire. C'est très touchant, pour Nikki! Merci d'être passé sur le blog. J'espère que vos blessures se rétablissent...

J'hésite un peu, puis pianote:

Ça vous dirait qu'on aille faire une balade en forêt dimanche, si vous ne travaillez pas? Elle me manque beaucoup et je ne peux pas conduire (mais j'ai une voiture). Dites-moi si vous seriez d'accord et disponible. Si vous voulez venir avec un ou une amie, pas de souci : j'ai juste besoin de m'aérer la tête. Et surtout, j'ai besoin de quelqu'un qui ne connaisse pas ma vie, qui ne me voit pas chaque jour au travail et qui ne fasse pas partie de ma famille d'adoption. Je l'admets, cette demande est farfelue et audacieuse, venant d'un ours des cavernes, aussi vous aurez le droit de ne pas y répondre, ou de bloquer mon numéro si je vous semble envahissant ;-)

Le cœur battant, je reste suspendu à l'écran. Franchement, cela ne me ressemble pas du tout de demander un rendez-vous à une fille avec qui j'ai à peine discuté... Je me surprends moi-même d'avoir fait ce « pas sur le côté » de mes habitudes, en toute spontanéité, sans me poser un milliard de questions et, j'ai l'impression, soudain, que ma vie prend un nouveau souffle, un élan vital et nécessaire, et tout cela grâce à Nikki.

Le SMS d'Emâ s'affiche sur mon écran après dix minutes d'une attente interminable.

Eh bien, l'Ours Will, effectivement j'ai failli vous bloquer ;-) (je plaisante, quoique...) mais finalement, ça me plaît bien. J'emmènerais bien Shawni avec moi (mon loup favori) mais je crains qu'il ne fasse fuir tous les promeneurs. Donnez-moi votre adresse et je passerai vous chercher vers 15 h, si ça vous convient. Bonne soirée !

Finalement, la journée se termine plutôt bien même si je n'arrête pas de penser à la prochaine rencontre avec Eulalie, qui me terrifie autant qu'elle me motive. Partagé entre attente et inquiétude, je tente de trouver le sommeil mais il me fuit.

Pourtant, lorsqu'Emâ débarque sur mon palier en ce dimanche après-midi, souriante et lumineuse, je me dis que, finalement, la vie est pleine de belles surprises qu'il faut savoir saisir au bond.

« Votre ami loup n'est pas là ? »

Elle rit :

« Vous avez vraiment pensé que je l'aurais emmené ?

— Pourquoi pas ?

— Non, on ne les sort pas de leur enclos mais si vous souhaitez faire sa connaissance, je vous invite à venir à la Fondation. Vous le ferez ? »

J'aime sa façon de parler des loups comme de vraies personnes ; on dirait presque qu'elle m'invite à rencontrer un membre de sa famille.

« Oui, je viendrai. »

Son visage s'illumine comme celui d'une enfant à qui on fait une belle promesse mais elle ajoute aussitôt, avec une moue un peu moqueuse :

« Vous savez ce que disait Flaubert ?

— Non mais je vous écoute. J'imagine que ce sera gratiné.

— Des promesses tant qu'on en veut et puis rien.[122]

— Vous avez souvent été déçue par de fausses promesses, Emâ ? »

Ses joues s'empourprent et elle me fixe, comme piquée par une aiguille invisible, puis hoche la tête.

« Une seule fois m'a suffi pour que je n'accorde plus aucun crédit à l'être humain. Ce fut une si grande trahison que... »

Elle s'interrompt, puis reprend :

« Allez, je ne vais pas être rabat-joie. On y va ? On va où, d'ailleurs ?

— J'avais envie de retourner à Saint-Paulin voir la chute à Magnan. C'est là que j'ai eu mon accident et j'aimerais supprimer de ma mémoire ce mauvais moment, pour le remplacer par autre chose. Il semblerait que ce soit comme ça qu'on surmonte les traumatismes. Revenir, si c'est possible, physiquement sur un lieu pour créer d'autres images, revivre d'autres émotions et s'en imprégner. »

L'expression qui passe sur son visage à ce moment-là me happe sans que je puisse en expliquer la raison.

« Vous n'êtes pas d'accord ? Vous me prenez pour un doux dingue ?

122. Citation de Gustave Flaubert, *Lettre à Madame Régnier*, le 16 janvier 1873.

— Pas du tout. C'est simplement... si étrange que vous me disiez ça justement aujourd'hui.

— C'est plutôt négatif ou positif?

— Je l'ignore mais cela répond à une question que je me pose depuis... longtemps. »

Elle n'ajoute rien et redescend l'escalier extérieur vers la rue où ma voiture est garée.

Nous empruntons la QC-350 E et n'échangeons que des banalités sur nos jobs respectifs. Sa conduite est fluide, rassurante. Moi qui déteste être passager, je me sens étonnamment bien. Nous décidons d'un commun accord de nous tutoyer, la radio diffuse *Bohemian Rhapsody*[123] qu'Emâ fredonne sans s'en apercevoir.

Elle me parle de ses journées bien chargées, de ses amis Pat et Sevan, des loups et de son favori, Shawni, de la meute, de Batiscan, le loup qu'elle a retrouvé mort, de Louve-Grise, cette louve solitaire, et de ses petits. Elle me raconte son rapport avec les loups, son sentiment de ne faire qu'un avec eux, la fulgurance d'une rencontre dans l'enfance, qui l'a marquée à vie mais sur laquelle elle reste secrète, ce que cet animal lui apporte jour après jour, ce qu'il lui a appris sur la nature mais aussi sur ce sentiment de place, de légitimité, que certains d'entre nous peinent à acquérir et pour lequel le loup doit se battre comme tous les animaux que

123. *Bohemian Rhapsody,* chanson de 1975 écrite et composée par Freddie Mercury et interprétée par *Queen.*

l'on a marginalisés parce que l'humain a besoin de boucs émissaires, tout le temps, afin de projeter ailleurs sa haine et sa peur de l'autre. Je l'interroge sur son besoin de chanter devant des patients, elle me répond que c'est une telle communion quand la musique dépasse les mots et les frontières qu'elle ne pourrait s'en passer.

Je lui raconte Nikki, Benji, Lalyta, Adrian et les autres, je lui livre à mon tour mes combats, mes tristesses devant le désespoir de certains parents ou la souffrance des enfants ; je lui explique l'attachement inexplicable pour Nikki, ma frustration, ce besoin absurde de compenser l'absence de sa mère biologique, la peine que cela suscite en moi et l'angoisse à la pensée que Nikki parte bientôt vers une nouvelle famille, alors que je devrais m'en réjouir.

Lorsque nous arrivons, au bout de quarante-cinq minutes de route, sur le parking du village de Saint-Paulin, j'ai l'impression de la connaître comme une amie de plusieurs années, parce que sa façon de parler, sa pudeur et la profondeur de ce qu'elle raconte font écho en moi.

Nous commençons à marcher et nous nous enfonçons dans la forêt en direction des chutes.

Emâ répond :

« Tu n'as jamais essayé de retrouver ta mère biologique ? »

Je lui déballe mon passé en vrac, comme si je vidais un sac de cailloux trop lourds : ma mère Myriam et le pont Ducharme, mes souffrances d'enfant en pensant à ma génitrice, le site

A Bottle in the Sea, les mails d'Eulalie, la photo de la fille aux yeux vairons et elle m'écoute sans m'interrompre.

Lorsque je termine, la gorge serrée, elle pousse un soupir :

« Waouh, ton histoire... Il faudrait en faire un livre. C'est très émouvant en tout cas, de partir sur les traces de son passé comme tu le fais. Je penserai à toi, lundi, pendant ton rendez-vous avec Eulalie et ce n'est pas une phrase en l'air. Si je te dis que je le ferai, je le ferai.

— Je te crois. »

On reste silencieux un moment. Elle se mordille la lèvre inférieure, puis elle reprend :

« À mon tour d'être honnête. Je ne t'ai rien dit sur ma vie d'avant, je n'en ai jamais parlé à personne et, finalement, c'est presque plus simple de le partager avec toi, le parfait inconnu, mais je ne réussirai pas à parler tout de suite. Par contre, j'ai trois choses à te dire : d'abord, je ne suis pas originaire de Bretagne ; ensuite, comme toi, je suis séparée de ma mère et enfin... »

Elle s'interrompt en soupirant.

« Je vais m'arrêter là, pour l'instant. »

Brindille

Tim et moi nous cachons derrière les containers à poubelle et attendons quelques minutes que le bus scolaire soit passé pour sortir. Ma mère, assommée par ses médicaments, dort encore, comme tous les matins. Depuis quelques semaines, elle ne se lève même plus, c'est moi qui m'occupe de Tim et qui prépare ses affaires. Matthew est parti travailler, déposant Vianney au passage.

Je me dirige lentement vers le téléphone, compose le numéro de l'école de mon frère et parle d'une voix un peu étouffée :

« Bonjour Madame Spencer, ici la mère de Tim Delorme. Nous avons attrapé une mauvaise toux, il ne viendra pas aujourd'hui.

— Oh, je suis navrée, Madame Tremblay ! C'est vraiment traître, ce début d'automne... J'ai déjà quatre absents aujourd'hui. Prenez soin de lui et de vous.

— Merci, au revoir, Madame. »

Hier soir, j'ai appelé Louane en cachette et je lui ai demandé de prévenir la prof principale que j'avais vomi et que je ne reviendrai sans doute que lundi.

« Oh, mince... du coup, on annule la soirée pyjama ?

— Je crois, oui, je ne vais quand même pas te filer mes microbes... »

Et voilà, c'était si simple à faire que je n'en reviens pas moi-même d'avoir menti aussi facilement.

Je conduis mon petit frère vers les sacs dissimulés sous la bâche en plastique et retiens un cri de stupeur.

« Qu'est-ce que tu as vu ? demande Tim, inquiet.

— Quelqu'un a posé une feuille sur nos sacs, c'est le dessin d'un aigle. Oh, si tu pouvais le voir, Tim ! Il est vraiment trop beau, je te le décrirai quand on sera dans la forêt, d'accord ? Il y a des mots écrits aussi : paix, liberté, courage, force et respect. Ce sera notre porte-bonheur, tu veux bien t'en occuper ? »

J'ai envie de remercier Zachary mais ce n'est pas le moment. J'espère le revoir bientôt et je lui confierai que j'ai réussi à m'enfuir grâce à lui.

« Tu savais que Zachary dessinait ?

— Non, Tim, mais il a beaucoup de talent, comme toi ! »

Tim ne me demande pas comment le cadeau du jardinier a atterri ici. Il le tient avec précaution tandis que nous nous éloignons en direction de la forêt. Je tremble que l'un de nos voisins un peu trop curieux ne nous interpelle pour nous demander ce que nous fabriquons avec nos gros sacs à dos, au lieu d'être à l'école, mais à cette heure matinale, heureusement, les rues sont presque vides. Nous marchons rapidement et, au bout de quelques minutes, nous retrouvons à l'abri dans la forêt. Maintenant, nous devrons nous déplacer en suivant la carte et la boussole, en longeant la rivière Sainte-Maurice en direction du nord, puis en prenant à l'ouest vers le lac Bouchard, environ à mi-chemin entre Saint-Jean des Piles et le lac Édouard.

Tim balaie le sol irrégulier de la forêt avec sa canne blanche et il ne parle pas beaucoup, subjugué par les appels des oiseaux qui nous entourent. Les bretelles du sac à dos pèsent lourd sur mes épaules mais je m'en fiche. Je suis heureuse, je cours vers la liberté, loin de Matthew et de Vianney.

Je choisis les endroits les plus simples pour que les pieds de Tim n'accrochent pas les racines et lui demande souvent :

« Ça va ? Tu veux t'arrêter pour boire ?

— Non. Je voudrais qu'on soit bientôt arrivés mais tu m'as dit que ça durerait quatre jours. C'est long, hein ?

— Oui mais j'ai emporté une toile de tente, on dormira à la belle étoile, ce sera chouette. On écoutera le bruit des oiseaux de nuit.

— Tu crois qu'il y aura des loups ou des ours ?

— J'espère que non, sinon je les chasserai avec un bâton. Et puis tu sais, ils sont gentils, les loups, parfois.

— Tu mens pour que je n'aie pas trop peur.

— Non, je t'assure. J'ai justement emprunté un livre au collège qui raconte l'histoire d'un chien-loup. C'était le fils d'une louve et d'un chien husky, tu sais, ceux qui tirent les traîneaux sur la neige ? Je t'ai déjà expliqué ça.

— Oui, j'aimerais bien en caresser un, une fois. Tu crois que quand je serai grand, j'en aurai un ?

— Pourquoi pas.

— Qu'est-ce qui lui est arrivé, à Kazan ?

— Il a dû s'enfuir, comme nous, parce qu'il y avait un très méchant guide, Mac Cready, qui lui voulait du mal.

— Pourquoi il était méchant, ce guide ?

— Il frappait les animaux... et les gens, aussi. »

J'épargne à mon petit frère les détails sur cet homme violent qui m'effraie. Sur l'illustration en noir et blanc, ses traits grossiers et ses yeux mauvais me font frissonner.

« Est-ce que Kazan avait peur de partir dans la forêt, lui aussi ? »

Je me tourne vers Tim et la culpabilité m'envahit.

« Oh, Tim, tu as très peur ?

— Non, pas "très" peur, me corrige-t-il, parce que tu es là et que tu t'occupes de moi. Mais un peu, quand même.

— Eh bien, Kazan aussi était effrayé et pourtant il était très courageux. »

J'extirpe le roman de la poche de mon sac à dos et lis :

« "Depuis toujours, Kazan avait ignoré la peur [...]. Ici, dans cette maison, il ne savait pas ce qui l'effrayait mais, pourtant, il avait peur. Il se retrouvait transplanté dans un univers totalement différent de celui où il avait toujours vécu et des tas de choses inconnues le faisaient frémir et l'alarmaient[124]."

— Alarmé, c'est quand on est vraiment effrayé ?

— Exactement.

Tim chuchote, comme si les geais, les merles ou les pluviers pouvaient nous entendre :

— Moi, dans la maison, je savais ce qui me faisait peur. Toi aussi, hein ?

— Oh que oui. »

Mon petit frère pousse un profond soupir. Je lui donne à boire. Une vague de panique m'envahit en le voyant si petit, perdu au milieu des arbres gigantesques. J'ai trop présumé de ses forces, Tim ne pourra jamais marcher huit kilomètres par jour, est-ce qu'il n'est pas encore temps de faire demi-tour et de tout abandonner ?

124. Extrait de *Kazan,* chapitre I.

Il essuie sa bouche avec la manche de son anorak puis s'exclame joyeusement :

« En route ! J'ai envie de connaître la suite des aventures de Kazan. Tu crois qu'il existe vraiment ? »

Le sourire aux lèvres, motivée par son enthousiasme, je me lève et nous cheminons lentement mais sûrement à travers la forêt pendant deux bonnes heures encore, entourés par les cris des oies sauvages au-dessus de nos têtes et accompagnés par le murmure lointain de la rivière.

Peu avant onze heures, je propose à Tim de déballer nos sandwiches et de croquer une pomme, puis de nous reposer un peu mais il refuse.

« Non, je préfère encore marcher parce que, moi, je suis comme un loup courageux et je fuis les méchants. »

L'optimisme de mon petit frère me donne des ailes. Je prends sa main et nous nous remettons en route jusqu'à ce que nous croisions une petite cascade où nous remplissons nos gourdes.

« Tu crois que tu pourras marcher encore ?

— J'ai mal aux jambes mais ça va, répond-il bravement. Il ne faut pas s'arrêter, parce que si Matthew nous retrouve, il se fâchera. »

La seule évocation de ce nom me fait tressaillir ; j'ai soudain l'impression que mon beau-père nous épie, caché derrière le tronc d'un sapin baumier ou d'un bouleau blanc, qu'il nous a suivis, rouge de colère, qu'il va nous bondir dessus, nous attraper par le poignet et nous secouer pour nous punir. Le visage de ma mère me traverse l'esprit également mais je le chasse. Mon esprit exalté s'échauffe et, soudain, le craquement d'une branche derrière un fourré tout proche me fait pousser un cri. J'attrape Tim par la main et souffle :

« Vite, on court, suis-moi. »

Nous nous élançons sur le sentier terreux parsemé d'aiguilles de conifères ; je sens la respiration courte de Tim devenir de plus en plus rapide, mon cœur bat à cent à l'heure, j'y vois trouble, mes jambes tremblent.

« Je veux m'arrêter, supplie soudain Tim. Tu me serres trop fort, le sac est trop lourd.

— On va se cacher derrière un gros rocher. »

Nous nous accroupissons en tentant de reprendre notre respiration. J'essuie silencieusement les larmes qui imbibent mon anorak. Tim passe sa main sur mon visage, étonné.

« Pourquoi tu pleures ? »

Comment lui expliquer que je suis pétrifiée de terreur, que la nuit tombera dans quelques heures, que je n'ai jamais monté de campement toute seule, qu'on n'avance pas aussi vite que prévu, que nous n'avons aucun avenir et que dans quelques jours, la GRC nous trouvera et nous ramènera chez Matthew et maman, car personne ne nous croira jamais. Mon beau-père fera son sourire le plus mielleux, dira que je suis une ado rebelle et insupportable qui raconte mensonges sur mensonges, il m'enverra en pension loin de Tim qui n'aura plus personne pour le protéger et tout ça n'aura servi à rien du tout. Mon dos est douloureux d'avoir porté le sac et mes épaules sont si endolories que je ne les sens plus.

Je sanglote, le visage caché dans mes mains, et Tim s'inquiète :

« Tu as vu quelque chose ?

— Non, Tim, c'est rien… »

Mais les larmes ne veulent pas s'arrêter et je repense aux paroles de ma malheureuse Jane, qui sonnent si vrai tout à coup et dont je comprends encore mieux le sens : « Tout à coup je fus prise d'une faiblesse qui, commençant dans l'intérieur du corps, s'étendit aux membres ; je tombai à terre. Je restai quelque temps ainsi, pressant ma figure contre le gazon humide. Je craignais […] de mourir là ; mais bientôt, je pus me remuer ; je rampai d'abord sur mes genoux et sur mes mains[125]. »

Je murmure :

« Allez, Jane, lève-toi !

— À qui tu parles ? demande Tim.

— À moi-même. Je me motive, tu vois ! Tu sais ce que ça veut dire, se motiver ?

125. Extrait de *Jane Eyre,* chapitre XXIV.

— Oui, c'est comme quand tu me dis : "Allez, Tim, on apprend la poésie !"

— Exactement !

— Mais qui c'est, Jane ?

— L'héroïne d'un autre livre, qui s'est enfuie elle aussi.

Un air de ravissement passe sur le visage de mon petit frère.

— Ben alors, on est des héros, nous aussi, puisqu'on s'enfuit comme Kazan et Jane ?

Je l'embrasse.

— Tu as bien raison.

— Tu as encore oublié quelque chose, reprend-il après une minute de silence. Tu devais me dire comment était l'aigle du dessin, tu sais ? L'aigle qui donne la force et le courage. »

Je suis interloquée par les mots de Tim qui arrivent exactement au bon moment, qui résonnent en moi comme si quelqu'un me les envoyait, à travers les arbres bienveillants. Peut-être est-ce papa, qui veille sur nous, là-haut, de loin, et qui souffle à Tim ce qu'il doit dire pour me réconforter ? Ou bien l'esprit de la forêt, comme dans les légendes des peuples des Premières Nations, qu'on a apprises à l'école ?

« C'est vrai. On marche un peu et je te le décris, tu es d'accord ? »

Je replace le sac sur mes épaules en grimaçant et nous repartons plus calmement. La forêt est redevenue accueillante à mes yeux et je m'exclame :

« Tim, on vient de croiser une famille d'écureuils roux qui grimpait le long d'un tronc à toute vitesse, tu aurais vu ça ! On aurait dit qu'ils faisaient la course !

— Combien y'en avait ? demande Tim, surexcité.

— Au moins quatre ou cinq ! Écoute, ils font tomber des glands ! »

Nous nous immobilisons, tendons l'oreille et soudain, le rire de Tim surgit, inattendu et communicatif :

« On dirait qu'ils jouent de la batterie exprès pour nous ! Pom pompompom pom pom, pompom ! »

Attendrie, je me fais la réflexion que je n'avais plus entendu son rire depuis longtemps. Depuis une éternité, en fait.

« Les écureuils musiciens, c'est génial, ça, comme idée ! On écrira une histoire dans ton carnet ?

— Oui et tu colleras aussi le dessin de l'aigle.

— Promis. Donc, cet aigle, il a deux grandes ailes ouvertes...

— On dit "déployées", me reprend Tim sentencieusement. C'est beaucoup plus joli, c'est Miss Lavoie qui nous l'a dit, on a même appris la chanson qui parle de l'aigle noir aux ailes déployées. »

Et Tim se met à chanter les premières notes de la chanson de Barbara[126].

Je l'écoute en silence sans qu'un seul mot ne réussisse à sortir de ma gorge serrée. Cette chanson me donne le cafard mais Tim s'applique, sérieux et concentré, et j'ai même l'impression que les oiseaux se taisent.

« Tu vois ! termine-t-il, triomphant. Bon, continue, tu ne m'as pas expliqué la suite.

— En dessous de l'aigle, il y a trois montagnes couvertes de sapins ; tu te rappelles, le sapin, c'est l'arbre qui a des aiguilles. L'aigle a les serres ouvertes et un bec crochu, comme tous les aigles. Tu te souviens de ce que ça veut dire, crochu ? »

Tim hoche la tête ; tout en m'écoutant attentivement, il trace dans l'air une forme imaginaire censée représenter le bec de l'aigle que je viens de lui décrire.

« Je suis sûr qu'il est heureux, soupire-t-il. Il est libre et tout ce qui compte pour lui, c'est de voler toute la journée. Si seulement on pouvait voler jusqu'au lac Édouard, nous aussi, ce serait drôlement cool, hein ? »

Jamais je ne l'ai vu aussi volubile et détendu : on ne dirait plus le même enfant. Ses épaules sont redressées et il semble beaucoup plus sûr de lui. Je le revois bébé, avec son visage potelé, quand il riait tout le temps et que je l'appelais « soleil ». Rien que pour cette image que j'imprègne au fond de

---

126. *L'Aigle noir*, chanson de 1970 composée, écrite et interprétée par Barbara.

ma pupille et de ma mémoire, je me dis que ça valait la peine de partir, malgré les cloques aux pieds et l'angoisse qui me serre le ventre.

Mahikan

Tant wetciin?[127]

Lorsque je rentre dans la grotte après avoir donné la *pasanowan* au loup, qui, très ingratement, l'a attrapée dans sa gueule avant de s'enfuir, je m'habille en vitesse, puis j'accroche des branches de bois et j'y suspends mes vêtements trempés pour qu'ils sèchent à côté du feu. La vapeur monte et se mélange avec la fumée, j'aime ce spectacle. Assommé de fatigue après cette longue journée, je m'endors rapidement.

Lorsque je m'éveille le lendemain matin, je n'ai qu'une idée en tête : savoir comment la fille a passé la nuit dans la forêt et si elle va bien. J'allume à nouveau un feu pour préparer de nouvelles *baniks,* puis cours à la rivière relever mon filet : par chance, deux gros touladis sont prisonniers. Je remercie la Terre-Mère de me les avoir offerts, puis m'empresse de les vider et de les griller sur les braises. L'odeur est si délicieuse que je dois m'empêcher de les dévorer aussitôt. Je les enveloppe dans des feuilles de fougère, puis dans un linge, j'ajoute des amandes et la *banik* tiède, puis me mets en route. Je suis heureux. Je ne suis plus tout seul dans cette forêt.

Des voix moqueuses me soufflent : « Qu'il est bête, ce Mahikan ! Jamais la fille ne sera là, jamais elle ne s'intéressera

---

127. *Tant wetciin ?* : d'où viens-tu ?

à toi ! Il est laid, ce pauvre Mahikan, il n'a rien dans la tête ! Tu te souviens, elle t'a même traité d'idiot ! Qu'est-ce que tu crois ? » mais je les chasse rageusement de mon esprit.

Je n'ai jamais, jamais été aussi rapide de ma vie ; mes pieds touchent à peine le sol, malgré le poids du sac. Il ne pleut plus mais le sol est détrempé et les rayons de *Pisimw* ont du mal à percer à travers les branches. J'ai envie de revoir cette fille, de connaître son nom, de savoir pourquoi elle pleurait. Est-ce que quelqu'un lui a fait du mal ? Qui lui a parlé de moi ? Puis-je lui faire confiance ? Est-ce qu'elle va me trahir ?

Lorsque j'arrive près de la cascade, essoufflé par ma course, il n'y a personne, à part un *amiskw*[128] solitaire qui plonge en m'entendant arriver. Une vague de déception m'envahit mais aussitôt je me ressaisis. Je m'installe sur le plus haut rocher d'où la vue est merveilleuse et j'ouvre mon sac. Tant pis pour la fille, le spectacle est trop beau pour ne pas en profiter à fond. Je bois longuement à ma gourde, observe le vol des *mikisiw ka wapictikwanetc*[129] dans le ciel gris, puis m'allonge et me laisse aller à mes rêves. J'imagine que mon esprit se détache de mon corps, qu'il survole les forêts et qu'il arrive près de Coweri, en train de boire son café après le repas de midi.

« Tiens, c'est toi, mon fils, sourit-il.

— Oui, c'est moi, *kimocominook*.

---

128. *Amiskw* : castor.

129. *Mikisiw ka wapictikwanetc* : pygargues à tête blanche.

— Je savais bien que tu étais vivant, l'esprit de *mahikan* me l'avait soufflé. Tout va bien pour toi ?

— Oui, grâce à tout ce que tu m'as appris.

— J'en suis très heureux. Je suis vraiment fier de toi. Sois prudent. »

Le visage de mon grand-père s'efface mais sa présence est encore là, si réelle que je ressens son odeur et sa voix près de moi, comme un *kapotowan*[130] bien épais qui me réchauffe. Je reste encore là presque une heure, avec le son de la cascade qui m'apaise et je prends mon repas tout seul, puis me lève enfin, en frissonnant. Le vent s'est à nouveau levé, il vaut mieux que je rentre à ma caverne. La fille a raison, elle se débrouille très bien toute seule.

Je reprends la route, un peu déçu, mais le cœur en paix devant tant de beauté, en admiration devant la Terre-Mère que j'aime plus que tout, qui me nourrit et prend soin de moi. Jamais je ne l'ai autant ressenti que depuis ces dernières semaines où je suis seul, en harmonie avec elle. Des craquements me font soudain sursauter, interrompant mes pensées. Je crie :

« Il y a quelqu'un ? »

130. *Kapotowan* : manteau.

Puis j'éclate de rire. Est-ce que ce sont les *apicirinic*[131] ? Coweri m'en a souvent parlé et il m'a donné plusieurs exemples pour me prouver qu'il était déjà entré en contact avec eux.

« Le soir où ton père, Maskwa, a été emporté par le torrent, un *apicirinic* m'est apparu, alors que je rentrais à la réserve. Il a préparé mon cœur à cette mauvaise nouvelle mais il m'a aussi apaisé en me montrant l'esprit de ton père sous la forme d'un ours, traverser la rivière pour gagner l'autre rive. »

J'espère que le petit être ne m'apporte pas de mauvaise nouvelle. Je reprends :

« As-tu un message pour moi, *apicirinic* ? Est-ce que quelqu'un veut me parler ? Dois-je prier pour lui ? »

L'image de la fille me revient en tête ; peut-être est-elle en danger ou blessée quelque part ? Alors je m'arrête au pied d'un *cikopi*[132], m'agenouille et dis :

« Terre-Mère, viens en aide à la fille qui n'a pas de nom, où qu'elle soit, protège-la.

— La fille qui n'a pas de nom te remercie », s'exclame alors une voix derrière moi.

Je bondis sur mes pieds, honteux d'avoir été surpris dans un moment aussi intime. Elle se tient devant moi, le visage

---

131. *Apicirinic* : « petits êtres », ni humains ni plantes, ni animaux, associés à des lutins, extraterrestres ou esprits, qui se chargent de mettre de l'ordre ou d'apporter des messages.

132. *Cikopi* : sapin.

cerné, mais son sourire moqueur flotte sur ses lèvres, comme pour me défier. Je lui demande, agacé :

« Tu fais quoi ? Tu me suis ?

— Exactement.

— Pourquoi ?

— Pour voir si je peux te faire confiance.

— Confiance ? Mais... Je t'avais apporté des touladis... du poisson... Je suis venu comme je t'avais promis.

— Je sais, j'étais là.

— Tu étais là ?

— Est-ce que tu vas répéter tout ce que je dis ? »

Elle m'énerve et me fascine à la fois. Je marmonne :

« Parle dans ma langue, tu verras bien si c'est facile. »

Elle ne répond rien, puis s'exclame :

« Tu es resté allongé longtemps sur le rocher tout à l'heure, tu pensais à quoi ?

— À mon *kimocominook*. Coweri. Il me manque depuis que... je suis ici.

— C'est lui qui t'a appris à survivre dans la forêt ?

— Pourquoi “survivre” ? »

Elle hausse les épaules, à nouveau. Je suis partagé entre l’envie de rentrer à la grotte et celle de rester là même si cette fille se moque de moi. Ça fait longtemps que je n’ai pas parlé avec quelqu’un !

Son regard erre sur mon sac, j’imagine qu’elle meurt de faim. Je propose :

« Tu veux manger quelque chose ? »

Elle acquiesce. Je lui tends la nourriture mais lui lance :

« Dommage, si tu étais venue, tout à l’heure, tu aurais mangé chaud.

— Je ne pouvais pas, répond-elle en mordant avec avidité dans la *banik.*

— Pourquoi ?

— Tu es sourd ou tu n’as pas de mémoire ? J’avais besoin de savoir si je pouvais te faire confiance.

— Pourquoi tu ne pourrais pas me faire confiance ? »

Ses yeux s’embuent de larmes importunes qu’elle chasse aussitôt, d’un revers de la main qui lui laisse une traînée de terre sur le front et la joue.

« Je n'ai pas envie d'en parler. Je préfère penser à autre chose, tu vois. Quelque chose de beau. Tout à l'heure, tu as parlé d'un api... apici...

— *Apicirinic,* ce sont comme des... lutins. Ils entrent en contact avec nous, ils donnent des messages importants. »

Elle sourit sincèrement pour la première fois et j'adore ce vrai sourire.

« C'est joli. Tu ne veux pas me raconter une histoire que tu connais ? »

Encouragé, je choisis de lui parler de la légende des humains et des arbres et je commence lentement, parce que je suis intimidé mais aussi parce que les mots ne me viennent pas spontanément. Elle s'est assise au pied du *cikopi* et ferme les yeux.

« Tu vois, dans les récits de mon peuple, les *Kitci Atisokanak,* on raconte qu'avant, il y avait trois espèces d'humains : les petits, les moyens et les grands. Certains ont disparu, d'autres ont changé de forme. Par exemple, les grands sont devenus invisibles et ils ont décidé de surveiller les animaux, de les protéger, pour que les humains ne les chassent pas pour rien. »

Je m'arrête, inquiet de sa réaction. Va-t-elle se moquer de moi ? D'habitude, les jeunes de mon village rient quand je raconte ; leurs mots me reviennent en mémoire. Ils ne les prononcent jamais devant les personnes plus âgées, bien sûr, et encore moins devant mon grand-père. Ils attendent qu'on soit seuls : « Mahikan et ses histoires de vieux »... « Tu y crois encore, toi ? », « Mahikan, le petit enfant »...

Elle ouvre les paupières, puis s'exclame :

« Pourquoi tu ne parles plus ? C'est fini ?

— Non mais je ne savais pas si... ça t'intéresserait. »

Elle fait un petit geste de la main encourageant :

« Si, j'aime bien. »

Je reprends :

« Un jour, il y a eu un grand tremblement de terre. Beaucoup d'animaux, d'humains et d'arbres sont morts mais les ancêtres, les *kimocominook* et les *kokominook* ont décidé de protéger leur descendance, leurs petits-enfants. Tu sais comment ?

— Eh bien... j'imagine qu'ils se sont transformés ?

— Exactement, en arbres ou en animaux. C'est pour ça que nous, habitants des Premières Nations, nous donnons une grande valeur à l'esprit de la forêt et aux esprits des animaux. Nous ne les tuons pas par plaisir et les remercions quand nous nous en servons pour nous nourrir, nous chauffer, nous habiller[133]. »

---

133. Extrait de « Notcimik », légende rapportée par Benoît Éthier en 2014 dans son texte *Nehirowisiw Kiskeritamowina* : « acquisition, utilisation et transmission de savoir-faire et de savoir-être dans un monde de chasseurs ».

Elle hoche la tête, puis se parle à elle-même, avec des mots comme « je savais bien qu'ils disaient n'importe quoi... » et ça me blesse le cœur comme si une flèche acérée s'enfonçait dedans. J'attrape le sac, puis m'éloigne en direction du sentier.

Surprise, elle se redresse sur un coude :

« Pourquoi tu te sauves comme ça ? »

Buté, je réponds un peu trop sèchement, en essayant de masquer mon chagrin :

« Je n'aime pas qu'on se moque de ces histoires, je les aime, elles me plaisent.

— Oui, bien sûr. À moi aussi !

— Tu viens de dire... tu viens de dire que je raconte... des bêtises. »

Elle hausse les sourcils d'un air étonné, puis secoue la tête :

« Oh, tu as mal compris ! Je ne parlais pas de toi, ni de tes récits fondateurs, bien au contraire ! Mais de ceux qui veulent vous... »

Elle rougit et je trouve que ça lui va bien, puis secoue la tête :

« Non, crois-moi, je ne me moquais pas. Tu es un gentil garçon. Je t'ai vu, hier, quand tu as nourri le loup et que tu... »

J'écarquille les yeux devant cet aveu impromptu, puis deviens rouge écarlate au souvenir de la scène. Elle rougit à son tour et tente de me rassurer maladroitement :

« Eh bien, je ne t'ai pas vraiment regardé et il faisait nuit noire, donc tout va bien. Je t'assure, j'étais beaucoup plus préoccupée par le loup que par toi et impressionnée par ton courage ! »

Je suis tellement gêné que je n'arrive plus à trouver mes mots. Elle reprend :

« C'était très beau, comment tu parlais avec le loup. »

Je n'ose plus la regarder et tortille les cordons de mon sac ; elle insiste :

« Ne sois pas gêné. Je te dis que je n'ai rien vu. »

Nos regards se croisent, dévoilant son énorme mensonge, et elle éclate de rire tellement fort qu'elle en pleure. Ce rire, il est si communicatif, que malgré ma honte, j'explose à mon tour. Nous faisons tellement de bruit qu'un *esipan*[134] pointe son museau hors de son terrier et détale, courroucé, nous faisant suffoquer de plus belle.

Lorsque je reprends enfin ma respiration, les côtes douloureuses et la gorge irritée, je demande :

« En fait, tu m'as suivi depuis hier soir ?

---

134. *Esipan* : raton laveur.

— Exactement. J'étais morte de trouille mais je ne voulais pas te l'avouer.

— Trouille ? C'est quoi ?

— J'étais effrayée. Tu n'as jamais peur, toi ?

— Si, bien sûr. »

Elle hésite un peu, puis reprend :

« J'étais en colère contre certaines personnes, hier. Elles ne comprennent rien, elles sont cons comme leurs pieds. Surtout une. »

Devant mon silence, elle reprend :

« Elle a des idées de... On se dispute pour tout, elle et moi, on n'est jamais d'accord, jamais ! Et hier, hier... je lui ai dit des choses horribles parce que je ne supporte plus ses propos. Et ces mots, je les pensais vraiment, sur le moment. Tu vas me juger parce que je vois bien que tu es quelqu'un de très doux et gentil mais tant pis : je lui ai dit que j'avais envie de la tuer. Et elle m'a giflée. Alors je suis partie, près de la cascade et c'est là que tu m'as vue. »

Ses épaules s'affaissent l'espace de quelques secondes, puis elle reprend, furieuse :

« Le pire, c'est que je dois rentrer, parce qu'elle va prévenir la GRC, qu'ils vont ratisser la forêt, et que... »

Ma gorge se serre brusquement, mon cœur s'emballe soudain. Elle me regarde fixement, puis elle demande, plus doucement :

« Je ne me suis pas trompée, hein ? Tu es le jeune Atikamekw qui te caches ? Ta famille a fait croire que tu avais disparu, c'est ça ?

— Comment tu le sais ? »

Elle lève la main et soupire sans répondre.

« Peu importe. Je suis en relation avec ceux du pensionnat, je les connais, c'est tout. C'est pour ça que tu les espionnais, hier ? »

Je hoche la tête. Plus aucun son ne peut franchir mes lèvres. Elle attrape une branche d'arbre et fouette des fougères rageusement, puis se tourne vers moi.

« Je vais rentrer chez moi, parce que je ne voudrais pas te mettre en danger. Mais tu me promets de revenir à la cascade, bientôt ? »

Je réponds plus vite que ce que j'aurais voulu :

« Oh, oui ! »

Elle sourit, forte et consciente de ce qu'elle lit dans mes yeux, puis s'échappe en agitant son bras :

« Alors à demain !

— Mais… je ne sais même pas comment tu t'appelles !

— La fille qui n'a pas de nom ! »

Emâ

Le blog d'Emâ
Wolves, Nature & Music
Le jour où j'ai remis ma vie à l'endroit,
j'ai retrouvé mon âmE

Dimanche 21 novembre

Chères lectrices et lecteurs de ce blog,

Ici, en Mauricie, nous entrons dans l'hiver: *Pippon ni,* comme disent les habitants des Premières Nations, les Atikamekw. Inévitablement, les paroles de *Stand by Me*[135] m'accompagnent.

Voici venu le temps des premières neiges, des balades en raquette dans le parc, du ski, de l'odeur des feux de cheminée. J'aime ce temps où la nature entre en sommeil pour mieux se régénérer ensuite. On pourrait penser qu'elle est morte et, à chaque fois que les bourgeons puis les feuilles réapparaissent

135. *Stand by Me* est une chanson interprétée par Ben E. King, qu'il a composée et écrite avec Jerry Leiber et Mike Stoller en 1961.

sur les branches nues, je ressens un soulagement intense et un émerveillement.

L'hiver me renvoie aussi à ma chère grand-mère. Ses traits que j'ai pourtant observés si souvent disparaissent parfois de ma mémoire : connaissez-vous ce sentiment d'effacement inéluctable, comme si la neige de l'oubli venait se poser sur notre mémoire ?

Je ne voudrais pas être nostalgique, surtout que la suite de ce post ne l'est pas. Sevan et moi sommes à nouveau allés à la rencontre de Louve-Grise, de Bari et du deuxième jeune que nous avons appelé Batic, en souvenir de Batiscan. Nous voudrions tisser des liens avec eux, petit à petit, les habituer à notre présence et, idéalement, réussir à suivre leurs déplacements en leur mettant un collier équipé d'une balise — ce qui tiendrait du miracle, vu que ces animaux n'ont probablement jamais approché un humain de leur vie, à moins de s'être échappés d'un zoo ou d'une habitation.

Nous sommes donc retournés à la grotte et les avons appelés en hurlant par intermittence. Nous avons également dispersé des morceaux de viande près de leur tanière, puis sommes repartis nous dissimuler dans notre tente, derrière les arbres, tout en sachant très bien que les loups, dont l'odorat et l'ouïe sont particulièrement développés, à l'inverse de leur vue, nous avaient sans doute flairés depuis bien longtemps.

Lorsque le premier hurlement s'est élevé, suivi par un second, un frisson de pur plaisir s'est propagé le long de ma colonne vertébrale ; Sevan et moi avons échangé un grand sourire et j'aurais voulu que vous, lecteurs amoureux des loups, puissiez partager ce moment en direct. Je l'ai immortalisé en vidéo, alors *enjoy* !

Nous sommes sortis de notre cachette et les avons aperçus, libres et dressés fièrement sur la roche plate. Ils ont hurlé plusieurs fois et j'ai eu envie de croire qu'ils nous parlaient, qu'ils nous racontaient leur histoire. J'aurais tant voulu comprendre leur langage, connaître la vie de Louve-Grise avant qu'elle n'arrive ici.

Nous nous sommes promis de revenir régulièrement, tous les deux ou trois jours, pour tenter de construire une relation avec eux. Nous savons bien qu'ils ne viendront vers nous que s'ils l'ont décidé.

9 commentaires

Me and my children *des frissons, des frissons et encore des frissons avec cette merveilleuse vidéo ! Merci d'apprendre aux futures générations la tolérance envers ces animaux mal-aimés... Longue vie à Bari et Batic et à leur mère !*

Fanny *J'ai tout adoré et cette chanson aussi ; c'est celle qu'on a mise à l'enterrement de mon grand-père, alors merci !*

Liam What wonderful wolves !

Pierre *Très bel article, très émouvant.*

Mathilda and wolves *je n'ai pas de mots pour décrire ce que je ressens, merci infiniment.*

Lina *Emâ, je vous envoie mille pensées solaires pour traverser l'hiver. Que l'esprit de votre grand-mère vous accompagne.*

Loving_wolves *Je suis en totale admiration devant Louve-Grise, Bari et Batic !*

Angélique Stand by me... Stand by us... *Merci, Emâ !*

Will *Merveilleux post. Est-ce que ton invitation à rencontrer Shawni tient toujours ?*

Cette semaine a été très forte en émotion. Voir Louve-Grise et ses deux jeunes m'a profondément remuée. J'ai envie de croire que leur message m'était destiné, qu'ils me disaient avec fougue : « Va de l'avant. »

Samedi soir, je suis allée chanter avec la chorale et j'ai été bouleversée par l'histoire de Dulcia, une amÊ de guerrière, qui a enfanté onze enfants et qui s'est retrouvée à la tête de trente-cinq petits-enfants et de soixante arrière-petits-enfants. Ils ne pouvaient pas être présents dans sa chambre car ils habitent aux quatre coins du pays et même plus loin encore mais ils lui ont tous envoyé un message et des photos que Jesse, son vieux compagnon, a épinglées un peu partout. Lorsque nous nous sommes rassemblés autour du lit de Dulcia, elle ne reconnaissait plus personne et sa poitrine se soulevait difficilement mais dès que les premières notes de *Stand by Me* ont résonné, elle a souri, puis elle a simplement dit « va ». Ce mot est entré comme une flèche sur la cible de mon cœur et je n'ai pas réussi à articuler une seule note. Je lui ai simplement tenu la main.

Est-ce que l'on s'attache au moindre fait, au moindre mot pour y voir un signe et leur donner l'interprétation qui nous convient ?

Et puis surtout, je n'en reviens pas d'avoir confié autant de choses à Will que je connais depuis si peu de temps ; c'est sans doute l'effet « Nikki », ce bébé abandonné, sans mère, qui résonne dans nos deux vies et nous donne l'illusion que nous partageons quelque chose en commun alors que nous savons si peu de choses l'un de l'autre.

Nous nous sommes assis sur des rochers, à côté de la chute à Magnan que j'ai immortalisée en photo pour mon blog mais aussi parce que les cascades me rappellent toujours cet évènement de mon passé qui a acté ma complicité et mon amour pour les loups.

Will ne m'a pas posé plus de questions sur ma vie, il a respecté ces limites vitales pour ne pas envahir l'autre, pour le laisser venir et confier ce qu'il souhaite déposer mais c'est moi qui ai osé lui parler de la Chimère, lourde et poisseuse, que je traîne.

« Tu es courageuse, Emâ. Merci de ta confiance. »

Il a reçu toutes mes confidences en silence, attentif, puis m'a dit que j'étais très forte, une battante et qu'il me remerciait de l'espace de confiance que je lui offrais. Ses mots ont ravivé une force que je pensais avoir perdue et m'ont fait entrevoir, comme une évidence, le chemin où je devais m'engager pour décrocher cette Chimère de mes épaules. En repartant, dans la voiture, je lui ai dit qu'il pouvait m'appeler lundi, s'il le souhaitait, que je serais là.

Je me suis dirigée vers l'enclos de Shawni et suis entrée, sans Sevan, contournant le règlement qui veut qu'un soigneur ne soit jamais seul avec la meute dont le comportement est parfois imprévisible. Les loups m'ont accueillie avec démonstration, me fouettant le visage de leur queue touffue, s'appuyant sur mes épaules, me léchant avec vigueur, me mordillant les doigts, jusqu'à me les faire saigner légèrement.

Je n'ai rien dit, je ne me suis pas débattue, j'avais trop besoin de ressentir le frisson sourd de l'angoisse, leur complicité et cette légère douleur qui indique que l'on est vivant malgré tout. J'avais besoin de les affronter seule pour me dire que j'étais forte, que j'avais la ressource nécessaire pour aller à la rencontre de ce passé qui me hante. J'ai repensé à la scène à l'hôpital avec Dulcia, à la force de son message inspiré par une voix venue d'ailleurs, qui me propulsait en avant pour que je ne lâche rien. Toutes ces belles âmes que j'ai croisées me sont revenues en mémoire d'un seul coup. Léonard et sa créativité qui soignait les cœurs tristes, Blanche et son combat pacifique pour la planète, ma douce grand-mère, qui m'a protégée alors que j'étais si vulnérable à l'époque, Max et son héroïsme, Lizzie et son courage, Sevan et son écoute bienveillante, la petite Nikki, Mandy et son sourire lumineux, Will, et les loups. Tous ces êtres solaires qui ont compensé la noirceur du passé. Chacun à sa façon m'a aidée à trouver une réponse, à voir les choses autrement, à mieux comprendre et, maintenant, je me sens prête. Sans le savoir, ils m'ont donné le même conseil, m'ont indiqué la marche à suivre.

J'ai attendu quelques minutes, puis les loups sont repartis tranquillement d'où ils étaient venus, reprenant leurs habitudes du soir. Seul Shawni est resté à côté de moi et je lui ai crié mon chagrin dans le froid de cette nuit de novembre. Il m'a répondu et son hurlement a fait vibrer mon corps, comme si nous étions en harmonie et connectés à quelque chose d'indéfinissable. Peut-être me racontait-il la souffrance et l'humiliation de sa captivité, peut-être entendait-il les miennes comme un concert de cœur à cœur.

Lorsque je suis rentrée, je me suis assise par terre dans ma chambre et j'ai ressorti les boîtes qui contenaient mon passé. Cartes, photos, carnets, livres, dessins. J'ai fermé les yeux, pour mieux visualiser le visage de ma grand-mère.

Je suis perdue. Aide-moi.

Ma chérie, tu n'es pas perdue, tu sais très bien où tu vas. Vas-y et parle-lui. C'est vital pour faire la paix avec toi-même, quelle que soit l'issue de cette discussion.

J'ai envoyé un petit SMS à Will pour m'aider à tenir la promesse que je venais de me faire.

Suis prête à l'appeler. Je me prépare. Courage à toi aussi.

Il m'a répondu une minute après.

De tout cœur avec toi.

J'ai donc plutôt mal dormi mais je me lève, ce matin, avec une détermination farouche. Quelques minutes après, je compose le numéro que je m'étais juré, des années plus tôt, de bannir de ma mémoire mais qui y est resté accroché comme un coquillage sur son rocher.

« C'est Emâ.

— Emâ ? Mais pourquoi... »

La voix de ma mère, que je n'ai pas entendue depuis une quinzaine d'années, me fait presque lâcher mon portable.

« C'est exactement ce que je voulais te demander : pourquoi ? »

Elle retient un sanglot. Je n'ajoute rien, j'ai déjà fait plus que ce que je ne souhaitais faire, alors j'attends.

« Es-tu heureuse dans ta nouvelle vie ? me demande-t-elle d'une voix enrouée.

— C'est important de le savoir ?

— Plus que tu ne peux l'imaginer.

— J'ai trouvé la paix, d'une certaine façon, mais il me manque une réponse. Ta réponse.

— Je n'en ai pas, Emâ. J'ai beau tourner toutes les explications dans ma tête, je suis coupable de ne pas avoir su te protéger et de l'avoir choisi, lui, plutôt que toi. J'ai fait un long cheminement intérieur pour le comprendre mais cela n'excuse rien. Tu es tout à fait légitime dans ta colère et ton rejet.

— Est-ce que... est-ce que tu es toujours avec lui ?

— Il est mort il y a quatre ans, d'une crise cardiaque. »

Je mesure l'importance de cette nouvelle et m'étonne de la joie farouche que je ressens mais j'ai besoin d'être dure, encore.

« Donc, je ne saurai jamais si tu aurais eu la force de le quitter. »

Elle soupire.

« Je l'ai fait, peut-être trop tard, mais tu es mille fois plus courageuse que moi. Tu as su partir quand il le fallait.

— Ce n'est pas forcément ce que je voulais entendre mais je te remercie quand même. »

De longues minutes s'écoulent. Je suis partie très loin dans mes pensées et ne me rends même pas compte que les secondes défilent sur l'écran du téléphone, jusqu'à ce qu'elle me demande :

« Où habites-tu ?

— Pas très loin. Je suis revenue en Mauricie.

— Pourquoi ? »

Je ne réponds pas.

Elle reprend :

« Si jamais tu veux venir, je t'accueillerai avec plaisir.

— Je vais y réfléchir. Il n'y a qu'une personne que je voudrais revoir, là, tout de suite, et c'est aussi pour cette raison que je t'appelle. Je voudrais son adresse. »

Brindille

Tim et moi avons parcouru cinq kilomètres. Nous ne pouvons pas marcher plus rapidement car Tim se fatigue vite. Je suis tout de même fière de nous. J'ai évité la route et les sentiers trop identifiables, j'ai fait marcher Tim dans des fourrés, en me servant de ma boussole. Je pense que nous arriverons demain matin au lac Bouchard, notre première étape, mais pour le moment, je vais installer notre campement avant qu'il ne fasse nuit.

Heureusement, il ne fait pas trop froid et la journée n'a pas été pluvieuse, donc le sol est relativement sec. Je coupe des brassées de fougère que je dispose par terre, puis les recouvre avec le tapis de sol et l'une des deux couvertures. J'installe des branches en les accrochant à des troncs d'arbres avec la corde, pour nous fabriquer un toit. Tim est en arrêt devant un arbre rempli d'oiseaux et les écoute religieusement. Ses yeux clignent beaucoup moins que d'habitude et ses bras sont détendus, sans les tressautements qui les agitent tout le temps.

« Viens là, Tim, et dis-moi ce que tu penses de ce lit ? »

Il s'allonge avec précaution et un sourire ravi illumine son visage.

« Je l'aime bien, est-ce qu'on dort dessus tout de suite ?

— Mais non, on n’a pas encore pris notre repas... Tu n’as pas faim ?

— Si ! Je pourrais avaler un ours ! »

J’éclate de rire :

« Heu... je ne suis pas une chef chasseuse, moi ! Au menu ce soir : sandwichs, bananes et galettes de riz.

— Ne t’inquiète pas, ça ira bien, ce repas, me rassure Tim. On se lave les mains ?

— Viens, il y a une petite cascade, par ici. On pourra faire notre toilette et remplir nos gourdes. »

Tim est presque plus rapide que moi car il se fie au bruit de l’eau qui ruisselle sur les rochers.

« Sois prudent, ça glisse. Laisse-moi te montrer où mettre tes pieds et enlève tes chaussures ! »

L’eau nous glace instantanément les orteils et nous poussons des cris d’orfraie, faisant détaler un lièvre apeuré.

« C’est tellement froid ! rit Tim en faisant des éclaboussures autour de lui. »

Je le préviens aussitôt :

« Ne mouille pas tes affaires, je n’ai rien pour les faire sécher, d’accord ?

— Je peux me baigner ?

— Non, tu vas tomber malade !

— Jusqu'aux genoux, alors ?

— D'accord mais pas longtemps. »

Mon petit frère et moi savourons un sentiment de liberté que je n'avais jamais ressenti auparavant. Malgré l'inquiétude et l'incertitude du lendemain, je me sens légère.

Ce soir, Matthew ne nous dévisagera pas méchamment si nous avons mis trop de miettes sur la table ou si Tim renverse maladroitement son verre. Il ne lancera pas ses chaussures dans nos fesses de toutes ses forces, soi-disant « pour rire », alors que nous lui demandons d'arrêter. Il ne me hurlera pas dessus et ne me cognera pas la tête contre la vitre si je lui réponds d'une façon qu'il juge insolente ou si je ne suis pas d'accord avec ses idées. Il ne serrera pas le cou de mon petit frère pour le conduire dans sa chambre, en lui ordonnant d'aller plus rapidement. Il ne touchera pas mes seins en me demandant s'ils ont encore poussé depuis hier et Vianney ne posera plus sa main sur moi.

Je ne pense même pas à ma mère ni à son éventuelle inquiétude. Dans une heure ou deux, tout le monde sera au courant que nous avons disparu et je sais bien que, d'une manière ou d'une autre, ils finiront par nous rattraper mais, pour l'instant, je veux profiter de ce moment rien qu'à nous deux, sans cris, sans peur, sans violence.

J'attrape la main de Tim :

« Allez, viens, sors de là sinon tu vas te transformer en glaçon !

— Et après, je serai mort ?

— Ne dis pas des choses pareilles, voyons !

— Mais tu sais, j'y pense souvent. Pas toi ? »

J'hésite :

« Si, parfois.

— Quand on est mort parce qu'on a trop de chagrin, on va où ?

— Ça dépend. Certaines personnes disent qu'on va au paradis, d'autres qu'il n'y a plus rien après la mort, d'autres qu'on se transforme en une autre personne, ou qu'on devient un animal, un esprit, ou même, un arbre...

— Un arbre ? »

Tim sourit et je remarque que ses tics ont complètement disparu. Il est beaucoup plus volubile et ses joues ont pris des couleurs.

« Moi, si je devais mourir, je serais un oiseau. Un aigle, peut-être, pour voler très haut avec mes larges ailes déployées. »

Mon cœur se serre. Je n'aime pas la tournure que prend la conversation, surtout avec la nuit qui tombe, la forêt qui devient obscure, les bruits des animaux nocturnes qui nous entourent. Mon petit frère, lui, ne voit pas la différence de clarté mais il ne sent plus les rayons du soleil et frissonne.

« Allez, hop, essuie tes pieds et tes jambes. On rentre au campement !

— On peut chanter la chanson de *Peter Pan* tous les deux ?

— D'accord. »

Tim démarre : « À la file indienne, indienne, indienne, tous à la file indienne, nous marchons en chantant ! » ; malgré ma gorge nouée et les angoisses qui me tiraillent le ventre, je le suis, lorsqu'un craquement dans les buissons me fait sursauter violemment. Mes tempes se serrent et mes jambes tremblent. Je chuchote à mon petit frère de se taire et nous nous blottissons derrière un grand bouleau.

Nous attendons de longues minutes, le souffle court, puis Tim se lève d'un bond, contrarié, et hurle soudain :

« Tu nous as encore fait peur, pour rien du tout ! Pour rien, je te dis ! Matthew aussi s'amusait à me faire peur, pourquoi tu fais pareil ?

— Je ne suis pas comme Matthew ! Arrête de dire ça, Tim, arrête de crier !

— Toi aussi, arrête de crier ! »

Effrayée par notre dispute improbable, je le dévisage, puis fonds en larmes. Tim, pris au dépourvu, sanglote à son tour et je le prends aussitôt dans mes bras :

« Il ne faut pas m'en vouloir, Tim, moi aussi j'ai très, très peur, et je ne m'amuse pas à t'effrayer pour rien, d'accord ? »

Il renifle misérablement et je lui tends un bout de serviette-éponge. Il bégaie :

« Tu crois qu'il nous a suivis ?

— Je n'en sais rien, il se serait déjà jeté sur nous, tu ne crois pas ? Il aurait dit : “mais...

— ... quels abrutis ces deux gamins ! Je suis niveau cinq !” termine triomphalement mon petit frère. »

Nous nous regardons, les yeux écarquillés, puis éclatons d'un grand rire nerveux qui libère notre angoisse.

« Allez, viens, Tim, on y va. »

Quelques minutes après, nous rejoignons notre campement et nous asseyons sur la couverture pour prendre notre repas, abrités sous la toile de tente. Le vent s'est levé, nous frissonnons et j'aide Tim à se changer, à enfiler son anorak, une deuxième paire de chaussettes, ses gants et son bonnet, et nous nous allongeons l'un contre l'autre, sous la deuxième couverture, sur laquelle j'ajoute la couverture de survie. Je songe à ma chère Jane, dans sa lande, et j'ai l'impression qu'elle veille sur moi comme le ferait une marraine bienveillante, en me montrant le chemin à suivre. « Je pliai mon châle double et je l'étendis sur moi en place de couverture ; une petite éminence recouverte de mousse me servit d'oreiller; ainsi installée, je n'eus pas froid[136]. »

Je demande à Tim:

« Alors, je continue à te raconter l'histoire de Kazan?

— Oui mais, avant, je voulais te poser une question. Tu crois que maman se fait du souci pour nous? »

Je soupire.

« Oui, Tim, mais on en a parlé, tu te souviens de ce que je t'ai dit?

— Qu'elle ne veut pas écouter quand on lui parle de Matthew et de Vianney qui sont méchants avec nous. Et que si on s'enfuit, elle comprendra qu'on est vraiment malheureux. Comme Kazan.

— Exactement. Mais si tu me demandes de rentrer à la maison, je te ramènerai.

— Et toi, tu reviendras à la maison?

— Non.

— Moi non plus alors. Je veux rester avec toi. »

136. Extrait de *Jane Eyre,* chapitre XXIV.

Je ne sais par quel miracle nous sombrons dans le sommeil tous les deux, Tim d'abord, sa tête écrasant mon bras gauche, et moi ensuite. Je dors d'un sommeil relativement apaisant, à peine dérangée par les bruits de la forêt, et c'est Tim qui me réveille, le lendemain matin, en sautant partout :

« J'ai pas fait pipi, j'ai pas fait pipi !

— Oh mon Tim, c'est génial, vraiment ! Pas de pipi ?

— Non ! Et j'ai entendu un drôle d'oiseau, là, à droite, tu crois que c'est un jaseur boréal ? J'ai reconnu son cri... Est-ce qu'il a un petit bouquet de plumes sur la tête ?

— Mais... Comment tu connais son nom ? Et comment sais-tu tout ça ?

— C'est Zachary qui me l'a dit, la dernière fois, quand j'étais à la fenêtre de ma chambre et que je pleurais un peu. Il m'a appelé et il m'a tout expliqué. »

J'en reste muette de stupéfaction.

« Pourquoi tu ne m'en as jamais parlé ?

— Parce que c'était un joli secret et que j'avais le droit de le garder ! s'écrie Tim en soufflant un nuage de fumée. »

Il se débarrasse vigoureusement de ses gants et ajoute :

« Bon, j'ai super faim et je voudrais laisser des miettes aux oiseaux. C'est bientôt l'hiver et ils ont faim. »

Une fois rassasiés, nous reprenons notre route. Après la bonne humeur du matin, Tim est plus distrait et plus fatigué que la veille. Sa canne heurte plus souvent les cailloux, il trébuche de nombreuses fois et je m'inquiète en voyant que nous n'avançons pas assez vite. À ce rythme-là, Matthew et la GRC finira par nous rattraper beaucoup plus tôt que prévu. Je suis lasse, les bretelles de mon sac ont entamé la peau de mes épaules et j'ai beau mettre mes gants sur mon anorak à l'endroit où elles reposent, j'ai de plus en plus mal. Je ne peux pas soulever le sac pour l'alléger car j'ai la main de Tim dans la mienne.

Je me rends compte, au fur et à mesure, que c'était une très, très mauvaise idée mais impossible de faire demi-tour. La colère de mon beau-père me fait si peur que je préfère affronter la solitude de la forêt, la fatigue et les crampes dans les mollets que de rentrer à Saint-Jean-des-Piles.

Vers midi, nous pique-niquons dans une petite clairière. J'ai envie de m'allonger sur le sol et de ne plus bouger. Tim me demande son carnet pour écrire et je refuse. Je voudrais avancer encore, nous mettre en sécurité mais mon petit frère ne comprend pas.

« Tu m'avais dit qu'on dessinerait les oiseaux de la forêt ensemble.

— Je te le promets mais pas maintenant. C'est trop dangereux de rester ici, il pourrait nous rattraper. »

Tim bougonne mais se range à mon avis et nous repartons à une cadence de moins en moins rapide. J'aurais voulu atteindre le lac Bouchard, à mi-parcours de notre destination finale, avant la soirée mais nous n'y arriverons pas; ça me contrarie et me met de mauvaise humeur. En fin d'après-midi, épuisés, nous décidons de nous arrêter. Tim a des cloques aux orteils, il refuse de faire un pas de plus et toute notre euphorie de la veille s'est envolée vers le ciel qui se pare des premières lueurs du soleil couchant. Nous n'avons rien de chaud à manger, mes vêtements trempés de sueur me font frissonner, et je dois aller chercher loin, très loin, les forces pour continuer et ne pas renoncer. Je m'efforce de ne pas penser au bain moussant, aux repas chauds, à mon lit moelleux et je me persuade que tout se passera bien dans cette forêt que j'aime tant, d'habitude.

Tim sent bien que quelque chose ne va pas. Je ne dis plus rien, alors il passe sa main sur mes joues et murmure :

« C'est ma faute si tu pleures ? »

Je bredouille que non mais il insiste :

« La dernière fois, en classe, la maîtresse nous a raconté l'histoire d'un petit garçon qui a peur du cauchemar caché dans son placard. Eh ben tu sais quoi ? En fait, le cauchemar voulait qu'on lui raconte une histoire et ils sont devenus amis[137]. »

Je renifle sans rien dire en me demandant où il veut en venir.

« Elle a dit que, parfois, on a très peur de quelque chose parce qu'on ne sait pas ce que c'est mais qu'en fait, en allant voir, on

137. Extrait de *Il y a un cauchemar dans mon placard*, album de Mercer Mayer paru en 2010 aux éditions Gallimard.

se rend compte que ce n'est pas si effrayant. Comme la forêt et comme les loups !

— Pourquoi tu me parles des loups, Tim ?

— Tu n'entends pas ? Je crois qu'il y en a un qui approche. »

Mahikan

Kata pe takocin ia minawatc?[138]

Deux semaines plus tard

Je vis au rythme de la Terre-Mère pendant plusieurs jours, les yeux rivés sur les arbres dans l'espoir de voir revenir la silhouette attendue de la fille qui n'a pas de nom. Je finis par croire qu'elle ne réapparaîtra pas et qu'elle m'a menti, alors je me résigne à ma solitude, qui ne me dérange pas plus que ça, de toute façon. Elle me laisse le temps de penser à ma vie, à mon avenir, à la forêt. Je deviens de plus en plus habile pour confectionner les filets et je me dis que Coweri serait fier de moi, s'il me voyait attraper les dodus touladis. Souvent, les autres me dérangent, je n'interprète pas bien leurs réactions, ni les expressions de leurs visages et je n'ai pas les bonnes réponses. Voilà pourquoi ils me trouvent bêtes, à Wemotaci, et je ne voudrais pas que cette fille, que je trouve belle, se moque de moi.

Le loup revient à chaque tombée de la nuit et s'approche de plus en plus près. Comme je n'ai personne avec qui discuter, je lui parle et il m'écoute, la tête inclinée. Je lui raconte combien ma famille me manque, combien je me sens coupable

138. *Kata pe takocin ia minawatc?* Reviendra-t-elle bientôt?

de ne pas leur avoir parlé et je me demande s'il ne serait pas temps, maintenant, d'aller leur rendre visite en cachette pour leur laisser un signe, leur dire que je ne suis pas mort. Je ne peux m'empêcher de croire que tout au fond d'eux, ils en sont persuadés et ça me rassure d'y penser.

La fille qui n'a pas de nom réapparaît au bout de deux semaines, alors que je suis en train de laver mon *arakapecakan*[139] dans le torrent en contrebas.

« Salut ! Tiens, un gars qui fait la lessive, ce n'est pas courant ! »

Je ne réponds rien, à part un timide *kwei* qui sort maladroitement de mes lèvres et que je transforme aussitôt en un bonjour traditionnel. Elle s'exclame :

« Ne change rien pour moi, tu peux me parler dans tes propres mots, si tu préfères. J'aime bien et ça ferait dresser les cheveux sur la tête de... enfin bref, de la personne stupide dont je te parlais la dernière fois. Apprends-moi. »

Tout en parlant, elle s'approche tout près, retire ses bottes, plonge ses pieds dans l'eau, puis s'exclame :

« Waouh, elle est vraiment glacée, comment tu fais ?

— Question d'habitude.

— Tu me montreras comment on fait pour cuire des *baniks* ? C'est vraiment très bon. »

---

139. *Arakapecakan* : pantalon.

Elle passe sa langue sur ses lèvres qui ont la couleur des *otehimins*[140] bien mûres et je détourne le visage, tandis que mon cœur bat plus fort. Cette fille me fait perdre mes moyens.

« Si tu veux, je vais en préparer, tu n'as qu'à me suivre... »

Tandis que nous grimpons le chemin escarpé jusqu'à ma grotte, elle questionne :

« Le loup est revenu ? »

Je rougis :

« Oui, tous les soirs. Il attend que je lui offre du... poisson, il le mange, puis il s'en va.

— Tu lui as donné un nom ?

— Le même que le mien, puisqu'il est loup... *mahikan,* lui aussi.

— Tu t'appelles comme ça ? »

Affolé, je ne réponds rien. Cette fille connaît mon identité désormais et je me sens vulnérable. Elle me jette un regard en coin, puis reprend :

« Ne t'en fais pas, je ne leur dirai rien. Tu t'es sauvé dans la forêt parce que tu ne pouvais plus supporter cet endroit maudit, c'est ça ? »

---

140. *Otehimins* : fraises.

Mon silence est un acquiescement.

« Tu n'as vraiment aucune raison d'avoir peur, je te le promets, et pour que tu sois tranquille, je vais t'en dire un peu plus sur moi. »

Elle s'interrompt en soupirant.

« Je ne sais pas si tu me jugeras ou pas.

— Pourquoi te juger ? »

Elle tord sa bouche d'une drôle de façon qui me fait éclater de rire malgré moi et elle fronce les sourcils :

« J'ai dit quelque chose de drôle ?

— Non.

— Alors pourquoi tu ris ? »

Je voudrais lui dire qu'elle est magnifique, que j'ai envie de toucher ses beaux cheveux de la même couleur que le blé pendant *Wapikom Pisimw*[141], que j'aimerais la regarder longtemps pour fixer le contour de son visage si fin, que je voudrais m'asseoir près d'elle et sentir son parfum dont l'odeur me parvient, portée par le vent froid mais je n'ouvre pas la bouche. Elle me regarde, interdite, attendant ma réponse, qui ne vient pas, puis finit par lancer :

141. *Wapikom Pisimw* : le mois de la floraison, mai.

« Je suis... l'une des apprenties du pensionnat de Pointe-Bleue. Je viens d'arriver en septembre. Je suis... en formation là-bas, parce que je ne suis pas encore majeure, j'aurai dix-huit ans seulement l'an prochain... et je suis envoyée par mon couvent. »

Ces quelques mots ricochent dans mon cerveau comme une pluie de petits cailloux tranchants et la sensation est si désagréable que je m'éloigne d'un mètre, comme si elle m'avait frappée. Peinée, elle baisse les yeux, puis murmure en haussant les épaules :

« Je savais que tu réagirais comme ça. Mais, écoute-moi bien : les autres, ce n'est pas moi. Nous sommes différentes et jamais je n'aurais cru trouver tout ça en arrivant. On m'avait présenté les choses autrement, comme une occasion de servir Dieu, d'enseigner à des enfants ignorants... et pour ces pensées-là, je m'en veux désormais. Comment ai-je pu croire à notre supériorité ? J'ai honte... Vraiment honte. Je te l'ai dit, je les déteste, le prêtre et toutes ces sœurs Marie-coin-coin. Ces femmes me flanquent la frousse. Je me suis disputée avec sœur Geneviève encore aujourd'hui parce qu'elle secouait un enfant super violemment. Tu la connais ? Il faudrait la flanquer en prison, celle-là ! »

Je hoche la tête, partagé entre l'envie de lui dire de partir et celle d'en apprendre davantage. Je ne parviens pas à croire qu'une sœur Blanche puisse tenir ce discours-là, est-ce un piège ? Elle insiste :

« Tu ne me crois pas, hein ? Tu ne veux pas qu'on devienne amis ni qu'on apprenne à se connaître ? »

Mon cœur se met à battre comme un *atikw*[142] lancé au grand galop.

« J'ai envie que tu me racontes des histoires, des légendes... je voudrais apprendre les noms des animaux dans une autre langue et comprendre... comment tu vois la vie. Tu serais d'accord ? »

Je hoche la tête silencieusement et elle reprend :

« Et si tu veux, je te donnerai des nouvelles des enfants que tu voulais voir, l'autre jour, quand tu es venu espionner. C'était qui ?

— Ma sœur Marie-Soleil et mon frère Cariar.

— Est-ce que tu te souviens de leur prénom chrétien ?

— Ruth et Gedeon. »

Son visage s'éclaire :

« Je connais Ruth ! Elle est belle... Je l'adore ! Tu voudrais lui donner un message ? Lui apporter un cadeau ?

Je secoue la tête.

— Non, elle pourrait me trahir sans le vouloir. Elle doit penser que j'ai disparu, vraiment disparu... Tu me promets ? Tu ne diras rien ? »

---

142. *Atikw* : cheval.

Elle lève solennellement deux doigts :

« Juré.

— J'aimerais connaître ton prénom...

— Tu n'as qu'à m'appeler Lily, c'est beau, tu ne trouves pas ?

— Si. »

Je prépare la pâte et elle me regarde avec attention, puis m'aide à préparer le feu. Tout l'enthousiasme, on dirait une petite fille lorsqu'elle pousse des cris d'exclamation en voyant les flammes lécher la *banik* et la colorer de brun.

« J'adore ! Je peux en manger tout de suite ?

— Oui, dommage que je n'ai plus de pâte de bleuet. Fais attention, c'est très chaud.

— De la pâte de bleuet ? C'est très poétique... Quand je reviendrai, j'apporterai du sirop d'érable, reprend-elle avec un immense sourire.

— Je sais le récolter mais ce n'est pas la bonne saison... il faut attendre *Sikon ni*[143]...

— C'est-à-dire ?

— Lorsque *Pipon ni* est terminé... l'hiver... »

143. *Sikon ni* : pré-printemps.

Elle s'approche plus près :

« Tu vois, c'est ça que j'adore ! Tous ces noms mystérieux, ces choses que j'ignore ! Je voudrais être journaliste plus tard parce que je suis amoureuse des mots et de leur pouvoir ! Il me faudra aller à la rencontre des gens, partout dans le monde, me glisser dans leur peau, dans leur vie, dans leur culture, pour mieux les comprendre, pour apprendre d'eux ! Raconte-moi une légende, s'il te plaît...

— Je ne parle pas bien ta langue, ça me dérange.

— Tu plaisantes ? J'adore t'écouter ! Et puis, ça ne fait rien si tu remplaces un mot par un autre. Je t'en prie. »

Je pose le poisson sur les braises chaudes et je réfléchis. Est-ce qu'elle va se moquer de ces *Kitci Atisokanak* que les Blancs nous défendent de raconter au pensionnat, qu'ils jugent obscènes et offensantes à leur dieu ? Je revois le visage blanc de colère de sœur Geneviève, me fouettant avec une branche parce que j'avais raconté l'histoire des *apicirinic* aux autres enfants et hurlant que je rôtirais dans les flammes de l'enfer si je continuais à croire ces récits païens.

« C'est l'histoire du *mos*... de l'orignal, je veux dire, et de la *kosapitcikan*... la... tente tremblante. »

Lily soupire de contentement et m'encourage d'un signe de tête :

« Waouh, ça a l'air génial ! Continue, Mahikan !

— Un jour, il y a très longtemps, un grand-père a rencontré un orignal dans la forêt et il lui a demandé s'il pouvait entrer dans sa tête. Nous, les Atikamekw, pensons que les animaux et les arbres savent parler. »

Je m'arrête, attendant qu'elle se moque ou qu'elle parte en courant mais elle hausse les sourcils :

« Pourquoi tu t'arrêtes ?

— Alors, le grand-père, celui qui était entré dans la tête de l'orignal, a demandé à l'arbre qui se trouvait près de lui comment il s'appelait et l'arbre lui a répondu. Grâce à ce pouvoir, les humains ont appris tous les noms des arbres. Et donc, quand quelqu'un se retrouve dans la forêt, qu'il est en... communion avec elle et qu'il lui parle, l'arbre enseigne le savoir. C'est ainsi qu'on peut recevoir l'énergie et régler des situations difficiles dans la *kosapitcikan.*

— C'est magnifique ! Tu as déjà essayé ?

— Oui, une fois, avec mon grand-père. »

Elle pose sa main sur la mienne et m'embrasse spontanément sur la joue, faisant éclater mon cœur en mille petits arcs-en-ciel.

« Je voudrais connaître d'autres histoires. Je rentre chez moi parce qu'il est tard mais je vais écrire ta légende dans un carnet, que je compléterai au fur et à mesure.

— Je te raccompagne.

— Pas question ! Je suis une guerrière, je n'ai pas peur ! » s'exclame-t-elle en mimant la pose d'une tireuse à l'arc.

Elle disparaît comme elle est venue, sans un mot de plus, et je regarde sa silhouette s'éloigner dans le ciel d'après-midi en me demandant si cette fille est bien réelle, ou si mon esprit, lassé par la vie en solitaire dans la forêt, ne m'envoie pas une femme-oiseau pour que je ne m'ennuie pas.

Les semaines passent, je me surprends à guetter sa venue, comme une surprise que la Terre-Mère m'enverrait. Elle ne vient jamais quand je l'attends, parfois c'est à l'aube, parfois en pleine après-midi, et j'ignore comment elle fait pour me trouver. Chaque fois, elle apporte son carnet et inscrit avec attention tous les *Kitci Atisokanak* dont je me souviens. À ses côtés, j'apprends de mieux en mieux à parler cette langue qu'autrefois, je haïssais mais que je trouve à présent si douce dans sa bouche. Je lui raconte la forêt, les arbres et les animaux, elle me parle des poètes de son pays, des histoires qu'elle connaît, des livres qu'elle adore : ceux de Toni Morrison et *L'Œil le plus bleu* dont elle me fait la lecture. Je connais chacun de ses gestes, à présent, quand elle enlève sa mèche de cheveux, quand elle fronce les sourcils pour écouter avec attention un mot inconnu, quand elle plisse les lèvres pour se retenir de rire, mais jamais pour se moquer. Elle me donne régulièrement des nouvelles de Marie-Soleil et de Cariar, et mon cœur se gonfle de reconnaissance mais de colère aussi, lorsqu'elle me rapporte les agissements du prêtre et des sœurs insupportables avec leurs punitions injustes, que je ne connais que trop bien. Elle me jure que lorsqu'elle sera journaliste, dans trois ans, elle dénoncera leurs agissements, qu'elle luttera contre cette injustice et qu'en attendant, elle prend des notes et des photos pour constituer un dossier. Elle ajoute qu'elle est orpheline et je lui parle de mon père emporté par le torrent et de ma grand-mère, qui me manquent tant.

Ce soir, il fait très froid et je me remémore la nuit de la veille. Je suis retourné chez moi, à pas de loup, et sur le seuil de ma maison, j'ai déposé une écorce de bouleau gravée avec les lettres de mon prénom. J'imagine la joie de ma mère et de Coweri lorsqu'ils ont dû la trouver ce matin, leurs prières de reconnaissance aux ancêtres, les larmes de soulagement, l'apaisement de leur cœur, en sachant que la forêt prenait soin de moi et qu'ils me reverraient un jour, bientôt, l'an prochain, lorsque je serai trop vieux pour être obligé d'aller au pensionnat. Je suis entré dans le grenier et j'ai pris de la viande, de la pâte de bleuet en pensant à Lily, des fruits en abondance, une couverture supplémentaire. Le souvenir du *mokocan*[144] m'a rendu nostalgique mais lorsque je suis revenu à ma grotte, je me suis senti heureux et surtout libre.

Le loup est là, ses yeux me fixent dans l'obscurité et je lui parle, comme d'habitude. Je lui raconte ma journée, les émotions que je ressens, mes attentes envers l'avenir. J'ai entrepris de fabriquer des *asam*[145], m'efforçant de me souvenir des conseils de Coweri, car depuis hier, une fine couche de neige saupoudre la terre. J'aime ces moments, j'ai hâte de voir les premiers flocons, même si cela signifie que le froid piquera ma peau comme des milliers d'aiguilles pointues. Je ne le crains pas. Ma mère m'a déjà raconté que lorsque j'étais

144. *Mokocan* : repas de fête de la fin de la semaine.

145. *Asam* : raquettes à neige.

petit, je courais dehors, dans la neige, nu, mais avec mes *mitcikawinak*[146] rouges, que j'adorais.

« Sais-tu, loup, ce que l'amour veut dire ? Y crois-tu ? L'as-tu connu ? »

Mon compagnon sauvage, couché sur son rocher, penche la tête, attentif à mes mots. Soudain, il tressaille, puis détale silencieusement et je vois une forme gravir le sentier, faisant battre mon pouls. C'est Lily et, son visage ravagé par les larmes m'affole. Une large ecchymose recouvre sa joue. J'ignore comment elle a trouvé la force de traverser la forêt gelée et obscure en pleine nuit, sans craindre ni le froid, ni les bêtes sauvages. Ses lèvres sont bleues et elle tremble si fort que je pose tout de suite ma couverture sur ses épaules et l'entraîne près du feu.

« Tu veux me parler ?

— Serre-moi fort contre toi, Mahikan, serre-moi fort. »

Nous restons silencieux longtemps, sans qu'un seul mot ne franchisse ses lèvres. Ses pleurs finissent par se calmer et elle murmure :

« Sœur Geneviève a frappé le petit Paul si fort, ce matin, qu'il a perdu connaissance et je crois... je crois... qu'il va mourir. Les sœurs et le prêtre veulent camoufler ça en accident, et je me suis battue avec eux. »

146. *Mitcikawinak* : mitaines.

Sa voix se brise et elle enfouit sa tête au creux de ses mains.

Le petit Paul... Au village, il s'appelle Tcirpero. Mes poings se serrent, je sens une rage infinie monter en moi. J'ai envie de rugir, de bondir, de courir vers le pensionnat et de frapper, à mon tour, ces personnes que je hais de tout mon être. Les larmes coulent sur mes joues sans que j'en aie honte et elle les essuie, les mélangeant aux siennes.

Au bout d'un long moment, épuisée par l'évènement tragique qu'elle a vécu et par sa marche dans la forêt, elle me demande si elle peut s'allonger dans mon lit et je lui promets qu'elle n'a rien à craindre. J'attrape une couverture, roule en boule l'une de mes chemises en guise d'oreiller et m'endors près du feu.

Au milieu de la nuit, alors que le feu jette ses dernières lueurs, je sens son corps se glisser contre le mien et sa bouche se poser sur la mienne. Nos regards se croisent et ce que j'y lis m'embrase tout entier. La nuit se referme sur nos deux corps enlacés qui ne font plus qu'un, tandis qu'au loin, mon ami le loup hurle à la lune.

Will

Je repense toute la soirée à ma balade près de la cascade avec Emâ, aux confidences échangées et à la force incroyable que ça me procure.

Lorsque nous sommes rentrés, sur le chemin, alors que le vent glacé nous faisait frissonner tous les deux, elle m'a dit :

« Pardonne-moi si je suis un peu trop franche ou si ça te semble incongru mais tu n'as jamais songé à adopter Nikki, toi ? »

Cette petite phrase vient réveiller l'idée que j'avais enfouie au fond de mon cœur. Adopter Nikki ? Lui offrir un avenir ? En serais-je capable ? Mon cerveau compliqué est venu remuer les vieux arguments raisonnables, « tu es un homme seul », « c'est d'une famille et surtout d'une maman qu'elle aura besoin », « tu veux réparer ton enfance », « tu es sous le coup de l'émotion mais dans quelques mois tu n'y penseras plus, alors oublie »... mais ce soir la petite graine est plantée dans le fertile terreau de mon imagination et elle a déjà pris des proportions inattendues.

Est-ce qu'une rencontre peut bouleverser le cours d'une vie ? Donner le petit coup de pouce providentiel qu'on attendait ?

Je me couche et, curieusement, je rêve du pont Ducharme alors que cela faisait des années que ça ne m'était pas arrivé.

Je cours à travers les hautes herbes parce que j'entends un bébé crier, j'y trouve un berceau et c'est Nikki que je vois s'agiter sur les draps brodés. Lorsque je veux la prendre dans mes bras, il n'y a plus personne, alors je me précipite comme un fou dans les couloirs de l'hôpital en criant son prénom.

Je m'éveille, la gorge irritée d'avoir crié et me lève pour contempler la lune, disque d'argent à peine voilé par les effilochades poudreuses des nuages. Un poème me revient en mémoire : je devais avoir une douzaine d'années lorsque je l'ai écrit d'une traite, dans mon lit, puis l'ai déposé sur l'assiette de ma mère adoptive pour qu'elle le trouve le lendemain matin en prenant son petit-déjeuner.

La lune a revêtu sa parure d'argent,
Puis elle sort des nues, s'allume au firmament.
Elle est le lampadaire qui brille dans le soir
Elle luit sur la Terre en un dernier bonsoir.

Myriam m'a félicité et l'a envoyé à toutes ses amies qui, en toute subjectivité, m'ont prédit bien entendu un avenir de romancier. J'ai continué à écrire, réalisant confusément que la plupart des poèmes s'adressaient à ma mère biologique et qu'entre les lignes, on lisait mon amour pour elle et mon espoir de la revoir un jour. Et puis, à quinze ans, lorsque j'ai compris qu'elle ne me ferait plus jamais signe, j'ai jeté tous les textes à la poubelle et n'ai plus jamais touché un stylo.

Avec le petit cahier de Nikki, je me reconnecte tout doucement à ce que j'aimais faire et que j'ai abandonné, faute de motivation et de désir.

Le journal de Nikki

Samedi 21 novembre

Chère Nikki, ce soir une amie m'a parlé de toi et de ton avenir, elle m'a demandé si je ne pourrais pas t'adopter. Au moment où je te l'écris, cela me semble improbable et pourtant je n'arrête pas d'y penser. J'ignore si cela se réalisera un jour mais sache que l'idée m'a traversé l'esprit et qu'aujourd'hui, je me pose un tas de questions, aussi nombreuses que les cailloux qui tapissent le fond de la cascade à Magnan.

Ce n'est pas une décision facile et je ne suis qu'au début de ma réflexion mais ce que j'espère surtout, c'est que tu auras le meilleur, quelle que soit la personne qui veille sur toi.

Je voudrais que tu voies cette cascade et je t'encourage à y aller un jour. C'est un lieu paisible malgré le bruit de l'eau qui roule sur les rochers, un endroit d'une beauté sauvage qui apaise toutes les tensions et qui aide à se sentir vivant. Tu me promets ?

Je place ici une photo pour te donner envie.

Je voudrais savoir ce que tu deviendras, les choses que tu aimeras déguster, les lieux qui stimuleront ton imagination, les livres que tu découvriras et qui te feront grandir, les personnes que tu croiseras sur ta route et qui t'aideront à te sentir plus forte, plus puissante, plus vivante.

Petite Nikki, tu es entrée dans ma vie, tu l'as transformée, je ne pensais pas m'attacher autant à quelqu'un.

La journée du dimanche passe comme un éclair et je me retrouve au lundi avec une boule au ventre, le cœur serré par une appréhension dont le niveau serait à dix si on pouvait la mesurer sur l'échelle de l'inconfort.

Vers 13h50, j'ai l'impression que je vais faire un malaise. Eulalie et moi avons rendez-vous dans un bar à quelques minutes de chez moi et j'y suis déjà depuis trente bonnes minutes. J'ai l'envie étrange d'appeler Emâ mais la pudeur m'empêche de le faire. C'est étrange de sentir la connexion entre nous, de savoir que, tous les deux, nous sommes en train de plonger vers notre passé pour en retrouver les bribes enfouies.

Vers 14 h, une petite femme voûtée et au chignon blanc serré se dirige sans hésiter vers ma table. Comment a-t-elle deviné que c'était moi ? Je ne suis pas le seul homme dans cette salle.

« Will ? Je suis Eulalie.

— Bonjour. »

Nous nous regardons brièvement et un silence plutôt gêné s'installe tandis que la serveuse nous apporte les cafés que nous avons commandés, puis elle se lance enfin :

« Je vous remercie d'avoir accepté de me rencontrer. J'ai la confirmation, en vous voyant, de ce que je savais déjà.

— C'est-à-dire ?

— Que vous êtes bien... le fils d'Aileen. Celle dont je vous ai envoyé la photo. Vos yeux déjà et puis... »

Elle fait un vague mouvement de la main mais ne termine pas sa phrase.

Je murmure :

« Elle s'appelle donc Aileen...

— Elle s'appelait... » reprend-elle péniblement, la gorge serrée.

Un gouffre s'ouvre sous mes pieds et j'y tombe, sans retenue. Quelle sensation atroce de retrouver quelqu'un et de le perdre dans la même seconde !

Eulalie respire avec difficulté, sort un mouchoir avec lequel elle essuie son front ridé, puis se mouche discrètement. Moi, je ne ressens rien d'autre qu'une immense colère doublée de frustration et je grogne :

« Pourquoi m'avoir demandé de vous rencontrer, alors ? Mon but, c'était de retrouver ma mère, pas une... une morte !

— Will... »

Elle a visiblement du mal à parler mais je lui en veux tellement que je ne lui prodigue aucun mot de réconfort.

« Vous la connaissiez bien, donc ? »

Elle soupire.

« Oh oui. Pardonnez-moi, Will, je savais que ce serait difficile mais pas à ce point. Sauf que si je veux que Dieu me pardonne... Je dois me confesser à vous.

— Vous parlez bizarrement. Je ne suis pas prêtre, moi.

— Je le sais bien mais voyez-vous, moi... Je suis religieuse. Enfin, j'étais.

— Et ma mère l'était aussi ?

— Oui... Enfin, non. C'est compliqué. »

Je ne comprends rien. La bouche de la religieuse tremble si fort que, vu son âge, je crains qu'elle ne fasse une crise cardiaque. Je tente :

« Racontez-moi comment vous avez connu ma mère, alors ?

— Elle était orpheline et elle a été élevée par notre congrégation, au presbytère Saint-Zéphirin, à La Tuque. »

Je fronce les sourcils, tentant de rassembler mes idées.

« Elle était religieuse et elle est tombée quand même enceinte ? »

Des taches rouges envahissent la poitrine fanée d'Eulalie – ou dois-je plutôt l'appeler sœur Eulalie ? Non, elle ne s'est jamais présentée de cette façon. Elle continue, d'une petite voix, comme si chaque mot lui écorchait le palais :

« Lorsqu'elle a eu dix-sept ans, nous l'avons envoyée en formation comme apprentie religieuse au pensionnat de Pointe-Bleue, à la rentrée de septembre 1988. »

Je hoche la tête. J'ai entendu parler de ces pensionnats où on enfermait les enfants des Premières Nations pour leur inculquer de force la religion chrétienne. Ils n'existent plus mais apparemment d'horribles sévices ont été commis sur ces jeunes.

« Elle a démarré son service là-bas mais très vite elle a montré des signes de...

— De ?

— De rébellion, d'insolence envers les sœurs et le prêtre qui dirigeaient l'endroit. Elle s'est même violemment disputée avec eux plusieurs fois !

— Disputée ? Mais pour quelle raison ?

— Elle n'approuvait pas leur façon d'éduquer les enfants.

— D'éduquer... Eulalie, soyez honnête, vous voulez sans doute dire, de maltraiter ? »

Je serre les poings sous la table. Vu la gêne d'Eulalie, je pressens que je ne vais pas aimer la suite... Mais, si je ne garde pas mon calme, elle se fermera comme une huître et je pourrai dire adieu à mon passé de façon définitive. Je dois donc ménager cette femme au regard fuyant.

Je me racle la gorge et reprends :

« Donc elle s'est fâchée avec ces religieuses... Mais comment l'avez-vous su ? Elle vous en a parlé ? »

Elle secoue la tête.

« Le prêtre du pensionnat nous l'a amenée un soir de mai. Elle était très pâle, ne se sentait pas bien du tout. Là-bas, ils ont appelé le médecin qui a diagnostiqué sa... sa grossesse. Apparemment, elle avait fugué pendant l'hiver, rencontré un homme... et commis le... enfin, vous voyez.

— Non, je ne vois pas, dis-je, tentant de réprimer les battements de mon cœur.

— Ce fut intolérable aux yeux des sœurs et du prêtre, vous imaginez bien ! Plus personne ne voulait d'elle, elle portait l'enfant du péché. De son grand amour, d'après ce qu'elle nous a dit ensuite.

— L'enfant du péché, si je suis votre raisonnement, c'est moi, n'est-ce pas ? Alors, écoutez-moi bien. On accepte des violences inadmissibles sur des enfants, commises par des religieux, violences qui sont désormais condamnées par la loi mais on punit une jeune fille qui a aimé un homme parce qu'elle ne s'est pas mariée avec lui ? »

J'ai soudain beaucoup de mal à respirer. Ma mère me manque, je regrette de lui en avoir voulu. Je marmonne :

« Continuez, Eulalie. Au point où nous en sommes...

— Nous lui avons dit que nous la garderions avec nous jusqu'au terme de sa grossesse mais qu'elle ne ferait plus partie de notre congrégation. Nous avons aussi décidé de placer le bébé à l'orphelinat. »

J'essaie de ne pas juger ces femmes victimes de leur fanatique intolérance. Elle reprend :

« Nous avions sous-estimé sa force de caractère. Le 18 septembre, la veille de l'accouchement, elle a disparu, emportant un couffin avec elle et quelques provisions. Nous ne l'avons jamais revue vivante...

— Que voulez-vous dire ?

— Un fermier du coin a trouvé son corps sans vie. Elle avait eu une hémorragie et avait apparemment essayé de chercher du secours mais n'avait pas réussi. Elle était tombée, sans connaissance, dans la cour de la maison de cet homme qui l'a tout de suite emmenée à l'hôpital sans se douter une seconde qu'elle venait d'accoucher ! Elle était si mince, couverte de sang des pieds à la tête, qu'il a simplement pensé qu'elle s'était blessée. Nous avons ensuite été prévenues par les médecins car elle avait emporté son habit de religieuse dont elle s'était enveloppée pour stopper les saignements. Ils nous ont donc retrouvés facilement. Et...

— Et ?

— Et nous n'avons plus rien cherché à savoir. Je suppose que les services sociaux de l'aide à l'enfance ont dû s'occuper de vous... Oh mon Dieu, c'est un miracle que vous vous en soyez sorti vivant !

— C'est une femme qui m'a recueilli, j'allais mourir. Elle est sans doute passée au bon moment et n'a pas jeté l'enfant du péché dans la rivière, elle.

— Où était-ce, Will ? Pouvez-vous au moins me dire où elle vous a mis au monde ? »

Elle penche la tête, ployée sous son fardeau, puis éclate en sanglots nerveux alors que je détourne le regard, envahi par la colère se déversant dans mon corps tout entier. Pourtant, je lui dois bien cette réponse en échange de tout ce qu'elle vient de me révéler.

« Près du pont Ducharme. »

Elle soupire.

« Treize kilomètres. Elle a marché seule et enceinte, treize kilomètres. »

Les larmes jaillissent de mes yeux lorsqu'elle me tend un carnet de cuir, sorti de son grand cabas de toile :

« C'était à elle. Nous l'avons trouvé en rangeant sa chambre mais nous ne l'avons pas lu, par respect pour sa mémoire. Si vous souhaitez, vous pouvez venir chercher ses affaires, nous les avons conservées. »

Brindille

Je reste figée par la phrase de Tim: un loup qui approche? Est-ce le fruit de son imagination ou la réalité que je craignais tant?

Je murmure:

« Je vais attraper un bâton au cas où il voudrait nous attaquer, d'accord?

— Ok, mais ne lui fais pas de mal, c'est peut-être un loup gentil. »

Et soudain, une voix, celle que je hais le plus au monde, hurle derrière nous, couvrant le bruit de l'écume de la cascade toute proche:

« Ils sont là! »

C'est Matthew qui vocifère, le visage rouge de fureur, en courant vers nous:

« Mais vous n'êtes pas fous, tous les deux? »

Lorsque je le vois arriver, j'ai l'impression que mes jambes ne me portent plus et que mon cœur vient de se décrocher, tant je tremble. Nous, fous? Qu'il se regarde, c'est plutôt lui qui a l'air d'en être un!

Tim gémit et répète en boucle :

« Qu'est-ce qu'on fait, qu'est-ce qu'on fait ? Il nous a retrouvés, Matthew ? Il est fâché ? »

Je réponds fermement :

« Oui, viens, on va traverser cette cascade, là-bas : il y a un tronc en bois au-dessus, il ne pourra pas nous suivre. »

Nous nous tenons par la main et avançons rapidement vers les rochers et soudain, alors que je pose le pied sur le tronc, mon beau-père crie :

« Ne bougez plus ! Ça suffit maintenant, vous nous avez fait péter les plombs, à votre mère et à moi, et vous allez voir ce qui va vous tomber dessus à la maison ! Revenez tout de suite ! »

Tim éclate en sanglots et je le tire par la main, l'obligeant à s'engager sur le rondin glissant. Je repense aux défis stupides qu'on se lançait en primaire : « Tu préfères avaler des scorpions ou entrer dans un aquarium avec des mygales ? » et je songe que c'est la même chose, sauf qu'on joue dans la vraie vie. Retourner à la violence avec Matthew ou risquer notre vie au-dessus du torrent ? Qu'est-ce qui est le pire, en fait ?

Tim dérape, perd l'équilibre et je le rattrape de justesse. Matthew n'est plus qu'à quelques mètres, alors je tente le tout pour le tout :

« Laisse-nous ! Tu ne nous aimes pas, alors pourquoi tu veux qu'on revienne avec toi ?

— Tu ne me dis pas, à moi, ce que je dois faire ! Pour qui tu te prends, petite conne ? hurle Matthew. Tu feras ce que je te demande ! Revenez ici ! Tout de suite ! »

Il crache ses mots comme on cracherait « au pied, couché ! » à un pauvre chien.

J'avance, tenant fermement le bras de Tim, lorsque tout à coup, j'entends mon petit frère souffler :

« Le loup, il est là, je l'entends courir... »

Je me retourne, incrédule.

Un loup, à l'allure puissante et déterminée, est en train de foncer sur Matthew qui, brutalement, change d'attitude. On l'entend crier « merde ! » et il se penche pour ramasser quelque chose au sol mais l'animal providentiel ne lui en laisse pas le temps. Silencieusement, il s'élance de tout son poids vers lui, le renverse de ses pattes avant et lui mord férocement le bras, arrachant en partie le tissu orange de son anorak. Mon beau-père pousse un cri de douleur et appelle :

« Putain, venez m'aider au lieu de rester plantés là comme des piquets !

— Qu'est-ce qui se passe ? demande Tim, tremblant comme une feuille. On dirait une bagarre.

— Le loup a attaqué Matthew. Il... il le mord ! »

Le loup est vigoureux mais Matthew l'est aussi. Il attrape un caillou et, malgré la douleur, le balance dans le corps de l'animal qui pousse un jappement bref, recule, puis revient à la charge plus fort encore, l'attaquant au visage cette fois. Notre ancien bourreau hurle si fort que Tim bouche ses oreilles et supplie, hystérique :

« Je veux partir d'ici, j'ai peur ! »

Impossible de bouger. Je regarde, à la fois fascinée et horrifiée, le corps à corps entre l'homme et l'animal. Ce dernier, après un dernier coup de dent, terrasse son adversaire, qui s'écroule sur l'herbe humide.

Les sanglots bruyants de Tim résonnent dans l'air glacé et un tremblement nerveux me saisit, tandis que le loup, ouvrant sa gueule, hurle longuement.

Puis il nous fixe et reste, face à nous, campé sur ses quatre pattes. Il saigne un peu, là où Matthew l'a frappé avec la pierre, et ses flancs se soulèvent à toute vitesse. Je chuchote à Tim :

« Le loup, il... il ne bouge pas. Matthew est par terre et il ne peut plus nous courir après. »

Mon petit frère cesse de pleurer et murmure entre deux hoquets :

« On... doit... lui... dire... mer...ci, au loup. Je... t'avais... dit... qu'il... était... gentil. »

Je plante mes yeux dans le regard de cet animal qui, de toute évidence, vient de nous sauver la vie et puis j'entends des bruits de course effrénée, suivis d'un appel, qui le font détaler aussitôt.

Cette voix, c'est celle de ma mère :

« Emma ! Tim ! Vous êtes là, mon Dieu ! »

Puis une autre, ensuite :

« N'approchez pas, Madame. Je vais m'occuper de monsieur, allez voir vos enfants. »

Celle-là, c'est celle de Zachary.

Ma mère s'élance vers nous et nous attrape dans ses bras. Elle pleure et tremble si fort que j'ai l'impression que nous allons tous les trois basculer dans l'eau. Je me dis que ça y est, elle a enfin compris et que notre vie va redevenir comme avant mais, soudain, elle nous lâche, court vers le corps inanimé de son mari et sanglote, accrochée au bras du jardinier qui s'efforce d'arrêter l'hémorragie.

« Est-ce qu'il va mourir ? »

Et sa voix qui s'angoisse, ses gestes affairés sur le corps de Matthew et tous les mots qu'elle ne prononce pas pour nous réconforter, et cette absence, me déchirent à nouveau, plus fort que jamais.

J'ai l'impression de glisser dans un brouillard cotonneux et j'entends la voix de Tim hurler :

« Emma ! Emma ! »

*

Lorsque je reviens à moi, je suis dans une grande chambre d'hôpital avec une perfusion dans le bras. Tim est allongé dans le lit à mes côtés et il murmure, dès qu'il m'entend bouger :

« Tu es réveillée ? Tu m'as fait peur ! »

Lorsque je parle, ma voix est sèche et rocailleuse, j'ai l'impression que ma gorge est en feu.

« Qu'est-ce qui s'est passé ?

— Tu es tombée dans l'eau, le courant t'a emportée et Zachary a sauté pour te rattraper. C'est maman qui me l'a expliqué.

— Ils sont où ?

— Zachary est rentré chez lui, les docteurs ont dit qu'aujourd'hui, il avait sauvé deux vies : la tienne et celle de Matthew. Et maman... elle veille sur Matthew, elle m'a dit, parce qu'il a perdu beaucoup de sang. Mais il va s'en sortir. Elle est... elle est fâchée contre toi, aussi, parce que tu m'as entraîné dans quelque chose de dangereux. »

Les mots francs et naïfs de Tim m'atteignent en plein cœur et s'y enfoncent douloureusement les uns après les autres. J'ignore encore, à cet instant, qu'ils me hanteront pendant de longues années sans que je réussisse à les effacer de ma mémoire. Matthew est la victime, je suis la coupable.

Une femme blonde aux yeux verts entre, un bloc-notes à la main, accompagnée par une autre, avec une longue queue-de-cheval brune, qui porte une blouse blanche et un stéthoscope autour du cou. Elle s'adresse à moi d'une voix douce.

« Emma, te voilà réveillée, ma chérie. Comment te sens-tu ? Je suis la pédiatre Marjory Hollevent et voici Natasha Blunt, assistante sociale, pour le service de protection de l'enfance. Tu pourrais répondre à quelques questions sur ce qui s'est passé dans la forêt ? »

Je tourne la tête de l'autre côté et fixe le mur bleu pâle. Je suis lasse, si lasse ! Il n'y a qu'une seule personne avec laquelle j'ai envie de parler, parce qu'elle, au moins, nous croira. Parce qu'elle a vu.

Le docteur Hollevent reprend :

« Tu veux bien nous raconter ce qui se passe à la maison et pourquoi tu as décidé de t'enfuir avec ton petit frère ? »

Je chuchote :

« Le loup nous a sauvés mais où est Zachary ?

— Zachary, c'est l'homme qui t'a repêchée dans l'eau ? »

Je hoche la tête :

« Oui... Lui, il sait ce qui se passe à la maison. »

Ce soir-là, je ne dirai pas d'autres mots. Il faudra de longues semaines pour que je parvienne à parler de ce que Tim et moi avons vécu et qu'une décision soit prise. Nous sommes séparés de notre mère qui demande qu'on nous place chez notre grand-mère paternelle, ma chère grand-mère en Bretagne, qui nous élèvera ensuite comme ses enfants.

Ce soir-là, je vais penser, pour ne pas sombrer, au loup courageux qui s'est dressé contre Matthew pour nous défendre et je prendrai la décision qui scellera mon avenir. « Je sauverai les loups, moi aussi. Un jour, je serai soigneuse de loups. »

Ce soir-là, Jane, ma chère Jane, occupera mes pensées et je tenterai de croire que des jours meilleurs viendront et que, comme elle, « je me trouve bien heureuse, plus heureuse que ne peuvent l'exprimer des mots[147]. »

147. Extrait de *Jane Eyre,* Épilogue.

Emâ

La journée s'achève
C'est l'heure où je veille
La mer va coucher le soleil
Ici, la nuit me ramène à qui je suis
Cette douceur, chaleur
Me renvoient dans une autre vie
Je commence à comprendre...
Je connais ces terres
J'ai foulé ces pierres
J'y suis déjà venu
Et j'y ai vécu
Une sensation franche
Cette lumière blanche
J'ai enfin trouvé
La paix que je cherchais[148].

Je sens que j'ai blessé ma mère avec cette demande qui signifie qu'elle n'est pas prioritaire mais elle a la dignité de ne rien me dire, puis chuchote :

« Celui que tu voudrais revoir, c'est... Tu veux parler de Zachary ? »

148. Extrait de *Terre,* chanson de 2000 interprétée par Florent Pagny, écrite et composée par Jean-Marie Marrier, Benjamin Raffaëlli et Patrick Dupont.

La digue que j'avais soigneusement érigée se rompt à ce moment-là, comme si une aiguille avait piqué la bulle dans laquelle je m'étais soigneusement enveloppée depuis toutes ces années. Ce prénom me propulse en arrière, lorsque je me surnommais Brindille, cette toute jeune fille amie de Jane Eyre.

Je revois le visage doux et soucieux du jardinier, sa tendresse envers l'enfant que j'étais, sa force tranquille. Zachary, le seul qui ait eu le courage de me dire, à l'époque, « j'ai vu, je sais ». Celui qui s'était jeté dans le courant au péril de sa vie et qui avait, ensuite, osé raconter aux services sociaux ce qu'il savait.

Mon regard glisse sur les photos éparpillées sur le plancher en bois, sur le carnet aux oiseaux que mon frère m'a laissé, sur les livres usés, lus et relus, aux passages soulignés et gravés en moi, sur le dessin de l'aigle, presque illisible et signé d'un étrange prénom, sur la photo de papa, Tim et moi, sur les plumes d'oiseaux, sur les lettres de ma mère envoyées pendant des années, auxquelles je n'ai jamais répondu et, toutes ces larmes, ces regrets, ces colères et cette solitude éclatent, tandis qu'à l'autre bout du fil, maman pleure aussi, écrasée par nos chagrins qui se rejoignent enfin.

Elle articule au bout d'un long moment :

« Il est retourné vivre à Wemotaci, sa réserve. Après... après que tu es partie chez Grand-mère, Matthew était si furieux qu'il a voulu le licencier mais j'ai refusé car je savais que Zachary s'occupait de sa mère, de son grand-père et de la famille de sa sœur Marie-Soleil. Alors, pour la première fois, j'ai tenu tête et Matthew a cédé. Zachary a encore travaillé pour nous, Matthew a évité la prison puisque personne n'avait porté plainte et lorsque j'ai divorcé, trois ans après, il est parti. Zachary m'a confié qu'il n'était resté là que pour veiller sur moi car il craignait que Matthew ne soit encore violent. »

Malgré l'émotion, je suis heureuse de connaître enfin ce pan de mon passé qui me manquait.

Elle reprend :

« C'est grâce à lui que je n'ai pas sombré. Il me disait qu'un jour, tu reviendrais, qu'il en était certain. Comme l'oiseau migrateur qui n'oublie pas la contrée froide, elle reviendra. C'est ce qu'il m'a dit avant de partir. »

J'ai l'impression que mon cœur a fait un aller-retour jusqu'à mes pieds et qu'il est remonté à vitesse grand V, me coupant la respiration.

« Je vais raccrocher, maintenant. Prends soin de toi, Maman. »

Je saisis mon portable et envoie un message à mon frère, mon cher Tim, qui a partiellement recouvré la vue après une opération, ce qui lui a permis de devenir un ornithologue réputé, là-bas, en Bretagne, et qui a enfin la vie apaisée qu'il mérite auprès de sa femme et de mes deux adorables nièces.

Ça y est, Tim, c'est fait. Je lui ai parlé. Je ne sais pas où ça me conduira mais je l'ai fait.

Sa réponse arrive quelques secondes après :

Hyper fier de toi ma Brindille. Jane est enfin rentrée à la maison. Je viens à St Jean dans un mois, j'ai, moi aussi, besoin de contempler mon passé, au propre comme au figuré.

Je cours en direction de l'enclos des loups et m'effondre près de la porte. Mon fidèle compagnon à quatre pattes s'approche et hurle, fort et longtemps. Son cri résonne en moi, comme l'expression de mon propre désarroi, si lourd. J'ignore ce que je dois penser, je suis perdue.

J'entends soudain le bruit d'une portière qui claque, suivi d'une conversation entre Pat et un homme.

Will. Il a tenu sa promesse, n'en déplaise à monsieur Flaubert, le grand pessimiste.

Pourtant, je n'ai envie de parler à personne, pas maintenant. J'ai besoin de temps pour remettre mes idées en place mais ses pas résonnent déjà sur les graviers.

« Emâ ? Tout va bien ?

— J'ai appelé ma mère.

— Oh, je vois. Tu veux en parler ou tu préfères que je m'en aille ?

— Je ne suis pas de bonne compagnie.

— Raconte-moi, si tu en as besoin. »

J'explique les remords à demi-mot, les rendez-vous manqués, mon manque d'elle et ma colère, son indécision qui fut fatale à notre relation, mes pensées emmêlées.

« C'est courageux, ce que tu viens de faire, Emâ. Plus que d'affronter n'importe quel animal sauvage. Je t'admire. Tu es allée au fond de toi et de tes démons intérieurs. C'est très beau. »

Il se laisse tomber sur une caisse, les épaules basses et voûtées, et je me rends compte qu'il a pleuré, lui aussi.

« Will, tu es venu ici pour quelque chose de précis ?

— Oui. J'ai parlé avec Eulalie. Ma quête première est terminée, Emâ. Ma mère est morte. Je ne pourrai plus jamais... »

Sa voix se brise. Il m'explique en quelques mots ce qu'Eulalie lui a appris et me montre un carnet qu'il tient dans ses mains avec les gestes d'un tout petit enfant portant un trésor.

« C'est presque toute sa vie, là-dedans... »

Nous restons silencieux, assommés par ces histoires et ces fantômes du passé dont nous avons tous les deux envie de nous dépêtrer. Will reprend péniblement :

« Je viens de découvrir en lisant son histoire que mon père est un habitant des Premières Nations... Ce n'était pas prévu au programme et ça bouleverse complètement tout ce que je croyais savoir de moi, tu vois... Mes origines mixtes... Je n'ai jamais su, jamais compris... Ma peau, mes cheveux si noirs... C'était lui. »

Il pleure vraiment et je l'entoure de mes bras. Que dire, que faire dans ces cas-là ?

Je chuchote, au bout d'un moment :

« C'est sans doute grâce à lui aussi que tu es doué à la course, non ? »

Il hoche silencieusement la tête :

« C'est un Atikamekw appelé Mahikan. J'ignore s'il vit encore... »

Le prénom atteint mon cœur et mes souvenirs, comme un galet lisse effectuant un parfait ricochet. C'est irréel. Mon intuition qui me semblait un peu folle ne l'était pas tant que ça. Le désarroi de Will m'émeut et au fur et à mesure qu'il me raconte l'histoire de sa vie, cette révélation, comme un point final à mes questions, prend enfin tout son sens. Pour lui, pour Mahikan-Zachary qui, bientôt, rencontrera un fils dont il ne soupçonnait pas l'existence. Je comprends enfin pourquoi nos chemins devaient se croiser et pourquoi nous étions liés sans le savoir. Pourquoi j'avais l'impression de connaître Will depuis toujours, sans en comprendre pleinement la raison, pourquoi ses attitudes et sa façon de se mouvoir me semblaient si étrangement familières, pourquoi sa voix faisait résonner en moi d'émouvants souvenirs.

Je murmure :

« C'est incroyable. Will, je sais qui est ton père ! Je l'ai connu enfant... Ils avaient sans doute changé son prénom au pensionnat. Il est extraordinaire. Je suis si heureuse pour toi que tu puisses enfin le rencontrer. Je peux même te montrer un superbe dessin qu'il m'a offert quand j'ai fugué avec Tim... un aigle qui m'a donné tellement de force. Et moi, j'ai tellement, tellement hâte de le revoir. »

Will

En ce samedi matin légèrement neigeux, Emâ et moi empruntons la QC-155 qui relie Shawinigan à Wemotaci. Nous en avons pour trois bonnes heures de route avant d'atteindre la réserve Atikamekw et, tous les deux, songeons à l'homme que nous nous apprêtons à rencontrer.

Zachary, le jardinier qui a croisé la route d'une enfant en danger et qui lui a offert la légitimité de ses ressentis.

Mahikan, qui a aimé en secret celle qui m'a donné la vie, en mourant : l'a-t-il seulement su ? C'est la question qui brûle mon cœur, celle qui, depuis que je connais en partie mes origines, viendra enfin compléter le puzzle de ma vie. J'ai dévoré le carnet d'Aileen, ri et pleuré avec elle, découvert son incroyable énergie, son talent pour l'écriture, pour retranscrire les légendes que mon père lui racontait.

J'ai remonté le fil de ma vie, leur rencontre, la grotte, ce loup qui leur tenait compagnie, la détestation de ma mère pour le pensionnat et cette sœur Geneviève, sa révolte contre les injustices et sa soif de découvrir un mode de vie différent, loin des carcans dans lesquels elle avait été enfermée. Mes rêves et mes cauchemars m'ont permis d'imaginer mes parents, remplis d'amour l'un pour l'autre, se recréant un monde à eux, une bulle... Qu'avait-il bien pu se passer pour que ma mère termine seule et ensanglantée près de ce pont ?

Je me perds dans mes questions et nous laissons le silence envahir l'habitacle sans en être gênés le moins du monde. Il est de ces silences qui n'en sont pas, emplis d'une complicité et d'une évidente bienveillance, tout comme il existe des conversations remplies de mots inutiles.

Emâ me jette un rapide coup d'œil: elle roule prudemment sur la route légèrement verglacée et les essuie-glaces de ma voiture balaient régulièrement le pare-brise, chassant les petits amas neigeux qui s'y écrasent mollement.

« Ça va?

— Oui. Je suis simplement dans une sorte de dimension parallèle... il y a quelques semaines, on ne se connaissait pas, toi et moi et, là, on est en route pour rencontrer mon père biologique... »

Elle hausse les épaules:

« Non, pour moi, la dimension parallèle c'est d'être dans le déni ou de marcher à côté de sa vie! Toi, tu as rattrapé ta réalité que je trouve plutôt belle. »

Elle a raison.

« Et tu imagines quelle suite avec ta mère?

— Franchement, je l'ignore. Je me laisse porter par mes intuitions, mes sentiments... et le temps fera le reste, sans doute. Savoir qu'elle a pris la décision de divorcer, même tardivement, m'apaise un peu mais ma colère n'est pas complètement partie. Certains gestes n'ont plus la même portée s'ils arrivent trop tard, tu vois ce que je veux dire ?

– Oui et non. Parfois, les gens ne peuvent pas prendre la bonne décision parce qu'à ce moment-là, ils n'en sont pas capables. »

Elle se mordille les lèvres sans répondre, puis esquisse un sourire :

« Touché. »

Elle laisse passer quelques minutes, puis demande :

« Tu as réfléchi à propos de Nikki ?

– Je rencontre la directrice de la pouponnière mercredi pour parler de tout ça. Je sais que ce n'est pas gagné. Un père solo qui demande l'adoption, ce n'est pas le meilleur des dossiers...

– Peut-être pas le meilleur mais sans doute le plus courageux et le plus bienveillant ; ça compte double, tu ne crois pas ? »

Je lui envoie un clin d'œil à mon tour :

« Touché. »

Nous bavardons à bâtons rompus.

Elle évoque l'épisode dans le jardin où elle a vu dans les yeux de mon père qu'il connaissait les violences au sein de cette famille si parfaite en apparence et que ce regard compatissant lui a ensuite donné la force de s'enfuir avec Tim.

Je lui reparle de la haine qui s'est enkystée depuis qu'Eulalie m'a raconté l'histoire de ma mère, de mes cauchemars où je la vois mourir, seule, près de ce pont.

« J'invente des tas de scénarios sur ce qui s'est passé et ça me rend dingue.

— J'espère que Zachary pourra apaiser ton cœur par ses réponses... Je te le souhaite vraiment. »

À la sortie de La Tuque, comme prévu, Emâ bifurque en direction du pont Ducharme et ma poitrine pèse soudain si lourd que j'ai l'impression de ne plus pouvoir respirer. Les contours de son toit blanc et de ses murs rouge brique se profilent au loin et ma mémoire se les réapproprie en une fraction de seconde, faisant remonter des années d'attente intolérable.

Mon amie coupe le moteur :

« On y est, Will. »

Je sors de la voiture et me dirige lentement vers l'endroit qui m'a vu naître. Emâ m'adresse un petit signe de main bienveillant et me regarde m'éloigner, frissonnant dans son long manteau beige et son écharpe enroulée autour d'elle. Mes pas craquent dans la neige, j'ai toujours adoré ce bruit.

« Maman, c'est moi, Wilson. Ne m'en veux pas mais je me suis rebaptisé Will. J'ai tellement de choses à te raconter... »

Mes larmes jaillissent de façon incontrôlée et mes jambes ne me portent plus tant elles tremblent. Je suis obligé de m'accroupir sur le sol.

La main d'Emâ se pose sur mon épaule et elle murmure :

« Je suis là. »

J'attrape le coffret en bois dans lequel j'ai rangé la photo confiée par Eulalie, reproduite et encadrée par un photographe, et l'une des miennes. Myriam a tant fait de photos de moi que je peux, sans regret, en confier une à la terre qui a porté les derniers pas d'Aileen. J'ai également détaché l'un des portraits de mon père qu'elle a esquissé au crayon, dans un coin de son carnet. Je veux effacer l'idée qui me hante, l'idée qu'elle est morte seule et symboliquement nous réunir tous les trois pour l'éternité.

J'attrape deux plumes trouvées dans les affaires de ma mère.

« Adieu, Aileen, sourit Emâ en lâchant la première vers l'horizon. Reposez en paix. »

À mon tour, je laisse s'envoler la deuxième, puis glisse ma main dans celle de mon amie, étrangement apaisé par ce moment qui rend honneur à la mémoire de ma mère.

Une demi-heure plus tard, Emâ s'engage enfin sur la route forestière 25 menant à la réserve et pendant ces derniers interminables cent quinze kilomètres, je passe et repasse en boucle tous les mots que j'ai envie de dire à Mahikan.

Emâ a trouvé plus respectueux que mon père soit prévenu de la raison de notre venue. Elle n'a pas envie de le prendre au dépourvu. Comme un gosse, je lui répète pour la dixième fois :

« Tu crois vraiment qu'il est heureux de me rencontrer ? Qu'il est heureux que j'arrive dans sa vie ?

— Will... Ton père a pleuré au téléphone lorsque je lui ai expliqué la raison de notre venue... Il n'attend que ça, tu veux dire ! »

Nous sommes accueillis par un groupe d'enfants et d'ados curieux, sans doute déjà prévenus de notre arrivée.

Et cette fois, c'est Emâ qui craque, lorsqu'elle voit la silhouette de mon père s'encadrer sur le seuil de la porte de sa maison. Comme une toute petite fille, elle court vers lui et ils se prennent dans les bras. Je l'entends murmurer plusieurs fois :

« Merci, merci, si vous saviez combien je vous dois la vie. »

Puis elle essuie ses yeux et se tourne vers nous :

« Mahikan, voici votre Will. »

Comme c'est étrange de se retrouver face à quelqu'un dont les traits sont en partie gravés dans sa propre chair, son propre ADN ! Il me semble soudain que je l'ai toujours connu, qu'il a toujours fait partie de moi, depuis le début, qu'il était là. Nous avons du mal à nous regarder mais un tel courant d'énergie passe entre nous qu'il nous propulse l'un vers l'autre et que nos mains s'étreignent longuement. Ses doigts, à la fois fins et forts, serrent les miens, tandis qu'il murmure :

« Tu lui ressembles tellement.

— À Aileen ?

— Oui... enfin, pour moi, c'était Lily, ma Lily. »

Nous avons tant de souvenirs à rattraper, tous les deux. Il propose :

« Entrez, il fait trop froid pour rester dehors. »

Son intérieur est simple, à son image. Le temps des questions n'est pas encore venu et je contiens mon impatience. Il nous tend des galettes recouvertes d'une étrange pâte brune : est-ce les fameuses *baniks* dont parle ma mère dans son carnet ?

« Elle adorait leur goût », dit-il simplement.

Emâ demande :

« Vous ne vous êtes jamais marié, Mahikan ? »

Il secoue la tête et pointe son cœur du doigt :

« C'est la seule que j'ai aimée. Elle est irremplaçable et, tous les jours, je lui parle. »

Je fais glisser vers lui le carnet de cuir de ma mère et l'émotion l'étreint violemment.

« Tu l'as retrouvé », murmure-t-il en l'ouvrant presque religieusement.

Tandis qu'il le feuillette, page après page, je le dévore des yeux. On dit que les enfants connaissent tout des expressions de leurs parents, qu'ils lisent sur leur visage comme dans un livre ouvert... Moi, j'ai trente ans à rattraper, alors je ne vais pas m'en priver. À travers lui, c'est aussi elle que je vais rencontrer.

Il effleure les pages du doigt, sourit à un dessin, une anecdote, s'émeut d'un souvenir laissé au creux des pages : une feuille, une plume, un dessin griffonné. Je suis presque certain qu'il est loin, très loin de nous, dans ses souvenirs avec elle.

J'attends encore un peu, puis je sors de mon sac à dos la photo que j'ai fait imprimer en deux exemplaires et la lui tends. Ses mains tremblent si fort que j'ai peur qu'il ne laisse échapper le cadre dont il ne peut détacher le regard.

Soudain, j'ai hâte qu'il parle, qu'il me raconte mais il n'est pas prêt. Il faudra encore une heure avant qu'enfin, il ne propose :

« Allons à la grotte, si vous voulez bien. Je vais vous parler d'elle. Je vais vous prêter des *asam*... des raquettes, car la neige tombe bien. »

Nous nous enfonçons dans la forêt, à sa suite, dans ses traces. Emâ a raison, je ne suis plus à côté de ma vie, bien au contraire, j'ai retrouvé ma route et je sais enfin qui je suis.

Nous arrivons à la grotte, exténués, les mains gelées et le visage rougi par le gel. Mahikan sort une Thermos de son sac et nous fait déguster sa fameuse tisane de sorbier, celle dont parlait ma mère dans son carnet. Le breuvage brûlant me réchauffe et mon père pointe des rochers du doigt :

« Notre refuge... C'était là-haut. Attention de ne pas tomber. »

Nous escaladons les roches glissantes et nous retrouvons à l'intérieur d'une caverne sombre. Il sort une couverture de son sac, l'étale par terre et prépare un feu dont les flammes s'élèvent bientôt, colorant les parois de la grotte.

« C'est étrange de revenir ici avec vous deux, après tout ce temps... murmure-t-il. Si j'avais su... Si j'avais su, quand elle est partie, qu'elle ne reviendrait plus jamais.

— Raconte-nous ce qui s'est passé.

— C'était un matin, pendant *Nikikw Pisimw,* le mois de mars. Lily ne se sentait pas bien, elle vomissait et elle perdait du sang. J'ai eu peur pour elle, elle souffrait beaucoup et je n'avais pas le sac de médecine, avec... la sauge, le foin d'odeur, le cèdre... Elle avait tellement mal que nous avons décidé qu'elle retournerait au pensionnat pour qu'un médecin l'ausculte. Elle se sentait assez forte pour les affronter tous et puis, elle allait avoir dix-huit ans deux mois plus tard, alors elle m'a rassuré en disant qu'elle ne craignait rien et qu'elle reviendrait dès qu'elle serait guérie. Je l'ai aidée à marcher dans la forêt... c'était si long, elle pleurait si fort et je ne pouvais rien faire. »

Mahikan s'arrête, bouleversé par les souvenirs qui l'envahissent. Emâ pose sa main sur la sienne et il reprend avec peine :

« Je l'ai laissée à quelques mètres du portail, elle a agité sa main et m'a dit : "À très vite, mon amour..." mais je ne l'ai plus jamais revue. Je ne sais pas ce qui s'est passé et je n'avais pas compris qu'elle portait mon enfant. J'ai attendu si longtemps, tous les jours... »

La suite, je la connais de la bouche d'Eulalie. Après être restée alitée de longues semaines à Pointe-Bleue, Aileen a été rapatriée dans son couvent sans qu'on lui laisse la possibilité de revoir Mahikan et lorsqu'elle a appris que l'on allait me confier à l'adoption, elle a décidé de s'enfuir. Sans doute, je le comprends soudain, pour tenter de rejoindre Mahikan à la réserve mais elle a accouché plus rapidement que prévu et n'a jamais revu son amoureux de la forêt. Je révèle à mon père les bribes du passé d'Aileen confiées par Eulalie. La tristesse, la colère et la résignation se lisent sur son visage.

Il reprend :

« J'ai passé la fin de l'année scolaire terré dans ma grotte et muré dans mon chagrin. C'est le loup qui m'a sauvé la vie... Il venait chaque soir et c'est grâce à lui que je n'ai pas sombré dans la folie. »

Emâ le regarde intensément :

« Ce que Tim et moi avons vécu vous a rappelé votre enfance, votre adolescence au pensionnat, votre fuite dans la forêt... voilà pourquoi vous m'avez laissée partir ce jour-là. »

Il hoche la tête et termine, la gorge serrée :

« Le pensionnat a fermé l'année suivante, en 1990. J'aime croire que Lily... Aileen a dénoncé les choses, qu'elle a parlé, que des enquêtes ont été faites... »

Je me lève et étreins mon père, fort, longtemps. Pour la première fois, un intense sentiment de plénitude m'envahit, malgré la tristesse.

Je suis arrivé au bout de mon chemin premier : je n'ai plus aucune colère contre ma mère mais, au contraire, une profonde et intense admiration pour tout ce qu'elle était. Il me reste à présent à emprunter la route suivante, sur les traces de mes ancêtres Atikamekw.

Ceux qui, au retour de la forêt, m'accueilleront bras grands ouverts... mon arrière-grand-père Coweri, ma grand-mère Waseskona, ma tante Marie-Soleil, mon oncle Cariar et leurs familles. Moi qui pensais n'avoir que Myriam sur terre, me voici soudain propulsé, comme une flèche, au cœur d'une famille.

Épilogue

Le blog d'Emâ
Wolves, Nature & Music
Le jour où j'ai remis ma vie à l'endroit,
j'ai retrouvé mon âmE

17 septembre, un an après
***Kakone Pisimw*, mois de septembre**
(le mois où le porc-épic se reproduit)

Halfway around my little world,
You had no idea that you were my girl.
And you found my arms not a moment too soon.
I couldn't see past me, till I saw you[149].

Chers lecteurs et lectrices de ce blog,

Aujourd'hui je voulais vous inviter à suivre une cérémonie très émouvante, intitulée « la cérémonie de la première sortie » chez les Atikamekw, ce peuple des Premières Nations qui vit ici, en Haute-Mauricie. Elle s'adresse aux jeunes

149. Extrait de *Naleigh Moon*, chanson de 2011, écrite, co-composée avec Clint Lagerberg et interprétée par Josh Kelley.

enfants qui commencent à marcher, c'est un peu l'équivalent d'un baptême, d'une présentation à la communauté et revêt une importance sociale, familiale qui s'inscrit dans la mémoire collective. J'ai eu l'immense bonheur d'y assister et on m'a autorisée à diffuser les photos sur mon blog aussi je les partage avec grand bonheur.

Mais avant, je voulais vous parler d'une merveilleuse personne dont le prénom signifie « loup »: vous conviendrez que ce patronyme est tout à fait en harmonie avec ce que j'écris ici. Mahikan, *an old Soul,* une vieille âmE.

Celui grâce à qui je suis qui je suis, c'est une personne infiniment précieuse pour moi. Un grand sage, quelqu'un qui voit au-delà des âmes, des traditions et des religions.

Cet homme à qui je voue une grande tendresse prendra désormais la parole pendant l'année au sein de l'association *Wolves at Large* et ses interventions seront diffusées sur notre chaîne Youtube. Il s'adressera aux jeunes générations dans un élan multiculturel afin de présenter la richesse de sa langue, de ses traditions et de tout ce qu'il connaît sur les loups et les forêts. Vous verrez, en écoutant son âme parler, combien le monde vous semblera riche.

En attendant, je vous laisse avec les photos de la cérémonie de Mikona, qui signifie « petite plume ».

J'espère que vous l'apprécierez.

Prenez soin de vous,

Emâ

10 commentaires

Lina *oh mon Dieu que c'est émouvant ! Merci pour ce partage !*

Me and my children *Si inspirant... je n'ai jamais rien vu d'aussi beau et bienveillant que cette cérémonie d'accueil !*

Angélique *Superbe, vraiment !*

Loving_wolves *ce post est un soleil, pour les yeux et le cœur !*

Ana *Quelle merveille, cette petite Mikona <3*

Fanny *merci pour ce pont interculturel que vous nous offrez, Emâ.*

Nature and freedom *cela m'a donné envie d'aller à la rencontre de ces traditions si respectueuses de l'enfant et de la nature.*

Vincent *Tout simplement merveilleux, si seulement les humains pouvaient s'unir plus souvent autour de ce genre de cérémonies...*

Slovenia SOOOO wonderful!

Tim, Camille, Jade et Louison *Les paroles, la cérémonie, cette petite fille au regard si confiant... On a adoré et on était de tout cœur avec vous <3*

Will sort de la tente spécialement préparée par Mahikan et lui depuis plus d'une semaine, tenant sa Nikki par la main.

Il la guide avec tendresse sur le chemin parsemé de branches et elle avance au milieu des invités, ses mocassins tout neufs aux pieds, comme le veut la tradition. Mahikan, ceux de la réserve et la *kokom*[150] ont fait une immense exception pour la fille adoptive de Will, rebaptisée Mikona, du nom de son arrière-grand-mère, car aucun sang Atikamekw ne coule dans ses veines mais, ils ont accepté, par amour et tolérance pour le fils retrouvé, de faire une cérémonie mixte et les choristes de *Sing for Life* ont été invités pour interpréter *Naleigh Moon.*

En tant que marraine, je suis debout, près du grand sapin au pied duquel nous avons tous ensemble préparé des cadeaux pour Nikki : un petit sac, des biscuits, des fruits, de la viande et d'autres menus objets, dont le journal de bord que Will a tenu jusqu'à aujourd'hui.

Chancelante, elle marche, bras tendus, tout sourire. Cette enfant est un cadeau, elle distribue sourires et gestes charmeurs avec la main mais son regard ne quitte pas celui de son père et je sens une boule d'émotion m'envahir en croisant les regards de Sevan, Myriam et Mandy qui l'entourent, eux aussi, pour l'occasion.

Je me sens liée plus que jamais à ces personnes qui sont entrées une à une dans ma vie. Alors que Nikki s'approche, je lui tends le traditionnel *tikinakan*[151] et une petite hache en bois, qui symbolisera son rapport à la forêt.

---

150. *Kokom*: maîtresse de cérémonie. L'une des plus célèbres, Mary Coon, est thérapeute pour la fondation autochtone de guérison et elle coordonne les programmes de santé à Wemotaci. Elle a eu la chance d'apprendre, dans sa famille, plusieurs pratiques traditionnelles et a grandi dans la tradition spirituelle autochtone.

151. *Tikinakan* : panier dans lequel les mères portent les bébés.

Et soudain, tandis que son papa l'aide à ramasser tous les petits cadeaux, puis la ramène vers la tente pour que chacune des personnes présentes la salue et que la chorale chante *I couldn't see past me, till I saw you,* je vois la silhouette d'une jeune ado s'enfuir à travers les arbres.

Le souffle coupé, les larmes aux yeux, j'agite la main dans sa direction et je dis adieu à Brindille, au fantôme de mon passé.

Et je me sens enfin et définitivement reconnectée à ma vie.

À la vie.

Remerciements

À mes filles pour leurs judicieux conseils.
À la formidable équipe des Éditions courtes et longues et à Jean pour son œil avisé et bienveillant.
À celles qui m'ont encouragée à chaque étape de l'écriture.

Copyrights

Création de la couverture par Germain Barthélémy.

 Dépôt légal: mars 2021. ISBN: 978-2-35290-269-0. Achevé d'imprimer en février 2021 sur les presses de Firmin-Didot (CPI) à Mesnil-sur-l'Estrée.

DE LA MÊME AUTEURE AUX ÉDITIONS COURTES ET LONGUES

Le Secret des fleurs de neige
avec des illustrations de Nina Missir

L'Arboretum
avec des illustrations d'Anna Griot

L'Oiseau-lyre
avec des illustrations de Valérie Michel

Nuit
avec des illustrations d'Anna Griot

Archives détective
avec des illustrations d'Anna Griot

ROMANS AUX
ÉDITIONS COURTES ET LONGUES

Supernova

À cœur ouvert
par Marie-France Zerolo
et Élisabeth Benoit-Morelli

Bienvenue à Oswald !
par Célia Garino

Même pas en rêve !
par Élisabeth Brami

Ultraviolet

American Dreamer
par Antoine Vigne

Corentino
par Benjamin Lesage

Les Étoiles qui meurent dans le ciel
par Benjamin Lesage